Sommer auf Solupp

© Ekko von Schwichow/schwichow.de

Annika Scheffel wurde 1983 in Hannover geboren. Sie studierte Angewandte Theaterwissenschaft in Gießen. Einen Teil ihres Studiums verbrachte sie in Bergen, Norwegen. Seit Ende des Studiums arbeitet sie auch im Drehbuchbereich. Im März 2010 erschien ihr Debütroman »BEN«, der mit dem Förderpreis des Grimmelshausenpreises ausgezeichnet und für die SWR-Bestenliste ausgewählt wurde. Ihr Roman »Hier ist es schön« erhielt den Robert-Gernhardt-Preis. Annika Scheffel lebt in Berlin.

ANNIKA SCHEFFEL

SOMMER AUF SOLUPP

CARLSEN

FÜR JUNIS & SAMU.
UND FÜR ALLE, DIE EINEN ORT WIE SOLUPP
GEBRAUCHEN KÖNNEN.

HIER STEHE ICH UND SPÜRE,
WIE DER WINTER AUS MIR HERAUSRINNT …

(aus: *Ronja Räubertochter*, Astrid Lindgren)

Wir produzieren nachhaltig

- Klimaneutrales Produkt
- Papiere aus nachhaltigen und kontrollierten Quellen
- Hergestellt in Europa

FSC www.fsc.org
MIX
Papier | Fördert gute Waldnutzung
FSC® C021394

Veröffentlicht in der Carlsen Verlag GmbH
Völckersstraße 14–20, 22765 Hamburg
April 2024

Umschlaggestaltung: formlabor
ISBN 978-3-551-32181-7

ERSTES KAPITEL

ÜBERFAHRT

Mit knatterndem Motor pflügt sich die *Elysion* durch die Wellen.

»Ist das Solupp?«, fragt Mari.

Sie muss grinsen, sie kann gar nicht anders, obwohl sie sich eigentlich fest vorgenommen hat, keine Miene zu verziehen. Aber das Lächeln kommt einfach von selbst, weil die Sonne ihr ins Gesicht scheint und die Luft nach Salz riecht und nach Sonnencreme und Abenteuer, warm und weich und wunderbar. Und weil das Meer vor ihr glitzert wie verzaubert und der Himmel so blau ist, als hätte ihn sich jemand ausgedacht, und die Möwen so aufgeregt kreischen, als hätten sie eine wichtige Nachricht für Mari.

Mama legt den Arm um ihre Schultern, und zum ersten Mal seit Monaten vielleicht ist das warme Gefühl wieder da. Das ist wie in einem Film, wo jemand von einem Fluch erlöst wird und das Leben in den Körper zurückkehrt, wie eine Entfluchung fühlt sich das an, was jetzt durch Maris Körper strömt.

Vielleicht ist das so was wie Vorfreude und vielleicht, ja vielleicht ist das sogar so was wie Glück.

Maris kleiner Bruder Bela spürt das offensichtlich auch, er springt neben Mari an der Reling auf und ab, winkt den Möwen zu und schreit gegen den Wind an: »Ich flieg viel schneller als ihr!«

So ausgelassen hat Mari ihn ewig nicht mehr erlebt. In den letzten Monaten ist er immer stiller geworden, wie ein kleiner Schatten hinter Kurt und Mari hergeschlichen, hat sie bis auf Klo verfolgt, als fürchtete er, sie könnten sich irgendwie in Luft auflösen.

Und jetzt dreht er fast durch und sieht gar nicht mehr so klein aus und ängstlich, sondern tatsächlich wie Superman, der fliegen kann.

Mari sieht sich zu Kurt um. Ihr großer Bruder sitzt dahinten auf der weiß-splittrigen Holzbank, die Beine an die Reling gelehnt, die Kapuze tief in der Stirn und ganz sicher hat er darunter die Kopfhörer auf und hört wieder seine Brüllmusik aus dem antiken Walkman, den er und Papa vor Urzeiten einmal aus der Elektroschrottkiste eines ranzigen Flohmarktstandes gezogen haben und mit dem Kurt seit ein paar Wochen wie verwachsen ist, den er hütet, als wäre es sein Herz, das ihm aus Versehen aus dem Körper geplumpst ist.

»Scheint ja höchstbeliebt zu sein, dein Sol-Quatsch!«, hat er in Mamas Richtung geknurrt, als sie, neben einer geduckten Gestalt, mit einem seltsam altmodischen dunkelroten Mantel, weit hochgeklapptem Kragen und einer trotz der Jahreszeit tief in die Stirn gezogenen Wollmütze, die Einzigen waren, die am Hafen die winzige, farbblättrige *Elysion* betreten haben.

Dann hat er den sanften Wellen noch einen misstrauischen Blick zugeworfen und seitdem ist er verstummt.

Oder anders: Kurt ist verschwunden.

Die letzten Wochen in seinem Zimmer und seit sie heute am frühen Morgen losgefahren sind in seinem übergroßen düsteren Lieblingssweatshirt mit seiner Musik.

Seit Papa wieder da ist, ist Kurt so. Er vergräbt sich, knallt die Türen hinter sich zu und spricht mit niemandem. Mari vermisst ihn, fast so, wie sie Papa zuvor vermisst hat.

»Das ist gerade noch mal gut gegangen«, haben die Ärzte bei Papas Entlassung aus dem Krankenhaus gesagt, und dass er von jetzt an auf sich aufpassen soll. Und damit waren sie dann wieder komplett, also zu fünft, und Papa einigermaßen gesund und gerettet, und Mama hat eigentlich keinen Grund mehr, so traurig durch die Gegend zu schauen, wenn sie denkt, dass keiner es merkt.

Aber ein Geradenochmalgutgegangen heißt wohl nicht, dass nun alles wieder so ist wie früher. Im Gegenteil: Seit Papa zurück ist, fühlt Mari sich einsamer als zuvor.

Dabei sollte doch alles gut sein, jetzt, wo die Krankheit weg war. Aber das wurde es nicht, nicht mal das Wetter draußen wurde besser, obwohl der Sommer immer näher rückte, es wie immer auch in diesem seltsamen Jahr erst April, dann

Mai, dann Juni wurde. Und genau wie das Wetter blieb die Laune der Fröhlichs düster und daran änderte selbst die Sache mit Solupp nichts, ganz im Gegenteil: die Sache mit Solupp machte alles noch schlimmer.

»Wir fahren weg!«, rief Mama schon in der Tür, als sie eines Abends aus der Praxis nach Hause kam. Sie hatte Pizza mitgebracht, fünf große Schachteln, für Bela eine in Mickeymausform. Normalerweise ist Mama eine große Verfechterin von Salat und Rohkost allgemein, sie packt getrocknete Datteln in Brotdosen und Avocadospalten und Kefirgetränke auf den Frühstückstisch, da war das mit der Pizza schon eine große Sache. Und sogar Papa kam rüber geschlurft vom Sofa, das er, seit er aus dem Krankenhaus wieder da war, eigentlich nie verließ, weil er immer und immer müde war.

»Was ist denn hier passiert?«, fragte er, als wären die Pizzen etwas, das einem einfach so passiert.

Mama setzte ihr breitestes Grinsen auf: »Urlaub! Wir brauchen Urlaub!«

»Italien!«, sagte Mari.

»Familienpark!«, rief Bela.

»Ohne mich!«, knurrte Kurt, schnappte sich den Pizzakarton mit der Diavolo extrascharf und verschwand wieder in seinem Zimmer.

»Sehr schön«, seufzte Mama, »genau so habe ich mir das vorgestellt.«

Das war ironisch. Natürlich hatte Mama sich das so nicht

vorgestellt. Genauso wenig wie Mari. Nichts war, wie sich irgendwer was vorgestellt hatte, vielleicht weil alles so ganz insgesamt völlig unvorstellbar war.

»Setzt ihr euch wenigstens mit an den Tisch?«

Klar hatten Papa und Bela und Mari sich mit an den Tisch gesetzt, keiner wollte, dass Mama wieder von ihrem Stimmungstief verschluckt wurde.

»Also, Italien?«, fragte Mari, nachdem Bela zweimal sein Milchglas umgeworfen, Mama sich zweimal die Haare gerauft und Papa ungefähr zweimillionenmal gegähnt hatte.

»Dieses Jahr«, sagte Mama geheimnisvoll, »fahren wir nicht nach Italien, sondern –«

»Familienpark?«, fragte Bela hoffnungsvoll.

»Viel besser!«, rief Mama.

Bela sah sie mit offenem Mund an. Er konnte sich nichts vorstellen, was besser war als der Ferienpark mit der Wasserfontäne und der Kinderdisco und den bunten Säften mit Schirmchen und Zuckerrand.

»Nun sag schon«, gähnte Papa.

»Wir fahren nach Solupp!«, rief Mama und sah Papa und Bela und Mari erwartungsvoll an.

»Sol-was?«, fragten Papa und Mari wie aus einem Mund. Mari sah zu Papa rüber, aber der grinste nicht mal.

»Solupp!«

Bela fing an zu kichern: »Was soll das denn sein?«

»Das, meine Lieben, ist der wunderbarste Ort auf der ganzen Welt!«

»Der wunderbarste Ort auf der ganzen Welt«, wiederholte Bela mit leuchtenden Augen, »da will ich hin!«

»Da fahren wir auch hin!«, sagte Mama so hochzufrieden wie lange nicht mehr.

»Ach ja?«, murmelte Papa. »Machen wir das?«

Mama nickte eifrig, und obwohl Mari keine Ahnung hatte, wie sie das mit diesem Sol-Dingsda finden sollte, fand sie es schön, dass Mama endlich mal wieder begeistert aussah.

»Wo ist das denn?«, fragte sie.

Darauf hatte Mama gewartet. Sie sprang auf und kam einen Moment später mit ihrer Arzttasche wieder.

»Du bist so schnell!«, sagte Bela verträumt, für den Mama so etwas wie ein Superheld ist.

Mama holte einen Stapel Papier aus ihrer Tasche und faltete ein Blatt auseinander. Eine Karte. Darauf sah man die Küste und die großen Inseln und Mamas Finger kreiste über dem Meer und den großen Inseln und dann tippte sie dahin, wo Mari bisher nichts als Blau gesehen hatte.

Papa, Bela und Mari beugten sich vor.

»Wir machen Urlaub im Meer? Entschuldige, Schatz, aber ich glaube, eine Woche schwimmen, das ist doch noch etwas zu anstrengend für mich –«

»Sechs Wochen«, strahlte Mama.

»Sechs Wochen?«, wiederholte Papa.

Er klang so, als hätte Mama ihm eben verkündet, dass sie von nun an nach Feierabend nicht mehr für ihre Patienten verfügbar sein oder dass sie sich nur noch von Pizza und

Pommes ernähren würde oder so was Verrücktes. Kein Wunder, dass Papa so fassungslos war. Der längste Urlaub bisher wären zehn Tage gewesen, aber nach einer Woche hatten sie abbrechen müssen, weil Mama sich Sorgen machte, dass sie dringend in der Praxis gebraucht werden könnte und ihre Vertretung sich nur nicht traute, Bescheid zu sagen.

»Sechs Wochen Urlaub. Wir machen sechs Wochen Urlaub.«

»Die ganzen Sommerferien?«, fragte Mari und spürte, wie ihre Lippen zu zittern begannen.

Da war wieder die Wut. Das war so eine Sache. Früher war Mari selten wütend gewesen, aber seit Papas Krankheit wollte die Wut manchmal einfach so aus ihr herausschießen, sodass Mari sich anstrengen musste, sie in Schach zu halten und wieder zurück in ihren Bauch zu stopfen. Und jetzt war die Wut kurz davor, aus ihr rauszudonnern.

»Aber das Fußballcamp –«, presste sie hervor.

Mama sah sie erschrocken an: »Oh, stimmt, Liebes, das Fußballcamp –«

»Mama, Mari hat doch ihr Fußballcamp!«, rief Bela aufgeregt. »Das weißt du doch! Sie wollen doch dieses Jahr den Pokal holen!«

»Ich weiß, Bela«, sagte Mama und dabei sah Mari ihr an, dass Mama das ganz und gar nicht wusste. Mama hatte das Fußballcamp vergessen, Mama hatte vergessen, dass Maris Team schon seit Monaten dafür trainierte, dass der Trainer gesagt hatte, wenn Mari so weitermachte, würde sie beim großen Turnier in der Startaufstellung sein, dass Mari jeden Morgen vor der Schule eine Extrarunde durch den Park lief, obwohl es da noch kalt war und ein bisschen einsam. Mama hatte es vergessen, hatte es vielleicht gar nicht mitbekommen, weil sie nie da war und wenn doch, nie ganz. So, wie sie alles vergaß und nichts mitbekam, seit der Sache mit Papa. Weil sie nämlich nur noch an den dachte und seine blöde Krankheit!

Mari sprang auf: »Du bist so fies!«

Bela sah Mari entsetzt an: »Gar nicht, Mari, Mama ist die Liebste!«

Mari wollte irgendwas Gemeines antworten, aber ihr fiel nichts ein und die Wut steckte jetzt im Hals, Mari hatte das Gefühl, zu ersticken.

»Mein Mari-Mädchen –«, fing Mama an, aber Mari unterbrach sie: »Ich bin nicht dein Mari-Mädchen und du bist die blödeste Mutter der Welt!«

»Aber es gibt Ponys!«, sagte Mama schwach.

Mari starrte sie an. Ponys? Was bitte sollte sie mit Ponys?

Hatte Mama wirklich absolut alles vergessen?

»Ich! Hasse! Ponys!«, brüllte Mari, drehte sich um und lief in ihr Zimmer.

Hinter sich hörte sie Bela: »Die armen Ponys!«

Und Papa: »Also echt, Paula, das hättest du ruhig vorher mit mir besprechen können!«

Mit mir, dachte Mari, immer, immer nur Papa. Immer dreht sich alles nur um ihn! Kein Wunder, dass Kurt nichts mehr mit ihnen zu tun haben wollte. Ponys! Wie konnte Mama glauben, dass sie Mari damit auf irgendeine blöde, winzige Insel locken konnte? Eine verdammte Insel mit einem bescheuerten Namen, die man noch dazu nicht mal mit dem Mikroskop auf der Karte erkennen konnte? Was dachte sich Mama nur?

Aber es war beschlossen und wurde nicht mehr geändert.

Mari musste ihr Fußballcamp absagen. Nicht mal die Hoffnung, der Trainer würde Mama die Meinung sagen, ihr erklären, wie wichtig Mari für die Mannschaft war und sie umstimmen, erfüllte sich. Der Trainer hörte sich nur stumm an, was Mari ihm aufgeregt berichtete, nickte und nickte und dann sagte er: »Weißt du, Mari, vielleicht ist das gar keine so schlechte Idee, das mit der Insel!«

Mari starrte ihn entsetzt an. Was war das hier? Eine Verschwörung?

Zumindest Jule war genauso entsetzt wie Mari: »Wie können sie nur? Wie können sie dir das nur antun? Wir holen den Pokal für dich, ja? Im Geiste bist du dabei!«

Mari schüttelte heftig den Kopf: »Nichts da im Geiste! Ich bin nicht dabei, Jule! Ich sitze mit irgendwelchen dämlichen Ponys, meiner verrückten Mutter, meinem schlaffen Papa, meinem verstummten großen und meinem nervigen kleinen Bruder auf einer gottverlassenen einsamen Insel rum –«

»Vielleicht wird es ja doch ganz schön –«, sagte Jule zaghaft.

Und jetzt kamen die Tränen doch. Jetzt war Mari klar, dass sie allein war. Vollkommen und absolut allein.

Sie würden nach Solupp fahren, sechs Wochen, die ganzen Ferien.

Mari würde ihr Fußballcamp verpassen, Bela seine Playmobilburg dalassen, Kurt sein Zimmer verlassen, Papa seinem Sofa entsteigen müssen. Nur Mama, die freute sich: Ruhe! Meer! Sonne! Solupp!

»Wie bist du eigentlich ausgerechnet auf dieses Soll-Hopp gekommen?«, fragte Papa vom Sofa aus, während Mama die Badesachen auf dem Esstisch auftürmte: Schnorchel, Flossen, Luftmatratzen, Badehosen und -anzüge. Dabei summte sie ziemlich laut und ganz schön hektisch vor sich hin. Mari hatte das Gefühl, dass Mama immer fröhlicher wurde, je grantiger der Rest der Familie war. Als könnte sie mit ihrem Gesumme und Gerenne das miese fiese graue Monster vertreiben, das sich seit der Sache mit Papa bei ihnen eingenistet hatte und gierig alles auffraß, was nett und schön und lustig war.

»Sag mal, ehrlich, was ist das mit Soll-Hopp?«

Seit Ewigkeiten klang Papa zum ersten Mal wirklich interessiert. Eigentlich hatte Mari vorgehabt, sich sofort wieder zu verziehen, bevor Mama ihr irgendwas Schreckliches auftrug, so was wie Badeanzug-Anprobieren oder Neue-Rollkoffer-Bewundern. Aber nun blieb Mari mit ihrer Müslischüssel in der Tür stehen und wartete darauf, was Mama antworten würde.

Papa hatte schließlich recht. Warum ausgerechnet Solupp? Warum nicht sechs Wochen Italien? Oder sechs Wochen

Familienpark? (Wobei, das war ihr schon klar, sechs Wochen Familienpark, das würde allerhöchstens Bela heil überstehen.)

Mama stand mit Belas Schwimmflügeln in der Hand am Esstisch und sah aus dem Fenster, als würde da irgendwer ein Schild mit der Antwort hochhalten. Aber draußen waren nur die Häuser und der asphaltgraue Himmel, der noch so gar nicht nach Sommer aussah, und eine Antwort hatte dieser müde Himmel ganz sicher nicht.

»Warst du schon mal da?«, fragte Papa.

Mama schüttelte langsam den Kopf, dann sah sie Papa an: »Ehrlich gesagt: Ich weiß es nicht.«

Papa warf Mama seinen Du-spinnst-wohl-Blick zu, der früher für Kurt und seine Vorstellungen von Nachhausekommzeiten reserviert gewesen war, dann gähnte er, drehte sich um und schlief wieder ein.

So einfach. Als ob das eine ordentliche Antwort gewesen wäre: *Ich weiß es nicht.*

»Wie, du weißt es nicht?«, fragte Mari und war selbst erschrocken, wie wütend sie schon wieder klang. Mama drehte sich erstaunt zu ihr um. Sie hatte gar nicht gemerkt, dass Mari da war.

»Nein. Wirklich nicht, Schatz. Ich hab einfach nach einem Ort gesucht, an den wir sonst nie fahren würden, der ganz neu ist und anders, und dann hab ich irgendwann im Internet dieses Bild gesehen, von dem kleinen Haus mit den vielen Rosen und diesem Leuchtturm, und ich weiß nicht warum, aber da wollte ich hin.«

Mama sah Mari hoffnungsvoll an, aber die schüttelte nur den Kopf. Das, was Mama da sagte, das klang nach Bela, nach seiner Kindergartenlogik. Das klang ganz und gar nicht nach Mama, die immer alles planen und wissen und verstehen musste. Die am Computer Tabellen erstellte, für die nächsten hundertzehn Jahre, damit nur nichts Unvorhersehbares geschah. Vielleicht war bei Mama irgendwas durcheinandergekommen mit Papas Diagnose. Die ihnen allen bewiesen hatte, dass eben doch alles anders sein konnte, im Guten wie im Schlechten, egal, wie sehr man plant und vorbereitet. So muss es sein, dachte Mari, dort in der Tür: Mama war ein bisschen verrückt geworden. Und es war ja nicht so, dass Mari das nicht verstand, es war nur, dass sie es nicht wollte. Auf keinen Fall. Mama sollte die Dinge gefälligst endlich wieder im Griff haben. Wieder Maris und Belas und Kurts Mama sein und nicht so eine zähneknirschende Schattengestalt.

»Es muss wirklich wunderschön dort sein«, sagte Mama leise, wie um sich selbst zu überzeugen, und plötzlich wollte Mari zu ihr rübergehen, das blöde matschige Müsli wegstellen und sich von Mama umarmen lassen. Wildrosencreme riechen und Waschmittel und Tomatensoße und glauben, dass es schon okay war und gut, was Mama sich da überlegt hatte mit dieser merkwürdigen Insel im unendlichen Blau.

Aber stattdessen wich sie Mamas Blick aus, drehte sich um und ging in ihr Zimmer. Die Wut war zu groß, und die Enttäuschung.

Es gab also nicht einmal einen guten Grund für Solupp! Es

gab nur ein Bild: ein Haus und ein Leuchtturm. Und Mamas dämlichen Wunsch, alles mal ganz anders zu machen.

»Es muss da wirklich wunderschön sein!«, wiederholte Mama von da an bei jeder Gelegenheit, und Gelegenheiten gab es viele, weil keiner der Fröhlichs in diesen letzten Wochen vor den Sommerferien mehr viel sprach. Kurt hatte sich irgendwie einen Schlüssel für seine Zimmertür besorgt, Bela sprach nur noch mit seinen Plastikrittern, Papa war in so etwas wie einen Dornröschenschlaf gefallen (nur mit monstermäßigem Schnarchen) und Mari setzte ein Zeichen, indem sie Mama vollkommen ignorierte.

Und das hat sie durchgehalten, bis hier und heute, auf diesem wackligen Boot mit den Holzsitzen und der winzigen Kajüte unter Deck, wo Papa beim Gepäck sitzt und schläft. Und eigentlich hatte Mari geplant, Mama noch weiter zu ignorieren, doch das schaffte sie nur die Autofahrt über, die ungewohnt still war und ohne Pause und Ausnahmsweise-Limo und Flutschfinger, so wie sonst immer, wenn sie nach Italien fuhren oder in Belas heiß geliebten Ferienpark. Doch hier am Bug der *Elysion*, mit dem Sonnenschein im Gesicht, da ist es, als wenn eine dicke Nebelwand sich lichten würde, da verschwinden die Wut und der Ärger langsam und dann plötzlich ganz schnell, als weit vor ihnen ein kleiner heller Punkt auf dem funkelnden Meer auftaucht.

»Ist das Solupp?«, fragt Mari, und Mama sagt: »Ja, mein Mari-Mädchen, ich denke, das ist Solupp.«

Irgendwie, findet Mari, klingt das ein bisschen wie der Anfang einer Geschichte. Einer der aufregenden, der schönen, einer der verzauberten Sorte.

Und dann sind sie plötzlich da.

ZWEITES KAPITEL

DAS HECKENROSENHAUS

Die *Elysion* legt an, der Fährmann fragt Kurt, ob er ihm helfen will, das schmale Brett hinabzulassen, das als Brücke dient, aber Kurt will nicht, weil Kurt nie was will und überhaupt nichts, in letzter Zeit.

»Ich mag dieses Meer nicht besonders«, knurrt er und zieht seine Kapuze noch tiefer ins Gesicht.

Der Fährmann zuckt die Schultern und murmelt was und das klingt so, als hätte er *Das wird schon noch mit dir* gesagt, aber da muss Mari sich verhört haben. Nichts wird, schon gar nicht hier, am Ende der Welt.

»Ich mach das!«, sagt Mari und der Fährmann nickt. Zusammen lassen sie den schweren Steg hinab und jetzt ist der Weg frei nach Solupp. Doch bevor die Fröhlichs das Holzbrett betreten können, drängt sich die düstere Gestalt mit der seltsamen Kleidung an ihnen vorbei. Sie trägt jetzt eine riesenhafte altmodische Tasche in der Hand und sieht nicht mal auf, als Papa taumelt und fast ins Wasser fällt.

»Hey, Sie!«, ruft Mama ihm nach, aber die Gestalt tut so, als würde sie sie nicht hören, und verschwindet bald hinter einer Düne.

»Also, Leute gibt's«, donnert der Fährmann. Als er Belas erschrockenes Gesicht sieht, macht er eine übertriebene Verbeugungsgeste und gibt ihnen den Weg frei. Vorsichtig balancieren die fünf Fröhlichs über den schmalen Steg an Land.

»Einen wunderbaren Sommer!«, ruft der Fährmann gut gelaunt, als sie endlich alle das Ufer erreicht haben, und dann zieht er die Brücke wieder hoch. »Ihr habt euch wirklich den besten Ort der Welt ausgesucht!«

Mama sieht Mari und Kurt und Bela und Papa an. Vielsagend. Mari schaut weg, rüber zum Fährmann, der winkt, und dann legt die *Elysion* ab und nun sind sie also auf Solupp.

Die Luft hier riecht nach Sommer. Aber nicht wie der in der Stadt, nicht nach heißem Asphalt und nach brackigem Flusswasser und braunfleckigen Bananen, die Luft auf Solupp riecht nach Heckenrosen und Salzwasser und Sommersprossen und Karamelleis mit Sahne, aber eigentlich unbeschreiblich. Wahrscheinlich muss man selbst dort sein, um es sich vorstellen zu können.

Mari atmet ganz tief ein. Vor ihren geschlossenen Lidern flackert das Licht, es ist zu warm im Pullover. Hier hat sich der Sommer also versteckt, auf den in der Stadt alle so sehnlich warten.

»Nimm mal!«, brummt Kurt neben ihr und stößt Mari in

die Seite. Er hält ihren Rucksack in den Händen und lässt ihn, bevor Mari zupacken kann, vor ihr auf den Boden plumpsen. Mari hievt den Rucksack auf den Rücken. Da sind vor allem Belas Sachen drin. Alles, was er nicht in seinen winzigen, heiß geliebten knallgrünen Nilpferdrucksack bekommen hat. Mari selbst hat nur wenig mitgenommen, drei T-Shirts, ein Paar Shorts und natürlich das rote Kleid, das Mama eigentlich auf den Aussortierstapel gelegt hatte – ein paar Kleidungsstücke nur, so aus Protest, denn Mari hat nicht vor, lange zu bleiben.

Papa steht neben Mama, die Tasche mit den schwitzigen Proviantbrötchen an sich gedrückt, die Mama vor jedem Urlaub schmiert und die nie jemand isst, weil alle nur die blassen Pommes wollen und die Limonade und die Flutschfinger. Und obwohl es das alles dieses Mal nicht gab, hat keiner die Käseschwitzbrötchen gegessen, so schlimm steht es um sie also doch noch nicht. Mari ist sich nicht sicher, ob sie deswegen erleichtert sein soll.

»Mari?« Bela verschwindet fast hinter der riesigen Papiertüte, die er in den Armen hält. Er durfte die Ritterburg doch noch mitnehmen, kurz vor der Abreise hat er es geschafft, er hat so geweint und Mama hatte, wie immer, keine Geduld.

»Hilfst du mir? Die ist irgendwie schwerer als zu Hause!«

Er klingt so kleinlaut, dass Mari ihm sofort hilft, gleich einen Henkel nimmt, ohne irgendwas Fieses zu sagen. Und Bela hat recht: Die Plastikburg ist wirklich unfassbar schwer. So, als wären all die Mauern und Ketten und Türme und die kleinen Ritter beim Betreten der Insel lebendig geworden.

Zusammen schleppen sie die Tüte rüber zu Mama und Papa.

»Ist das nicht schön hier? Was sagt ihr jetzt?«, fragt Mama.

Keiner sagt was. Da stehen sie am Anleger, inmitten ihres Gepäcks, die Fröhlichs, wie fünf Schatten im gleißenden Sonnenlicht, und wissen nicht, was sie sagen sollen.

Weil es hier tatsächlich zu schön ist, viel zu schön, um wahr zu sein. Und unfassbar, dass so ein Ort existiert, dass es Solupp die ganze Zeit über gegeben hat, auch vor ein paar Monaten, schon, als es noch so aussah, als würde Papa diesen Sommer nicht mehr erleben.

Mama hat Papas Hand genommen und Bela kuschelt sich an Kurt und für einen Moment lässt Kurt ihn und Mari sieht ihre Familie und den strahlend weißen Strand und das glitzernde Meer und da ist auch der Leuchtturm, von dem Mama erzählt hat. Schneeweiß steht er auf der kleinen Landzunge, so, als wäre er nicht gebaut worden, sondern über Jahrhunderte hinweg aus dem Boden herausgewachsen.

»Herzlich willkommen auf Solupp!«, ruft eine Stimme und Mari zuckt heftig zusammen.

Vor ihr steht ein Junge und lächelt die Fröhlichs breit an.

Er muss ungefähr in Kurts Alter sein, vierzehn oder vielleicht fünfzehn, aber das Alter ist auch schon alles, worin die beiden sich ähnlich sind. Neben dem braun gebrannten, barfüßigen Jungen in der abgeschnittenen Jeans, mit dem rotweiß gestreiften T-Shirt, den unternehmungslustig funkelnden Augen, sieht Kurt unter seiner schwarzen Kapuze noch bleicher aus, sein Mund noch schmaler und seine Augen noch trauriger. Es ist auch nicht ganz fair, denkt Mari, weil der gut gelaunte Junge ein bisschen so aussieht wie der Sommer persönlich und weil das ja vielleicht kein Wunder ist, wenn man hier wohnt. Neben ihm fällt jedenfalls noch mehr auf, dass Kurt sich in den letzten Wochen nach und nach in den kleinen Vampir verwandelt hat, grimmiger Blick, wild abstehendes Haar und schwarz lackierte Fingernägel inklusive.

»Ich bin Joon«, sagt der Junge und streckt zuerst Bela die Hand hin.

Bela schüttelt sie begeistert: »Bist du ein Geist?«

»Bela-Schatz, was soll das denn nun wieder?«, fragt Mama. Sie reagiert nervös auf alles, was auch nur im Entferntesten etwas mit dem Tod zu tun haben könnte.

»Wegen der Haare«, sagt Bela schüchtern.

Joon lacht und fährt sich durchs Haar.

Das ist wirklich so blond, dass es fast weiß aussieht, Vanilleeishaar, denkt Mari.

»Die Sonne«, sagt der Junge fröhlich. »Im Sommer verwandele ich mich in ein Gespenst.« Und als er Belas entsetzten Blick sieht, fügt er schnell hinzu: »Aber ein nettes!«

»So ein Blödsinn«, stößt Kurt hervor.

»Stimmt!«, grinst Joon und streckt Kurt die Hand hin. Aber Kurt ignoriert ihn einfach und Mari ist das ein bisschen peinlich, schließlich sind sie hier ja nur zu Gast und Joon ist doch scheinbar ganz nett. Warum kann Kurt nicht einfach mal normal sein und so strahlend und gut gelaunt wie Joon?

Joon scheint Kurts seltsames Verhalten nicht zu stören, jedenfalls begrüßt er jetzt einfach Mama und Papa und dann Mari.

»Du bist die Fußballerin, oder?«

Mari sieht Joon erstaunt an.

»Geist und Hellseher!«, verkündet der grinsend.

»Echt?«, fragt Bela aufgeregt.

»Blödsinn!«, knurrt Kurt.

»Stimmt!«, sagt Joon. »Aber da liegt ein Ball.«

Oh nein! Mari sieht das jetzt erst. Ihr WM-Ball ist aus dem Rucksack gerollt, zum Glück nicht runter ins Wasser! Sie sammelt ihn schnell wieder ein, stopft ihn zurück.

»Soll ich den nehmen?«, fragt Joon, aber Mari schüttelt den Kopf. Das schafft sie schon. Sie schafft alles allein.

»Gut«, sagt Joon vergnügt, »kommt ihr?«

Statt Maris Rucksack schnappt er sich die zwei neuen Rollkoffer, die noch neben dem Fähranleger stehen und auf dem steinigen Weg vollkommen unbrauchbar sind. Das Auto haben sie drüben am Festland im Hafen gelassen, denn Autos sind auf Solupp ja verboten.

»Helios ist schon ganz ungeduldig«, fügt Joon noch hinzu.

Und tatsächlich hört Mari genau jetzt ein Schnauben, und da, ganz hinten, wo der Weg hinter dem grünen Deich verschwindet, sieht sie ein karamellfarbenes Pferd, das vor eine himmelblaue Kutsche gespannt ist.

»Fahren wir mit der Kutsche?«, ruft Bela aufgeregt.

»Klar!«, sagt Joon. »Solupp ist zwar winzig, aber mit eurem Gepäck brauchen wir zu Fuß sonst den ganzen Tag!«

»Na, dann los, meine Lieben!«, ruft Mama, und Mari ist froh, dass sie mit dem sonnengebleichten Joon jetzt endlich jemanden hat, mit dem sie um die Wette lächeln kann. Wobei das bei Joon um einiges echter aussieht als bei Mama mit ihrem bemühten »Wir-schaffen-das-schon-Grinsen«.

Sie stapfen los, den sandigen Weg hinauf, und hinter ihnen, schon weit draußen auf dem Meer, tutet die *Elysion* noch einmal zum Abschied, verschwindet hinter dem Horizont, fährt zurück zum Festland und lässt Mari und Kurt und Bela und ihre Eltern zurück auf dieser sonnenstrahlenden Insel, die ein bisschen so ist wie aus der Zeit gefallen und aus der Wirklichkeit.

Doch dann ruft Joon: »Passt auf mit den Pferdeäpfeln!«, und Mari ist beruhigt, denn das klingt dann doch so, als befänden sie sich noch auf dieser Welt. Zumindest am Rande davon.

Helios ist ein struppiges Pony, das ungeduldig schnaubend mit den Hufen im feinen Sand scharrt.

»Ist ja gut, gleich geht's los!«, sagt Joon und gibt ihm auf der flachen Hand einen Apfel. Dann hievt er zusammen mit Mama und Mari die Koffer und Mamas schwere Arzttasche in die Kutsche. Die Tasche, darauf besteht Mama, muss in jeden Urlaub mit. Vorsichtshalber, man-weiß-ja-nie.

»Ich hoffe, ihr passt noch rein!«, lacht Joon. »Könnte ein bisschen eng werden.«

»Ich laufe«, murmelt Kurt.

»Du weißt doch gar nicht, wohin!«, ruft Mama aufgebracht,

als Kurt in seinen ausgelatschten Chucks einfach losstiefelt, den Weg hinunter, durch die schmale Öffnung im Deich.

»Keine Sorge«, sagt Joon. »Lange Zeit gibt es hier erst mal nur den einen Weg und wenn der sich gabelt, wird er schon wissen, wohin.«

Mama sieht Joon skeptisch an, sagt aber nichts. Auch Mari fragt sich, wie Joon sich damit so sicher sein kann. Er kennt Kurt ja gar nicht und Kurt wiederum kennt sich auf Solupp nicht aus. Woher soll er da wissen, welcher Weg der richtige ist?

»Der findet sich schon wieder!«, sagt Joon und hilft Bela auf den Kutschbock.

»Ich darf vorne sitzen?« Bela ist begeistert und Mari ist klar, dass Joon nun sein neuer Held ist, jetzt, wo Kurt ihn kaum noch beachtet und Papa immer nur rumsitzt oder rumliegt wie das Gespenst, dass der durch und durch lebendige Joon sicherlich nicht ist, Papa aber vielleicht schon.

Mari sitzt neben Mama und Papa eingequetscht hinten, Joon schnalzt mit der Zunge und mit einem Ruck setzt sich die Kutsche in Bewegung, wird schneller und schneller und Bela ganz vorne kreischt vor Freude und Joon fragt: »Noch schneller, Bela?«, und Bela, der doch sonst immer vor allem Angst hat, ruft: »Ja, schneller!«, und das Pony wird schneller und schneller, bis die Kutsche zu fliegen scheint.

Hinter dem Deich liegt etwas, das Joon als »den Ort« bezeichnet. Das ist ein bisschen übertrieben, denn eigentlich sind es nur sechs bunte, reetgedeckte Häuschen, die sich um einen grasbewachsenen Platz verteilt haben, in dessen Mitte etwas, das aussieht wie zwei stark gebogene Baumstämme, ein Tor bildet.

»Der Walkiefer«, sagt Joon.

»Hier wurden Wale gejagt?«, fragt Mama entsetzt und auch Mari runzelt die Stirn.

»Ja, aber das ist schon lange her. Die alte Oona sagt, dass es der letzte Wal war, ihr Vater war einer der letzten Kapitäne.«

Mari stellt sich vor, wie eine Truppe uralter Menschen auf Walfang geht. Seltsam.

»Und das ist jetzt sozusagen das Ortszentrum?«, fragt Mama.

»Das ist der Ort«, sagt Joon und Mari seufzt – toll, das kann ja spannend werden.

Joon deutet auf das kleinste der Häuser. Es sieht aus, als wäre es ganz aus Rosen gebaut, üppig und wild sind sie überall, in allen Schattierungen von Rot, Rosa und Weiß. Unter einer rot-gelben Markise liegt Obst und Gemüse aus.

»Das ist Jolkas Laden, da könnt ihr einkaufen, morgens und abends.«

»Wann denn?«, fragt Mama, die immer alles ganz genau wissen muss.

»Morgens und abends«, wiederholt Joon, »wenn Jolka Zeit und Lust hat.«

»Das passt doch perfekt«, sagt Papa neben Mari, und obwohl das wirklich nicht besonders aussagekräftig ist, freut Mari sich.

»Auf Solupp wohnen nicht besonders viele Menschen.«

Nicht so viele, das kommt Mari wie eine Untertreibung vor. Selbst hier im Ortszentrum ist außer ein paar Spatzen und Möwen und einer karamellfarbenen Katze, die sich vor einem der Häuser in der Sonne rekelt, niemand zu sehen.

Joon schnalzt mit der Zunge und Helios wird wieder schneller, bald haben sie den Ort hinter sich gelassen.

Mari zupft Mama am Ärmel: »Hast du mal geguckt, wo genau dein Ferienhaus ist?«

»Unser Ferienhaus«, sagt Mama, »ist ganz nah am Meer.«

»Und weit weg von allem anderen«, sagt Mari, bei der trotz Sonne, Glitzermeerblick und Fahrtwind im Gesicht wie ein schleimiger Krake die schlechte Laune zurückgekommen ist. Was sollen sie nur hier? Und wo bitte ist Kurt? Den hätten sie doch schon längst überholen müssen! Was, wenn ihm was passiert ist? So ganz geheuer ist Mari dieses Solupp nicht.

Doch, Moment, da vorne auf dem Weg, da ist er! Eine schmale, einsame Gestalt.

Mari will gerade seinen Namen rufen, da wird ihr klar, dass das da vorne nicht Kurt sein kann. Die Gestalt ist viel zu groß, hält sich viel zu gerade, so geht Kurt nicht. Kurt duckt sich beim Gehen, er lässt die Arme nicht schwingen, weil er seine Hände immer in den Hosentaschen vergräbt. Kurt trägt auch keinen altmodischen, dunkelroten Gehrock, Kurt hat keine große Ledertasche. Das ist nicht Kurt, das ist der unhöfliche Kerl vom Schiff!

Sie sind nur noch ein paar Meter von der Gestalt entfernt,

als Helios scheut und dann stehen bleibt, wie von einem Eisblitz getroffen, stocksteif.

»Keine Angst«, flüstert Joon sanft. »Ruhig, ganz ruhig …«

Das Pony tänzelt nervös, legt die Ohren an, macht trotz Joons Beruhigungsversuchen keine Anstalten, seinen Weg fortzusetzen.

Die Gestalt hingegen geht weiter, ohne sich umzudrehen, ohne auch nur einen Moment innezuhalten.

»Wir warten einen Moment, ja?«, sagt Joon mehr zu Helios, als zu seinen Fahrgästen.

»Wer ist das?«, fragt Bela unbehaglich.

Joon zuckt die Schultern: »Keine Ahnung, hab ihn noch nie gesehen –«

Er sagt das in einem Ton, als würde das alles klarstellen.

Trotz der Lauwärme spürt Mari, wie eine Gänsehaut ihren Rücken hinabkriecht. Und obwohl Bela ganz sicher so wenig versteht wie sie, fragt er nicht weiter, sondern rutscht ein bisschen näher an Joon heran und im selben Moment nimmt Papa Maris Hand. Mari zuckt zusammen. Seit der Sache sind Papas große Hände immer so kühl. Trotzdem ist es gut, seine Finger um ihre zu spüren.

Wie kann das sein, denkt sie, dass ein Mensch einen Sommertag einfrieren kann? Oder eine Krankheit? Wie ist das möglich?

Sie muss eine ganze Weile nachgedacht haben, denn als sie wieder aufsieht, ist die Gestalt verschwunden. Keine Spur mehr von ihr, auch nicht in der Ferne.

»So«, sagt Joon, der sein Bestes gibt, fröhlich zu klingen, »dann wollen wir mal weiterfahren!«

Er schnalzt und Helios wirft seinen Kopf zurück als Antwort und setzt sich wieder in Bewegung, wird schneller und schneller und der Fahrtwind streicht über Maris Wange und Papas Finger um ihre werden allmählich warm und nur ein, zwei Momente später ist es, als hätte es die unheimliche Gestalt nie gegeben.

»Schneller!«, ruft Bela vorne fröhlich. »Schneller!«, und Mari muss grinsen, weil sie sich freut über ihren plötzlich so entschlossenen kleinen Bruder.

»Da ist es!«, ruft Mama und tatsächlich, da vorne, ganz nah am Meer, ist das Haus, das Mari bisher nur von dem einen unscharfen Foto kennt, das Mama ihr gezeigt hat.

»Genau«, sagt Joon, dessen gute Laune jetzt wieder zurückgekehrt ist, »da ist euer Zuhause!«

Und obwohl wahrscheinlich alle Fröhlichs das Gleiche denken, widerspricht ihm niemand, verbessert keiner von ihnen Joon, dass ihr Zuhause ja nun mal ganz klar woanders ist, Leben und Welten weit weg, in der Wohnung über dem kleinen Bistro, in der großen Stadt.

Joon lässt Helios in den schmalen, von Heckenrosen gesäumten Weg einschlagen, der Kies unter den Hufen und Kutschrädern wird feiner, ein Klackern, wie von Belas Murmelbahn.

»Danke schön, Helios!«, sagt Joon und das Pony bleibt

vor einem grün gestrichenen Tor stehen. Wie auch von der *Elysion* blättert hier die Farbe.

»Der Salzwind«, sagt Joon, »der ist schneller, als die Farbe trocknet.«

»Aber gut für die Gesundheit!«, verkündet Mama neben Mari.

»Bestimmt«, sagt Joon und springt vom Kutschbock, »zumindest jetzt, im Sommer.«

Mari klettert hinab, wuchtet auch Belas Tüte hinunter, die während der Fahrt noch schwerer geworden ist, jetzt leben die Ritter nicht nur, jetzt wachsen sie auch noch.

Von Joons Arm aus streichelt Bela das Pony, lässt sich von ihm zeigen, wie man Helios mit einem Apfel füttern kann. Er strahlt Mari stolz an und die lächelt zurück und obwohl sie sich wirklich nichts aus Ponys macht, ist sie den beiden dankbar dafür, dass Helios Bela so mutig werden lässt.

»Wunderbar!«, ruft eine Frauenstimme hinter den Hecken. »Großartig! Wie schön!«

Joon lacht: »Da kommt Jolka!«

Bevor Mari fragen kann, wer um Himmels willen Jolka ist, taucht Jolka schon auf. Oder besser: tritt auf.

Denn Jolka ist eine Erscheinung: Sie überragt Mama und sogar Papa bei Weitem, ist sicherlich der größte Mensch, dem Mari jemals begegnet ist. Und der bunteste: Um ihren Kopf trägt sie ein neonfarbenes Tuch, an der Seite gebunden, an den Ohren baumeln jadegrüne Steine und sie steckt in einer Art weit wehendem Gewand, das in allen Farben des Regenbogens schillert. Ihre Augen sind im Grün ihrer Ohrringe bemalt, ihr breiter Mund ist pink geschminkt. Jolka ist definitiv kein Mensch, den man sich auf einer Insel vorstellt, und auch der Salzwind kann ihr offensichtlich nichts anhaben.

»Wie schön!«, ruft Jolka erneut und klatscht in die Hände, sodass ihre Armreifen klimpern. »Wie ich mich freue!«

Und tatsächlich freut Jolka sich so, als wären die Fröhlichs nicht irgendwelche fremden Feriengäste, sondern ihre sehr lange vermissten Freunde.

Mit beiden Händen greift Jolka Maris Hände und schüttelt sie: »Mari! Wunderbar!«

Mari hat keine Zeit, irgendwas zu antworten, denn nun ist Jolka schon weitergetänzelt, drückt erst die irritierte Mama (»Paula!«) und dann den verdutzten Papa (»Tom, wie wunderwunderwunderbar!«) fest an sich, um sich dann Bela zuzuwenden. Mari will schon zu ihm eilen, sich schützend vor ihren Bruder stellen, der mag das nicht, wenn Fremde ihm zu nahe kommen, verständlicherweise nicht, aber jetzt stoppt Jolka, geht in die Knie, faltet sich irgendwie so kunstvoll zusammen, dass sie auf Augenhöhe mit dem Ganz-schön-klein-für-fünf-Jahre-Bela ist, und wartet. Und Bela steht da und hat keine Angst, sieht Jolka in ihre wunderschön bunt bemalten Augen und sagt: »Guten Tag, Frau Riesin!«

»Guten Tag, Bela«, sagt Jolka, »magst du Zimtbrötchen?«

»Sehr gerne«, antwortet Bela, der noch nie in seinem Leben Zimt gegessen hat.

»Das ist gut«, sagt Jolka, »das freut mich!«

Und dann fangen Jolka und Bela plötzlich an zu lachen, so, als hätten sie einander irgendeinen wahnsinnig guten, streng geheimen Witz erzählt.

Gerade, als Jolka sich aufrichtet, kommt ein Ungeheuer über den Zaun gesprungen. Bela schreit und wahrscheinlich hat auch Mari geschrien, kein Wunder, wenn plötzlich ein Ungeheuer auftaucht.

»Feinur!«, ruft Jolka. »Ich bitte dich!«

Das Ungeheuer lässt sich neben Jolka nieder und senkt den Kopf.

»Das tut mir leid, Bela und Mari. Er freut sich, er wollte euch nicht erschrecken.«

»Was ist das?«, fragt Bela und kneift Mari, hinter deren Rücken er sich versteckt hat, vor Aufregung in den Arm.

»Feinur«, sagt Jolka.

»Ja, aber was ist Feinur?«, fragt Mari und merkt, dass sie in dem gleichen genervten Ton spricht, den sie sonst nur bei Mama hat.

»Feinur ist Feinur«, sagt Jolka.

»Und«, sagt Joon und kniet jetzt plötzlich zwischen Mari und Bela auf der einen, und Jolka und Feinur auf der anderen Seite, eine Hand in Feinurs tiefschwarzem Fell, eine an Belas Arm, »Feinur ist auch ein Strandläufer, der allerletzte, genau genommen.«

»Ich dachte immer, das wären Vögel«, schaltet Papa sich ein. Das ist noch eine der seltsamen Sachen, die seit der Krankheit passiert sind. Dass Papa sich plötzlich kein bisschen mehr für

Zahlen und Statistiken, dafür umso mehr für Vogelkunde interessiert. Mari weiß nicht, ob sie das gut finden soll. Bachstelzen, Doppelschnepfen, Eichelhäher – Vögel kommen ihr nicht viel spannender als Papas Graphen und Berechnungen vor.

»Kann gut sein, aber hier gibt es nur Feinur und der ist eine Mischung aus Wolf, Hund und Seehund.«

»Seehund, na klar!«, rutscht es Mari heraus. Mama sieht sie streng an. Aber ist doch wahr, auch wenn sie aus der Stadt kommen, die mit jeder Minute auf Solupp immer mehr wie ein Paralleluniversum scheint, dumm sind sie ja nun nicht. Und das soll Jolka, das soll vor allem Joon wissen.

»Wirklich«, sagt Jolka.

Joon nickt heftig: »Ihr müsst ihn mal im Wasser sehen.«

Mari runzelt die Stirn. Was immer sie ihr auch weismachen wollen, Feinur ist weder ein Ungeheuer noch ein Seehund. Feinur ist einfach der größte Hund der Welt und vor Hunden hat Bela panische Angst und deswegen soll Jolka ihr Riesenviech bitte zurückhalten. Aber das muss sie gar nicht, Feinur zieht sich selbst zurück, trottet weg von Bela und verschwindet hinter den dichten Rosen, die das Haus von hier aus unsichtbar machen.

»Ihr werdet euch schon noch anfreunden«, sagt Jolka. Bela schüttelt heftig den Kopf und Jolka wiegt klimpernd ihren auf und ab und Mari ist froh, dass sie nicht mehr zu der Sache sagt. Auf Bela darf man nicht einreden.

»Kurt!«, ruft Mama, als hätte sie nicht damit gerechnet, ihren Ältesten jemals wiederzusehen.

Und da kommt Kurt betont lässig den Kiesweg entlang, die Hände in den Hosentaschen, die riesigen Kopfhörer auf den Ohren, aber für einen kurzen Moment sieht Mari ein zufriedenes Grinsen in seinem Gesicht. Sobald er die anderen registriert, wischt er das Grinsen weg und setzt wieder seine Heute-ist-definitiv-der-schlimmste-Tag-meines-Lebens-Miene auf.

»Wie bist du denn so schnell hierhergekommen?«, fragt Mama. Stimmt, denkt Mari, das ist eigentlich unmöglich. Vor allem in Kurts Schlenderschritt.

»Ich hab einen Tunnel entdeckt!«

Mari merkt, wie Joon neben ihr aufhorcht, aber bevor er etwas sagen kann, klatscht Jolka in die Hände und ruft: »Schön, schön, dann sind wir ja nun komplett. Zimtbrötchen?«

Bela nickt eifrig.

»Soll ich euch noch tragen helfen?«, fragt Joon, aber Jolka schüttelt den Kopf: »Das schaffen wir schon! Danke dir!«

»Ist doch klar!«, sagt Joon.

Jolka drückt ihm eine große Papiertüte in die Hand, der Duft von Zimt weht Mari in die Nase.

Joon strahlt.

»Musst doch was essen, Kind«, murmelt Jolka.

Joon sieht auf den Boden und Mari fragt sich, warum er plötzlich so verlegen ist. Doch als er Helios abzäumt, die Kutsche neben den Weg zieht, ist er wieder so unbeschwert und gut gelaunt wie vorher. Aus seiner Hosentasche holt er noch einen der winzigen Äpfel und gibt ihn dem Pony.

»Okay, Helios?«, fragt Joon und Helios schnaubt wieder

und dann schwingt sich Joon wie ein Zirkusakrobat oder ein merkwürdiger Bewohner einer noch merkwürdigeren Insel auf das Pony, winkt den Fröhlichs zu und galoppiert auf Helios' breitem Rücken davon.

»Also –«, beginnt Mama, dann verstummt sie.

Kein Wunder, es gibt so viele Fragen, denkt Mari. Ja, anscheinend ist Solupp mehr als ein einsamer Fleck im Meer, an dem sich der Sommer verfangen hat, anscheinend ist Solupp voller Merkwürdigkeiten und Rätsel und Geheimnisse: der Walkiefer, der seltsame Kerl, der Strandläufer, das alles –

»Na dann, kommt mal!«, ruft Jolka mitten in Maris Gedankenkarussell hinein.

Zusammen mit ihrer Familie folgt Mari ihr durch das grünblättrige Tor in der Mauer aus Heckenrosen, hinter der sich kein Schloss, sondern ein kleines, weiß getünchtes Haus unter seinem Reetdach versteckt hat wie Kurt sich unter seiner Kapuze.

»Erzähl mir von dem Tunnel«, flüstert Mari Kurt zu, während sie hinter Jolka her durch den verwilderten Garten gehen.

»Mal sehen«, flüstert Kurt zurück, »ob ich das kann.«

Und das klingt irgendwie nicht so, als ob diese Entscheidung bei Kurt liegen würde.

»So schön!«, ruft Mama weit vor ihnen und Mari denkt, schön ja, aber auch ganz schön rätselhaft. Dann tritt sie durch die zweigeteilte Tür, die Jolka ihr aufhält, hinein in das Haus, das sie zimtduftend begrüßt, und seltsamerweise fühlt sich das tatsächlich wie Nachhausekommen an.

DRITTES KAPITEL

IM WELLENRANKRAUM

»Willkommen im Heckenrosenhaus!«

Jolka gießt bernsteinfarbenen Tee in schiefe Tassen: »Selbst getöpfert!«

Mit Schwung zieht sie ein Blech aus dem Ofen: »Frisch gebacken!«

Bugsiert die faustgroßen, gelbgoldenen Brötchen auf einen hölzernen Spachtel und schießt sie, hoch in der Luft, quer durch den Raum auf die Teller, die vor den Fröhlichs auf dem weißsplittrigen Tisch stehen: »So kühlt's im Flug ab, praktisch, praktisch!«

Mari sieht Jolka zu, wie sie durch die Küche tänzelt, eine Glasflasche mit Milch aus dem sanft schnurrenden Kühlschrank holt: »Unfassbar lecker!«

Wie sie ein Glas mit einer honiggelben Masse auf den Tisch stellt: »Solbeer-Konfitüre, sehr zu empfehlen!«

Wie Jolkas Ohrringe klimpern, wie ihr Tuch wippt, wie sie im Vorbeilaufen Feinur durchs Fell streichelt, der sich neben dem steinernen Ofen zusammengerollt hat, der sich so klein gemacht hat, wie es bei seiner Größe eigentlich nicht möglich ist, und beim Schlafen ein leises Lied summt. Und das alles zusammen ergibt einen seltsam beruhigenden Tanz.

Als Mamas Telefon polternd auf dem Holzboden landet, zucken alle zusammen. Nur Feinur nicht, Feinur schläft tief.

»Entschuldigung!«, ruft Mama. Sie hat die roten Flecken am Hals. Ganz so entspannt, wie sie tut, ist sie also nicht. Jetzt kommt wieder die Original-Mama zum Vorschein, die es nicht aushält, nicht erreichbar zu sein für die Patienten und die Vertretung. Sechs Wochen, was hat sie sich nur gedacht?

»Es gibt wirklich gar keinen Empfang, oder?«, fragt sie und schwenkt ihr Telefon wie eine Angelrute durch die Luft.

»Gar keinen!«, sagt Jolka zufrieden.

Mama lacht, verstummt dann aber, als ihr klar wird, dass Jolka das vollkommen ernst meint.

»Bei guter Sicht kann man es per Feuerleuchtzeichen versuchen. Ich kann dir das gerne zeigen, bis zum Festland rüber reicht es. Allerdings müssen wir bis zu den Dunkelstunden warten, sonst sieht man ja nichts, drüben.«

Dunkelstunden, da ist wieder die Gänsehaut und da ist gleichzeitig das Kribbeln in Maris Bauch, das sie sonst nur von den Geburtstagsnächten kennt. Ponys, Grinsejungs – das ist nichts für Mari, aber Solupps Geheimnisse, die interessieren sie ungemein.

»Es geht schon«, sagt Mama, in einem Ton, der klarmacht, dass es eigentlich absolut gar nicht geht.

»Sag einfach Bescheid!«, sagt Jolka und nimmt ihre Versorgungstänzelei wieder auf, wirft Bela ein zweites Zimtbrötchen zu und Mari zum Glück auch, ohne dass die nachfragen muss. Die warmen Brötchen sind unfassbar gut, süß und knusprig und innen ganz weich und mit genau so viel Zimt, dass es nach Sommer und Abenteuer und nicht nach Weihnachten schmeckt.

»Ich würde mich gerne kurz mal hinlegen«, gähnt Papa.

»Sicher, sicher!«, ruft Jolka. »Die Schlafzimmer sind oben. Der Junge hat alles bezogen, ihr müsst euch nur eure Zimmer aussuchen, ich lass euch jetzt mal allein, muss sowieso los, sehen, ob Ema zurück ist. Wenn ihr mich braucht, hisst die Fahne!«

Mama und Papa und Bela und Kurt und Mari sehen Jolka fragend an.

»Das ist wichtig!«, sagt Jolka und bindet eine Schnur los, die neben dem Ofen an einem eisernen Haken befestigt ist. Als sie die Schnur locker lässt, segelt eine rote Fahne hinab. Die Fröhlichs sehen nach oben: ein Mast wie von einem großen Segelboot, der durch ein Loch im Dach in den Himmel sticht.

»Und wenn es regnet?«, fragt Bela.

»Dann wird es nass«, verkündet Jolka fröhlich und bindet das Seil wieder fest. »Jetzt müsstet ihr euch eigentlich zurechtfinden.«

Und bevor Mama eine ihrer tausend Fragen stellen, auch nur eines ihrer Millionen Bedenken äußern kann, ist Jolka schon an der Tür, erhebt Feinur sich und trottet ihr nach, winkt Jolka einmal, wedelt der Strandläufer mit dem Schwanz, sind die beiden weg.

»Also –«, fängt Mama an.

»Sag jetzt nichts«, sagt Papa, »lass es einfach auf dich wirken.«

Und da sitzen die Fröhlichs und lassen es einfach auf sich wirken, für fünf, sechs Minuten, ein paar Stunden, was wissen sie schon, wie die Zeit auf Solupp vergeht.

Schließlich ist es Mari, die aufsteht und die sonnenbeschienene Holztreppe hinaufsteigt. Und plötzlich, für einen Moment, ist es wie immer am ersten Urlaubstag, ist Kurt neben ihr, versucht sie zur Seite zu schieben, irgendwie an ihr vorbeizukommen, rangeln sie auf der Treppe, drückt sich Bela an ihnen vorbei und ist dieses Jahr der Gewinner, zum allerersten Mal: »Erster!«, verkündet er strahlend und verschwindet oben im Flur.

»Schätzchen!«, ruft Mama. »Warte, sonst –«

»Was sonst?«, hört Mari Papa fragen. »Was soll schon passieren? Wütende Riesenhunde? Mysteriöse Männer im Frack? Undurchschaubare Ladenöffnungszeiten? Ist doch alles gut, ist doch wunderwunderschön!«

Mari wartet nicht, bis Mamas und Papas halbherzige Kabbeleien in voller Fahrt sind, sie hat ein Zimmer zu belegen, möglichst das beste.

Aber Kurt und Bela waren schneller. Bela hat sich das kleine, sonnendurchflutete an der Ecke ausgesucht, in das nur ein himmelblau gestrichenes Bett und ein winziger, sonnengelber Tisch passen, das durch die ineinander verschlungenen filigranen Pflanzen an den Wänden etwas Märchenhaftes hat: Fabelhafte Tiere, bunte Wesen verstecken sich zwischen den Ranken und Blüten und Mari könnte ewig hier stehen und die Wände anstarren, aber jetzt muss sie sehen, dass sie sich ein Zimmer sichert, bevor Papa und Mama auch noch nach oben kommen. Sie eilt an der offenen Tür zu Kurts Zimmer vorbei, der hat sich den größten Raum geschnappt. So hell Belas Zimmer ist, so dunkel ist Kurts, indigoblaue Wände, eine breite Matratze auf dem Boden, tiefschwarze Bettwäsche, sogar ein altmodischer Boxsack baumelt von der Decke. Nur ganz kurz wundert Mari sich über die für ein Ferienhaus doch etwas seltsame Einrichtung, dann wird ihr klar, dass es nur noch ein Zimmer gibt. Ein mittelgroßes, ganz weiß gestrichenes mit einem riesenhaften Kleiderschrank und einem gigantischen Doppelbett. Es ist offensichtlich, dass Mama und Papa das nehmen werden. Mama braucht einen Ort für das ganze Gepäck und Papa braucht ein gutes Bett für seine Tätigkeit als Siebenschläfer.

Super, und wo soll Mari jetzt hin? Da ist schon wieder die Wut, immer diese Wut, die hätte sie gerne zu Hause gelassen. Aber das ist doch gemein, dass es immer um die anderen und nie, nie, nie um Mari geht! Mari boxt gegen die Wand. Das tat weh! Die Tränen steigen ihr in die Augen, schnell wischt sie sie weg. Und dann ist da ein Rattern, ein Knarren, dann bewegt sich etwas über ihrem Kopf. Mari sieht nach oben und bevor Bela oder Kurt etwas tun oder auch nur sagen können, ruft Mari: »Mein Zimmer!«

Sie ist die Erste auf der tiefroten hölzernen Treppe, die sich aus der Decke zu ihnen herabschraubt – sobald die unterste Stufe den Boden berührt, ist Mari auf dem Weg nach oben.

Und das ist ihr Zimmer. Ja, genau. Wenn irgendein Zimmer auf der Welt zu ihr gehört, dann das hier, denkt Mari.

Der Raum unter dem Dach ist verwinkelt und ähnlich lichtdurchflutet wie Belas Zimmer.

Doch hier ranken sich keine Pflanzen die Wände entlang, sondern Wellen in allen Schattierungen von Blau. Es schillert und schimmert und wenn man länger auf die Wogen schaut, hat man das Gefühl, dass sie sich wirklich bewegen. Mari blinzelt den leichten Schwindel weg.

»Wahnsinn!«, murmelt Kurt hinter ihr in der Tür, ungewohnt andächtig. Und er hat recht. Die Malereien sind der Wahnsinn und im gemalten Meer befinden sich lauter bunte Fische, ein Dreimaster und ganz klein: ein Kopf, ein Körper, ein Fischschwanz.

»Ein Meerjunge!«, haucht Bela verzaubert.

Nur Mari sagt gar nichts. Still betrachtet sie die kunstvoll bemalten Wände, streicht mit der Hand sanft über die Wellen, wandert über den honiggelben Holzboden, der bei jeder Bewegung knarzt, der ihr mit jedem ihrer Schritte eine Geschichte erzählt. Eine, die sie noch nicht versteht, die sie eines Tages aber kennen wird, da ist Mari sich sicher.

Hier oben gibt es vier Fenster, für jede Himmelsrichtung eines.

Mari tritt an das größte, das vom Stand der Sonne her nach Süden zeigen muss. Vorausgesetzt, für Solupp gelten dieselben Regeln wie für den Rest der Welt. Der Blick geht weit über den verwunschenen Garten, die Heckenrosen, die sattgrünen Wiesen hinaus bis zum Meer, das den gemalten Ozean an der Wand fortsetzt. Da ist der Leuchtturm auf der schmalen Landzunge, da ist der Horizont, da ist eine kleine Gestalt, die ihre Arme über dem Kopf bewegt, als würde sie, ja, als würde sie Mari zuwinken. Unmöglich, denkt Mari, woher soll die Person denn wissen, dass ich hier bin?

»Wem winkst du da?«, fragt Kurt, der plötzlich neben ihr steht und ebenfalls hinaus aus dem Fenster sieht.

»Niemandem«, sagt Mari und Kurt sieht sie an, als ob sie einen Knall hätte, und das ist nur verständlich, denn jetzt ist die winkende Gestalt verschwunden, aber Maris Hand immer noch zum Gruß gehoben.

»Das sollte mein Zimmer sein«, setzt Kurt an, »ich bin der Älteste und –«

»Vergiss es!«, unterbricht Mari ihn, »bei dem Boxsack und den dunklen Wänden, da bist du schon richtig.«

Kurt sieht sie düster an, aber er sagt nichts, weil er nämlich genauso gut wie Mari weiß, dass sie recht hat, dass das stimmt: Das Zimmer ist wie für ihn gemacht, genau wie Belas für Bela, der Schlafpalast für Paula und Tom, und dieser Wellenrankraum mit Aussicht in alle vier Himmelsrichtungen für

Mari. So, als hätte jemand die Zimmer extra für die Familie vorbereitet und als würde dieser jemand sie noch ein bisschen besser kennen als sie sich selbst.

Die Nacht kommt plötzlich, von einem Moment auf den anderen, so, als hätte jemand die Sonne ausgeknipst.

»Was ist das denn?«, ruft Mama von unten.

Die Dunkelstunden, denkt Mari, das müssen die Dunkelstunden sein.

Anders als Mama anscheinend, hat sie einen Übergang bemerkt, hat beobachtet, wie das Licht von strahlend weiß zu Warmgold und schließlich blutrot wechselte, wie die Welt dort draußen sich fließend verwandelte, immer unwirklicher wurde.

Wenn Jule sie so sehen würde: Mari, die immer in Bewegung sein muss und jetzt hier steht, seit Stunden am Fenster –

Was Jule jetzt wohl gerade macht?

Neben Mari geht die Stehlampe an, Mama steht neben ihr: »Was tust du da, Schätzchen?«

Mari zuckt die Schultern. Mama soll ruhig denken, dass sie sich langweilt, muss nicht wissen, dass sie so zufrieden wie gerade eben seit Langem nicht war.

Mama seufzt, streicht Mari übers Haar: »Vielleicht war das wirklich ein Fehler –«

»Was?«

»Ach nichts … Papa schläft schon.« Mama klingt traurig.

»Das ist ja nichts Neues«, sagte Mari, »das hätte er zu Hause auch gemacht. Oder in Italien.«

»Morgen machen wir was Schönes, ja?«

»Okay«, sagt Mari und Mama geht.

Sofort knipst Mari das Licht wieder aus.

Irgendetwas da draußen kommt ihr merkwürdig vor. Nur was? Angestrengt starrt sie hinaus.

Da war eben was, unten in der Bucht.

Ein seltsames, flackerndes Licht, wie von einem Feuer.

Leuchtzeichen, hat Jolka vorhin gesagt.

Ob das da draußen Leuchtzeichen sind?

Und jetzt weiß sie auch, was sie eben irritiert hat: Während da draußen in der Bucht der Schein eines Feuers flackert, ist der Leuchtturm vollkommen dunkel. Kein sich drehendes Licht, still und stumm steht er in der Dunkelheit, als ob das Meer, die Felsen und die Schiffe, die dort draußen vielleicht seine Hilfe brauchten, ihn nichts angingen.

Mari schnappt sich ihren Pullover, schleicht sich so leise wie möglich die Wendeltreppe hinunter.

Die Tür zu Kurts Zimmer ist zu, natürlich ist sie zu.

Und trotzdem zögert Mari einen Moment. Früher waren Kurt und sie ein Team, haben sie alles gemeinsam gemacht, hat Kurt auf sie aufgepasst und sie auf Kurt, haben sie einander alles erzählt, hätte eine geschlossene Tür rein gar nichts bedeutet. Früher hätte sie ihn gefragt, ob er mitkommt, rausfinden, was das mit dem Feuer bedeutet, ob sich dahinter ein Abenteuer versteckt.

Früher. Aber früher ist nicht mehr. Alles ist anders und deswegen öffnet Mari die Tür nicht, lässt Kurt in seiner dunklen Höhle zurück und geht alleine weiter.

Sie hört Papa schnarchen und, ganz leise, Belas ruhigen Atem. Durch den Türspalt sieht sie die beiden im Licht der kleinen Nachttischlampe: Papa liegt ausgestreckt auf dem Rücken, Bela auf seinem Bauch. Das hat er schon lange nicht mehr gemacht. Seit Papa aus dem Krankenhaus gekommen ist nicht mehr. Es war, als ob Bela Sicherheitsabstand gehalten hätte, als ob er diesem neuen, schmalen, fast haarlosen Papa nicht mehr traute. Dass er jetzt wieder bei ihm liegt, vielleicht ist das ja ein gutes Zeichen.

Mari schließt leise die Zimmertür und geht hinunter in die Küche.

Da sitzt Mama am Tisch, vertieft in eine ihrer medizinischen Fachzeitschriften. Es ist unmöglich, sich unbemerkt an Mama vorbeizuschleichen, Mama hört immer alles.

»Was hast du denn vor?«

»Ich geh noch mal kurz raus!«, sagt Mari und rechnet damit, dass Mama sie aufhalten wird. Doch Mama zögert, überlegt und dann nickt sie: »Ist gut.«

Mari eilt zur Haustür, bevor Mama es sich anders überlegen kann, sie hat die Hand schon auf der Klinke, als Mama sich doch noch mal räuspert: »Oder soll ich mitkommen?«

»Nein«, sagt Mari bestimmt und ohne nachzudenken. Im nächsten Moment tut es ihr leid. Aber so ist es nun mal, sie will allein sein. Will Mama nicht dabeihaben mit ihren tausend Fragen, Mama, die es nicht aushält, wenn man einfach mal schweigt und sein Ding macht.

»Okay«, sagt Mama, »aber pass auf!«

Mari fragt nicht, was Mama immer mit ihrem Aufpassen hat. Wo sie doch alle wissen, dass aufpassen auch nicht immer was bringt. Dass man so viel aufpassen kann, wie man will, und so eine Sache wie die mit Papa trotzdem einfach so passiert.

»Mach ich«, sagt Mari nur und tritt hinaus in die milde Sommernachtluft, die nach Rosen riecht und vielleicht nach Jasmin und sich wie eine weiche Decke um Maris Körper legt.

Und trotzdem schaudert ihr, als sie durch den verwilderten Garten geht, türmen sich die Hecken und Sträucher am Weg wie Ungeheuer über ihr auf, hat der Apfelbaum plötzlich lange, lockende Finger: *Komm, Mari, komm!*

Sie schüttelt heftig den Kopf und der Apfelbaum zieht seine Arme zurück. Das kann am Mondschein liegen, an der Perspektive oder daran, dass der Apfelbaum verstanden hat, dass er Mari mit solchen Tricks nicht kommen muss. Sie atmet einmal tief durch, dann geht sie weiter, setzt ihre Füße vorsichtig auf, achtet darauf, kein Geräusch zu machen, was schwierig ist auf dem Kies, der bei jedem Schritt klingt, als tuschelten tausend Zwerge.

Während die Stadt in der Nacht fast verstummt, wird Solupp in den Dunkelstunden lebendig. Ein Schnauben lässt Mari zusammenzucken. Es kommt von jenseits der Mauer aus Heckenrosen. Sie könnte zurücklaufen, sich stillschweigend ins Bett verkrümeln, sie könnte einen Tee mit Mama trinken, aber Mari geht weiter. Sie will wissen, was da hinter den Rosen lauert. Das Tor öffnet sich quietschend, dahinter wiegen Marsch und Wiesen sich leicht im Wind. So viel Platz ist Mari nicht gewöhnt, nicht die Dunkelheit und auch nicht so allein zu sein. Wobei, ganz allein ist sie nicht: Da ist schon wieder das Schnauben. Mari schleicht in die Richtung, aus der das Geräusch kommt, das Schleichen gelingt ihr hier besser, jetzt, wo sie nicht mehr durch Kies, sondern weichen Sand läuft. Gleich ist sie da. Ein neuer Gedanke knallt Mari ins Gehirn. Abrupt bleibt sie stehen. Was, wenn es der seltsame Mann vom Schiff ist? Der unhöfliche Kerl mit dem Mantel? Was, wenn der Seltsame Mari in eine Falle locken will?

»So ein Quatsch!«, weist sie sich selbst zurecht. Und selbst wenn, sie muss ja nicht darauf reinfallen. Los jetzt, je länger sie wartet, desto größer wird die Angst, desto wilder tobt die Fantasie sich bei dem aus, was sein könnte. »Los, los«, flüstert Mari sich selbst zu und biegt um die Kurve.

Die große Gestalt ist ein Pferd.

Es steht da still im Mondschein und starrt Mari aus dunklen Augen an und Mari starrt aus ihren grüngrauen Augen zurück.

»Was willst du?«

Das Pferd antwortet nicht. Und obwohl Mari absolut keine Ahnung von Pferden hat, hätte sie sich das ja zumindest mal denken können, dass ihr das Tier kaum antworten wird.

Trotzdem kommt es Mari höchst angemessen vor, noch einen Moment auf eine Antwort zu warten, falls das Pferd es sich doch anders überlegt.

Aber es steht nur da und guckt, hat die Ohren spitz aufgerichtet, als würde es angestrengt lauschen.

Mari zuckt die Schultern. Sie hat dem Tier nichts zu sagen, sie ist wegen des Feuers hier draußen. Mit ein paar Metern Sicherheitsabstand geht sie an dem Pferd vorbei in die Richtung, in der sie vom Strand her ein orangefarbenes Glimmen erkennt: das Feuer.

Und während Mari dem schmalen Pfad durch die flüsternde Wiese folgt, durch einen silbrig flackernden kleinen Birkenwald, über den Deich, hinab in die Marsch, bis dahin, wo der sandige Pfad vom Strand geschluckt wird, hört sie leise Schritte, spürt sie, dass ihr jemand folgt. Mari wird schneller und schneller und da ist das Feuer, da unten, ganz nah am Meer, und neben dem Feuer steht eine Gestalt und als Mari näher kommt, erkennt sie, dass es ein Mädchen ist.

Ein Mädchen mit krausem schwarzem Haar, einer knallroten Jacke, die sicherlich zehn bis hundert Nummern zu groß ist, und darunter schaut eine knapp unter den Knien abgeschnittene Jeans hervor, genau so eine, wie auch Joon sie trägt. Da steht ein Mädchen, etwa in Maris Alter, ein bisschen größer vielleicht. Auf seiner Schulter sitzt ein rotblaugelber Papagei und sieht Mari genauso erwartungsvoll an wie das Mädchen selbst.

»Da bist du ja endlich«, sagt das Mädchen mit der rauesten

Stimme der Welt, als Mari vor ihm stehen bleibt, »das wurde aber auch Zeit!«

Und Mari sieht sie fragend an, weil das so klingt, als müsste sie etwas von einer Verabredung wissen, hier am Ufer des Meeres, am Rand dieses Feuers, hier auf Solupp in der Dunkelstunde.

»Ja?«, sagt Mari zögerlich und das Mädchen nickt und sieht dabei sehr zufrieden aus.

VIERTES KAPITEL

EIN FEUER AM RAND DES MEERES

»Ema«, sagt das Mädchen, »Ema Donnergroll!«

»Ja klar!«, sagt Mari und runzelt die Stirn.

»Mari«, stellt sie sich vor, »Mari Fröhlich.«

»Ja klar!«, sagt Ema und zieht die Augenbrauen hoch.

Einen Moment lang starren sie einander an, dann zuckt es um Emas Mundwinkel und dann halten es beide nicht mehr aus und müssen lachen.

»Du wirst beobachtet –«, sagt Ema, als sie sich wieder beruhigt hat, und schaut in die Richtung, aus der Mari gekommen ist. Mari sieht sich um. Jetzt, wo Ema neben ihr steht, erscheint ihr ihre Furcht übertrieben. Die Nacht ist doch nur die Nacht, nicht mehr und nicht weniger als der Tag. Warum nur macht die Dunkelheit ihr Angst? Vielleicht, weil sie so eine Dunkelheit wie auf Solupp aus der Stadt nicht kennt? Weil sie nachts normalerweise nicht draußen unterwegs ist, schon gar nicht allein? Wie auch immer, immerhin hat sie sich das mit dem Verfolger nicht eingebildet.

»Da«, sagt Ema.

Die Nacht hat es fast unsichtbar gemacht, aber dort oben im Strandhafer steht das Pferd und es ist Mari tatsächlich bis hierher gefolgt. Doch als sie jetzt zu ihm hochsieht, dreht es sich um und verschwindet hinter den Dünen.

»Warum folgt es mir?«, fragt Mari.

Als Ema die Schultern zuckt, beschwert der Papagei sich krächzend.

»Ist ja gut, Papillon!«, krächzt Ema zurück. Dann sieht sie Mari prüfend an: »Wie viel weißt du über Solupp?«

»Nichts!«, entfährt es Mari. »Absolut gar nichts.«

Ema lacht kehlig.

»Ah, du wurdest verschleppt, verstehe –«

Mari will widersprechen, verschleppt, das klingt so – na ja, eigentlich klingt das genau richtig. Ja, Mari und Kurt und Bela und ein bisschen auch Papa wurden definitiv von Mama nach Solupp verschleppt, an einen Ort, von dem sie rein gar nichts wissen und der von Minute zu Minute geheimnisvoller wird.

»Meine Mutter –«, sagt Mari knapp.

»Ah«, macht Ema, als kenne sie das schon. »Na ja, sie wird schon wissen, was sie tut.«

»Das bezweifle ich«, sagt Mari düster.

»Nana«, krächzt Papillon, der Papagei. Mari wirft ihm einen finsteren Blick zu.

»Er meint es nicht so«, sagt Ema, »was anderes als *Nana* sagt er bisher nicht. Wir kennen uns noch nicht so lange, er ist mir erst vor ein paar Tagen zugeflogen.«

»Was sollte ich über Solupp wissen, außer dass es am Ende der Welt liegt, es hier sogar Papageien gibt und aufdringliche Pferde?«

»Ponys«, sagt Ema, »es sind mal mehr und mal weniger wilde Wildponys. Und ansonsten kann ich dir nichts sagen –«

»Wie?« Langsam ist Mari genervt. Erst lockt Ema sie mitten in der Nacht raus mit ihrem doofen Feuer, sagt lauter mysteriöse Sachen und dann macht sie auch noch ein Geheimnis draus. Auf so was hat Mari gerade absolut keine Lust! Reicht doch, dass Mama nervt, Kurt komplett abgetaucht ist, Papa dauerschläft und der Vernünftigste der ganzen Familie noch an den Weihnachtsmann glaubt.

Mari dreht sich um und stapft in Richtung der Dünen. Gleich ist Ema bei ihr, hält sie am Arm fest:

»Ich würde dir wirklich was sagen, wenn ich könnte. Aber so ist Solupp nicht, das kann man nicht einfach so erklären –«

»Was soll das denn heißen?«

»Das heißt, dass du es selbst rausfinden musst. Ich glaube, Solupp ist für jeden anders.«

Mari überlegt. Dann schüttelt sie entschlossen den Kopf: »Du wohnst doch hier, du weißt ganz sicher mehr als ich! Zum Beispiel, warum das Pony mir folgt und was es mit diesem seltsamen Kerl auf sich hat –«

Mari verstummt, als sie Emas Blick sieht. Erschrocken sieht die aus, fast ängstlich.

»Der uralte Typ, der aussieht wie aus dem Museum? Du hast den auch schon getroffen?«

»Na ja, getroffen kann man nicht so richtig sagen. Er war mit uns auf der Fähre und fast hätte er Tom ins Wasser geschubst.«

»Tom?«

»Meinen Vater«, sagt Mari und sieht auf den Boden. Papa mag es nicht, dass Kurt ihn und Mama nur noch beim Vornamen nennt, aber manchmal macht Mari das auch, wenn es nicht anders geht, wenn Papa ihr einfach zu nah ist, dann ist es besser, Tom zu sagen, so wie jetzt, mit Ema. Die nickt nur.

»Kann ich mir vorstellen, dass der so was bringt.« Sie schüttelt sich: »Vergiss den«, sagt sie leise, »vergiss den lieber ganz schnell.«

»Warum?«

»Er –«

»Was denn?«

Ema zuckt hilflos die Schultern und dieses Mal glaubt Mari ihr sofort, dass sie nichts weiß.

»Ich hab einfach so ein Gefühl. Wie der Wind geschwiegen hat, als er an mir vorbeigegangen ist, wie es plötzlich kalt war, wie das Pony die Ohren angelegt hat und wie sich Feinurs Fell sträubte –«

»Keilkliff«, krächzt Papillon.

Mari sieht Ema herausfordernd an: »Ich dachte, der sagt nur Nana!«

»Tut er ja auch«, flüstert Ema, »bisher jedenfalls.«

»Keilkliff! Keilkliff! Keilkliff!«, ruft Papillon mit seiner Papageienstimme, immer und immer wieder, und krallt sich in Emas Arm.

»Das tut weh!«, ruft die. »Hör auf, Papillon!«

Als der Papagei seinen Namen hört, verstummt er schlagartig, versteckt den Kopf unter dem Flügel, als würde er sich schämen. Ema streicht ihm sanft über die Federn: »Schon gut …«

Der Papagei trippelt über ihre Schulter, legt seinen Kopf sanft an ihren Hals.

»Schon gut …«, flüstert Ema wieder und in dem Ton, in dem Mama vor allem sich selbst immer wieder versichert, dass alles wirklich ganz toll ist und vollkommen okay.

»Keilkliff«, sagt Mari gedankenverloren. Das Wort liegt sperrig und metallisch auf ihrer Zunge, kratzt beim Sprechen im Hals. Dieses Wort, das ist Mari klar, bedeutet nichts Gutes. Nur was?

»Wollen wir schwimmen?«, ruft Ema mitten in Maris Gedanken hinein. Mari sieht zum Meer hinüber, zu den weißschaumigen Wellen, die über den Sand lecken und die in Richtung Horizont immer düsterer werden, hellblau – indigo – schwarzblau –, bis sie ganz in der Ferne eins mit dem Himmel werden. Niemals geht sie da rein.

Niemals.

»Moment«, sagt Ema, als sie merkt, dass Mari keine Anstalten macht, sich in Richtung Meer zu begeben, nimmt Papillon vorsichtig von ihrer Schulter, setzt Mari den Papagei auf die Hand. Mari ist erstaunt, wie weich die Federn sind. Der Vogel klettert über ihren Arm auf Maris Schulter. Es tut nicht weh, es kitzelt nur. Fassungslos sieht sie zu, wie Ema aus ihren Kleidern schlüpft, wie sie nur in Unterwäsche in Richtung Meeressaum stürmt und dabei brüllt, als versuchte sie die Wellen zu erschrecken und zum Zurückweichen zu bewegen. Doch die Wellen weichen natürlich nicht zurück und auch Ema bleibt nicht stehen, sie läuft ins Wasser und als es ihr bis zur Hüfte geht, schmeißt sie sich kopfüber hinein, verschwindet darin und das Wasser schließt sich über ihr, wischt sie weg, als hätte es Ema nie gegeben. Aber da ist das Feuer, da ist Papillon auf Maris Schulter und da ist plötzlich ein ziehendes Gefühl in Maris Bauch.

»Ich setz dich hier ab, ja?«, sagt sie zu Papillon, und der antwortet »Nana« und Mari weiß nicht, ob das ja heißt oder nein, aber weil der Vogel von ihrer ausgestreckten Hand hinunter in den Sand klettert, nimmt sie an, dass es okay ist. Mari streift sich das T-Shirt über den Kopf, zieht die Hose aus und rennt los, dem Gedanken davon, dass das vielleicht keine so gute Idee ist.

Schon spürt sie die Wellen an ihren Knöcheln, wird der Boden unter ihren Füßen immer weicher, ist das Wasser gar nicht so kalt. Und wie Ema lässt Mari sich hineingleiten, schwimmt unter den Wellen hindurch, die Augen einen Spaltbreit geöffnet, sieht sie die Welt hier unten flackernd und silbrig. Das muss der Mond sein, der das mit dem Wasser macht.

Prustend taucht sie wieder auf.

»Siehst du, hier vor Solupp hat das Meer keine Farbe«, sagt Ema neben ihr. Nebeneinander schwimmen sie weiter hinaus.

Das Wasser ist nun glatt wie ein Spiegel, umschließt Mari weich und lauwarm.

»Nachts schwimmt es sich am besten!«, seufzt Ema neben ihr und Mari stimmt ihr zu: Ja, nachts schwimmt es sich anders. Anders als im See vor der Stadt, anders als im eisklebrigen Freibad, anders auch als in Italien. Vielleicht, weil es eben gar nicht so sehr wie Schwimmen ist, sondern wirklich ein bisschen so wie Fliegen.

Eine ganze Zeit lang verbringen sie damit, abwechselnd nach Muscheln zu tauchen, halten ihre schillernden Funde gegen den Sternenhimmel und lassen sie dann wieder hinabsinken auf den Meeresboden, weil sie die Hände frei haben müssen für Unterwasserpurzelbäume und Streckentauchwettbewerbe.

Und dann schreit plötzlich jemand. Brüllt aus voller Kehle. Und Mari merkt, dass sie das ist. Und das ist so einer dieser Befreiungsschreie, die man anscheinend am besten ausstößt, wenn man durchs Mondmeer vor Solupp schwebt.

Als sie viel später wieder aus dem Wasser steigen, hat Mari jedes Gefühl für die Zeit verloren. Bildet sie sich das ein oder wird es schon wieder heller?

»Wo ist der Papagei?«, fragt Mari erschrocken, als sie wieder bei ihren Sachen ist.

Ema zuckt die Schultern: »Ach, der kommt schon wieder! Er macht seine Ausflüge, aber wenn er Hunger hat, kommt er zurück zu mir.«

Gleich nachdem sie sich angezogen haben, stapft Ema los, in Richtung der Dünen. Mari beeilt sich, ihr zu folgen. So schön es im Wasser war, etwas ist ihr noch nicht ganz klar.

»Warum hast du auf mich gewartet, Ema?«

Ema hält nicht an, stapft weiter, warum hat sie es plötzlich so eilig? Mari muss sich anstrengen, um Schritt zu halten.

»Wieso hast du das Feuer gemacht, wieso hast du mir vorhin zugewunken?«

»Damit du kommst.«

»Warum? Du kennst mich doch gar nicht!«

Ema schüttelt den Kopf: »Nee, aber ich hab mir vorgestellt, dass es gut wäre, wenn du kommst. Und so war es dann ja auch, oder nicht?«

Sie sieht Mari triumphierend an und obwohl Mari eigentlich nicht will, nickt sie. Doch, irgendwie schon. Irgendwie war es gut. Seltsam, aber gut.

»Bis später!«, ruft Ema, bevor Mari noch was sagen kann, und erst jetzt sieht Mari, dass sie schon oben am Heckenrosenhaus angekommen sind.

»Wir sehen uns doch wieder, oder?«, fragt Ema und Mari findet, dass das wie eine Bitte klingt.

»Klar!«, sagt sie, »vorausgesetzt, meine Mutter lässt mich jemals wieder raus.«

Ema grinst: »Wird sie schon.«

»Woher weißt du das? Kennst du meine Mutter?«

Ema schüttelt lachend den Kopf: »Nee, nicht persönlich, aber ich weiß, wie das mit den Erwachsenen ist, auf Solupp.«

»Und wie ist das mit denen?«

»Die sind beschäftigt«, sagt Ema. »Glaub mir, die haben mit ihren eigenen Sachen zu tun!« Und dann stapft sie davon.

Gedankenverloren öffnet Mari die Pforte und tritt in den Garten, in dem im weichen Frühmorgenlicht nun alles summt und duftet und brummt, wie so ein Sommergarten das nun mal macht, und so, als hätte es diese merkwürdige Silbermondnacht nie gegeben, als wäre das alles nur ein sehr lebendiger Traum.

FÜNFTES KAPITEL

DER LETZTE WAL

Aber die Silbermondnacht war nicht nur geträumt. Das weiß Mari spätestens, als sie in ihrem sehr sandigen Bett aufwacht, im Kopf das seltsame Wort: Keilkliff.

Sie kann nur zwei, drei Stunden geschlafen haben, nachdem sie sich durch den Garten in die Küche, vorbei an der über ihren Büchern und Zeitschriften eingeschlafenen Mama, die Treppe hinauf in ihren Wellenrankraum geschlichen und dann erschöpft in ihrem Bett eingerollt hat. Kein Traum, zu viel piksiger Sand. Und trotzdem kann sie nicht glauben, dass das alles echt war: das Feuer am Strand, das Pony hinter der Hecke, Ema und Papillon.

Und Mama, die ihr keine Fragen stellt, als Mari schließlich in die Küche geschlurft kommt, wo Mama schon herumwirbelt.

»Guten Morgen, mein Schatz!«, ruft Mama gut gelaunt und stellt Marmelade und Schokopops und Zimtbrötchen und Butter auf ein großes Tablett, verschwindet damit durch die weit aufgesperrte Tür in den Garten. Mari folgt ihr. Dort steht unter einem Dach aus blühenden Rankpflanzen ein windschiefer Tisch, über den die Sonne eine Decke aus Licht gelegt hat.

Dort platziert Kurt widerwillig die kleinen blau-weißen Teller mehr werfend als stellend und versieht Mari mit dem fragenden Blick, den Mama sich eben gespart hat. Er trägt eins seiner düsteren Bandshirts und die zerrissene Jeans, sein Haar steht in alle Richtungen ab. Er sieht aus, als hätte er seit Wochen nicht geschlafen. Ob Kurt was weiß? Ob er mitbekommen hat, dass Mari sich heimlich rausgeschlichen hat? Mari kommt nicht mehr dazu, ihn zu fragen, weil jetzt Papa mit Bela auf den Schultern aus dem Haus tritt, seine Arme weit ausbreitet und fröhlich und ein bisschen übertrieben »Guten Morgen, meine Lieben!« ruft.

Mama und Kurt und Mari sehen Papa verwundert an. Was ist denn jetzt los?

Papa und Bela grinsen gemeinsam.

»Wir haben phänomenal geschlafen!«, verkündet Papa gut gelaunt.

»Phänomenal!«, wiederholt Bela.

Er sieht irgendwie erleichtert aus, findet Mari, so als sei ihm eine Lawine vom Herzen gerollt. Auch Mama sieht das und Kurt, sogar der kann sich ein Lächeln nicht verkneifen. Mama umarmt Papa fest und jetzt küssen sie sich und Mari guckt weg und Kurt murmelt: »Bitte nicht –«, aber auch das klingt immerhin nicht ganz so nach Weltuntergang wie sonst.

»Hunger!«, brüllt Bela von Papas Schultern und jetzt wird gegessen. Zimtbrötchen und Schokoladencreme, die es nur im Urlaub gibt, aber da jeden Tag, und Mama sagt zufrieden, dass das mit dem großen Appetit ganz klar an der guten Meeresluft liegt, und Mari denkt, dass das vielleicht stimmt, für die anderen, dass es bei ihr aber auch damit zu tun hat, dass sie heute Nacht etwa hundert Stunden bis eine Ewigkeit lang im Mondmeer vor Solupp geschwommen ist.

»Nach dem Frühstück schauen wir uns mal den Ort an«, verkündet Mama und noch bevor Mari oder Kurt etwas dagegen sagen können, spricht sie weiter: »Keine Widerrede. Das machen wir. Alle zusammen. Jolka hat gesagt, dass es im Schuppen Fahrräder gibt, gucken wir mal, ob die was taugen –«

»Ich will aber Eis«, stellt Bela fest, den Mund voller Zimtschokobrötchen.

Papa wuschelt ihm durchs Haar.

»Genau. Wie versprochen. Wir nehmen uns Räder und gucken, ob es im Ort eine Eisdiele gibt.«

Mama sieht Papa anerkennend an und Mari verzichtet darauf anzumerken, dass eine Eisdiele in dem winzigen Solupper Ort relativ unwahrscheinlich ist.

Wie kann man jemanden vermissen, der da ist, fragt Mari sich. Das geht doch eigentlich nicht. Aber so ist es. Sie vermisst Papa. Obwohl er da sitzt, direkt ihr gegenüber am Tisch. Sie vermisst, wie er war, vor dem Ganzen. Fröhlich und laut und manchmal auch ein bisschen verrückt. Aber dass er weiß, was sie heute vorhaben, und dass es sogar so klingt, als wäre er dabei, das ist ja schon mal was. Es ist so lange her, dass er sich für irgendwas wirklich interessiert hat. Die letzten Monate war Papa ein bisschen wie ein Fisch in einem runden Glas, der die Welt draußen nur verschwommen wahrnahm, der irgendwie dazugehörte und irgendwie auch nicht.

Sie beeilen sich mit dem Frühstück. Bela, weil er nach Schoko und Zimt immer noch großen Appetit auf Eis hat, Mari, weil sie hofft, im Ort Ema wiederzutreffen. Mama und Papa, weil das für sie im Urlaub aus irgendwelchen Gründen das Allergrößte ist, sich den Ort anzusehen. Dann schlendern sie Hand in Hand und begutachten kitschige Postkarten und getrocknete Seepferdchen und quietschbunte Badetücher, als hätten sie so etwas Wunderbares noch nie zuvor gesehen. Nur Kurt schlürft extralangsam, extralaut seinen extradunklen Tee, hat seine extradoofen Kopfhörer auf und starrt extrakonzentriert in sein Buch. Irgendwas mit Geheimschriften und Geheimbünden und dunkel, dunkel, dunkel.

Er rührt sich auch nicht, als die anderen schnell den Tisch abräumen, nicht, als Mari ihm die Kopfhörer von den Ohren zieht, damit er endlich mal hilft.

»Was?«

»Mitmachen, du Honk!«

Aber er setzt nur kommentarlos die Kopfhörer wieder auf, hebt das Buch höher und Mari bleibt nichts anderes übrig, als eine der roten Kapseln vom Rosenbusch abzuknipsen und ihrem Bruder eine Ladung Juckpulver ins T-Shirt zu streuen. Einen Moment lang passiert gar nichts, dann springt Kurt schreiend auf. Sein Buch fällt zu Boden, er zerrt sich den Kapuzenpulli und das T-Shirt vom Körper, Kurt tobt wie ein sonnengestochener Werwolf. Mama und Papa und Bela kommen aus dem Haus gestürzt.

»Schatz, was ist denn?«, ruft Mama immer wieder, aber Kurt kann nichts sagen. Es juckt zu doll. Und jetzt tut er Mari doch ein bisschen leid. Und dann noch ein bisschen mehr. Und dann so doll, dass sie den rissigen Gartenschlauch herbeizieht, ihn auf Kurt richtet und anschaltet. Volle Kraft voraus, auf seinen Rücken. Einen Moment lang schreit Kurt noch lauter, aber als Mari den Schlauch ausdreht, wird er schlagartig ganz ruhig und starrt Mari gefährlich an.

»Was macht ihr nur, ihr beiden?«, fragt Papa und klingt schon wieder so müde, dass Mari ihm gar nicht zuhören will.

»Kurt, zieh dir was Trockenes an und dann geht's los!«

»Das wirst du bitter bereuen«, zischt Kurt, als er an Mari vorbei ins Haus läuft.

Und dann will Mama alles abblasen, weil es im Schuppen kein kleines Fahrrad für Bela gibt.

»Macht nichts, dann fährst du eben bei mir mit!«, sagt Papa.

»Auf keinen Fall!«, ruft Mama.

»Was soll denn passieren?«, fragt Mari. »Im schlimmsten Fall fällt er in den Sand –«

»Ich halt mich ja auch fest!«, verkündet Bela tapfer. »Ich fahr nicht mit Papa, ich fahr mit Kurt.«

Alle sehen Kurt fragend an, der mittlerweile in trockenen Sachen am Gartentisch sitzt.

»Ich komme nicht mit!«

»Oh doch, junger Mann!«, sagt Papa und sieht dann selbst ganz erschrocken aus. Wie er das sagt, das klingt wie bei einem Vater aus einem der alten Filme, die sie früher manchmal mit Mama und Papa gucken mussten, weil das deren Lieblingsfilme waren. Der mit dem weißen Drachen und dem Mädchen und der Schildkröte, da sprechen die Väter so.

»Ich fänd's schön, wenn du mitkommst, Kurt«, sagt Mama.

Mari sieht Kurt an, wie er mit sich ringt. Schließlich nickt er knapp, knickt ein Eselsohr in sein Buch, stopft es in seinen Hosenbund, setzt seine Kopfhörer auf, schnappt sich das klapprige Rad und schiebt es quietschend zur Gartentür.

»Was ist, kommt ihr?«, fragt er etwas zu laut, weil er mit seinem Geschrei auf den Ohren nicht so richtig was hören kann.

Während der Rest der Familie sofort auf den Beinen ist und Bela ein Freudengeheul anstimmt, wartet Mari extra noch einen Moment. Was denkt Kurt denn, wer er ist? Dass sie alle rennen, sobald er ruft? Nichts da, nicht mit Mari! Sie geht zurück ins Haus, nimmt eins der großen Gläser aus dem Schrank, pumpt sich einen Schwall eiskaltes Wasser hinein. Das kommt direkt aus der Quelle, hat Mama gesagt, auf eine etwas besorgte Art. »Ich weiß nur nicht, wie das so mit den Keimen ist.«

Papa muss aufpassen mit Keimen. Und mit Tieren. Die erste Zeit ganz doll, jetzt darf er sich langsam wieder in die Außenwelt begeben. Dass Mama Ärztin ist, kam Mari am Anfang der ganzen Sache wie ein Glücksfall vor, jetzt ist sie sich da nicht mehr so sicher. Sie macht sich so viele Sorgen.

»Die Keime können mir nichts!«, hat Papa verkündet und einen großen Schluck Quellwasser getrunken. Die ganze Familie hatte ihn angestarrt, gewartet, was passieren würde, und auch Papa selbst sah ein bisschen ängstlich aus.

»Nichts!«, hat er schließlich ganz erleichtert verkündet. »Alles gut!«

Alles gut, denkt Mari, von wegen.

Aber immerhin. Ein Schritt. Ein Schritt mehr von Papa zurück in die Außenwelt, aus der nicht nur er in den letzten Monaten verschwunden ist.

Das Wasser schmeckt so gut. Mari trinkt gierig. Dann stellt sie das Glas auf den Holztisch. Und dann hält sie inne. Da steht etwas. Da hat jemand was in das dunkle Holz geritzt. Mit dem Zeigefinger fährt Mari über die Buchstaben. Wer auch immer das war, muss ein Messer benutzt haben. Schade, dass sie die Schrift nicht entziffern kann. Oder doch! Mari wühlt in der Krimskramsschublade. So eine gibt es in jeder Küche, selbst in der glänzenden, überordentlichen Ferienparkwohnung mit den auf den Terrassenboden montierten Stühlen und dem Saugroboter gab es immer eine Krimskramsschublade. Und normalerweise durchforscht Mari die gleich als Allererstes. Aber hier auf Solupp hat sie das vollkommen vergessen. Vielleicht, weil ganz Solupp so ist: wie eine große, inselförmige Krimskramsschublade voller Geheimnisse, Spuren vorheriger Besucher und Geschichten.

Gummibänder, Spielkarten, ein Korkenzieher, eine große Streichholzschachtel, das undefinierbare Ding (so ein undefinierbares Etwas, von dem niemand weiß, wofür es da ist und warum, gibt es in jeder vernünftigen Krimskramsschublade) und das, wonach Mari eigentlich gesucht hat: der Bleistiftstummel. Dieser hier ist grade angespitzt genug, um damit ein paar Mal über die Rückseite von Mamas To-do-Liste zu fahren, und dort die Schrift erscheinen zu lassen. Das Wort, das sie dort liest, lässt Mari die Luft anhalten:

KEILKLIFF

Schon wieder!

Und mit einem Mal hat Mari es ganz eilig, die Küche zu verlassen und zu den anderen zu laufen, die hinter den Heckenrosen auf ihren rostigen Rädern schon ungeduldig auf sie warten.

»Na, dann mal los!«, sagt Mama.

»Eis!«, schreit Bela, schlingt die Arme fest um Kurts Bauch und drückt den Kopf in sein T-Shirt.

»Hey, du Heini, das kitzelt!«, ruft Kurt gespielt genervt, aber Mari sieht ganz genau, wie er grinst, und Bela umklammert Kurt noch ein bisschen fester, lässt sich davon sowieso nicht beeindrucken, weil er Kurt ja nur so kennt. Mari fragt sich, ob

Bela sich überhaupt daran erinnert, dass Kurt früher mal anders war, leichter und weniger düster.

»Wenn du nicht mehr kannst, sagst du aber Bescheid!«, ermahnt Mama Papa.

»Wenn ich nicht mehr kann, fall ich kommentarlos vom Rad!«, sagt Papa grinsend und Mari beeilt sich loszukommen, bevor ihre Eltern doch wieder anfangen zu streiten.

»Guck mal, ein Kiebitz!«, hört Mari Papa noch sagen und dann Mama, wie sie »Sehr, sehr schön, Tom« sagt und dabei klingt, als würde dieses Mal ausnahmsweise sie herzhaft gähnen.

Die Fahrt durch Sand, Kies und Schlaglöcher ist zu anstrengend.

»Das nächste Mal gleich ganz zu Fuß!«, keucht Mama.

»Oder auf dem Pferd!«, schlägt Papa vor.

Und tatsächlich, da steht schon wieder das Pony, ganz alleine auf dem Feld.

Komisch, denkt Mari, als ob es nichts Besseres zu tun hätte, als zu warten.

»Niemals!«, rufen Mama und Mari gleichzeitig.

Sie sehen Kurt hinterher, wie er sich mit Bela auf dem Gepäckträger weiterkämpft und so tut, als wäre das für ihn alles ein Klacks. Soll er doch. Wenn er sich mal normal verhalten würde, wenn er hier bei Mari wäre, würde sie ihm erzählen, was sie im Holz des Tisches entdeckt hat. Dann könnten sie zusammen überlegen, was das Wort zu bedeuten hat, und Kurt mit seinem Geheimbundwissen hätte vielleicht eine Idee, ob und wie sich da was entschlüsseln ließe. Mari beschließt, mit Ema zu sprechen, vorausgesetzt, die taucht wieder auf.

Während sie sich den einzigen Weg in Richtung des Ortes entlangquält, die Sonne ihr auf den Kopf brennt, sie immer durstiger wird, ist Mari sich doch wieder sicher, dass die letzte Mondscheinnacht nur ein Traum war.

Doch dann rollt sie auf den Platz und sieht Kurt und Bela schon dort sitzen, dahinten, unter der Markise vor Jolkas reetgedecktem, rosenumranktem Haus. Beide mit einer Schüssel auf dem Schoß, beide mit einem Messer in der Hand, beide am Solbeerenschneiden und beide mit einem großen Limonadenglas vor sich auf dem Tisch, sehen sie aus, als säßen sie hier schon seit Stunden.

»Mari!«, ruft Bela aufgeregt. »Ich hab ein richtiges, echtes Messer!«

»Genau. Guck hin!«, knurrt Kurt ohne aufzublicken, und Bela konzentriert sich wieder auf sein Messer und die glänzend rotorangefarbene Frucht in seinen saftschmierigen Händen.

Natürlich ist seine Schüssel noch leer: Sobald er die Beere sorgfältig zerschnitten hat, wandert sie in Belas Mund.

»Wie Erdbeere und Himbeere und Gummibärchen gemischt«, nuschelt er mit vollem Mund.

Und da kommt Ema aus dem Haus, mit Papillon auf der Schulter, sieht auf Belas Schüssel und grinst dann Mari an: »Das mit dem Eis kann noch dauern!«

Fast hätte Mari *Dich gibt's wirklich!* gerufen, aber im letzten Moment presst sie die Lippen zusammen. Sie ist selbst erstaunt, wie sehr sie sich freut, Ema zu sehen. Sie kennen einander doch kaum!

»Ich kann helfen –«, bietet Mari an.

»Nee, komm lieber mit, ich muss dir was zeigen!«

Mari sieht zum Pfad hinüber, von Mama und Papa ist noch nichts zu sehen. Was, wenn ihnen was passiert ist? Andererseits, was soll schon passieren?

»Du passt auf, oder, Kurt? Wegen des Messers?«

»Ich werde mich nicht schneiden«, knurrt Kurt, ohne Mari anzusehen. Er weiß ganz genau, dass Mari das so nicht gemeint hat. Sondern, dass sie gerade die Verantwortung für Bela an ihn abgibt.

»Gut!«, sagt Mari, ohne weiter darauf einzugehen.

»Die kommen schon klar!«, verkündet Ema, und dann leiser, sodass nur Mari sie hören kann: »Wir müssen schnell los, ich will zurück sein, bevor Jolka merkt, dass ich das mit den Beeren wegorganisiert hab. Sie hält mir sonst einen Vortrag über Gastfreundschaft und so was –«

»Na, dann los!«, grinst Mari und die beiden rennen weg, als würden sie verfolgt.

»Was wolltest du mir denn zeigen?«, fragt Mari, als Ema kurze Zeit später abrupt stehen bleibt.

Wortlos deutet Ema nach oben.

Weit über ihren Köpfen kreuzen sich die beiden Walkieferknochen, strahlend weiß vor dem wolkenlosen Sommerhimmel.

»Der letzte Wal, der nach Solupp gebracht wurde«, erzählt Ema.

»Wahnsinn, wie groß der ist!«, flüstert Mari. Sie weiß nicht genau, warum, aber irgendwie erfüllt dieser riesige Walkiefer sie mit Ehrfurcht. Dass es auf der Welt so riesige Lebewesen gibt!

»Ja, irre, oder?«

Auch Ema spricht leise, so, als ginge es um ein Geheimnis, oder als dürtfe irgendwer nicht wissen, dass sie hier sind. Ema räuspert sich, schüttelt sich einmal: »Es fiel mir heute wieder ein!«

»Was?«

»Ich kann echt nicht fassen, dass ich gestern Nacht nicht darauf gekommen bin! Ich hab noch gedacht, das kommt mir bekannt vor, aber ich bin einfach nicht drauf gekommen, woher.«

»Was denn?«

»Keilkliff«, flüstert Ema und sieht Mari bedeutungsschwer an.

»Keilkliff?«

Was soll das nur immer mit diesem Wort?

Ema fährt knapp über ihrem Kopf mit dem Zeigefinger über den Knochen.

»Hier!«

Sie nimmt Maris Hand, legt sie auf die raue Oberfläche, die sich wie splittriges Treibholz anfühlt. Erst will Mari die Hand wegziehen, sie mag das Gefühl nicht und sie will dem Knochen nicht so nah kommen. Doch dann ertasten ihre Finger etwas, feine Rillen im Knochen, ein bisschen so wie vorhin in der Tischplatte.

Und als Mari in Emas vielsagendes Gesicht sieht, weiß sie, was da tief in den Walkiefer geritzt steht.

»Keilkliff«, flüstern die beiden gemeinsam, als wäre es irgendein streng geheimer, hochwirksamer Zauberspruch.

Keilkliff. Schon wieder.

»Früher, als ich kleiner war, hatte Jolka hier eine Schaukel für mich befestigt. Ich hab stundenlang darauf gesessen, selbst bei Regen und Sturm Ich hab beim Schaukeln in den Himmel geschaut und zugesehen, wie sich die Farben verändern, je nach Wetter. Klingt ein bisschen langweilig, oder?«

Mari schüttelt den Kopf. Sie versteht das, versteht, was Ema daran gefällt, im Himmel passiert mehr, als die meisten Leute denken.

»Na ja, auf jeden Fall habe ich eines Tages natürlich auch die Buchstaben entdeckt. Ich konnte noch nicht lesen und natürlich hätte ich Jolka fragen können, was das bedeutet, aber aus irgendeinem Grund hab ich das nicht gemacht. Stattdessen hab ich möglichst schnell lesen gelernt. Ich war so enttäuscht, als ich das Wort entziffert hatte. Keilkliff, was soll das schon bedeuten? So ein dummes, altes Wort. Aber weißt du, was ich jetzt denke?«

Ema wartet nicht auf Maris Antwort.

»Jetzt denke ich, dass es vielleicht doch nicht ganz so langweilig ist. Alt schon. Das bestimmt. Aber langweilig, nee, glaub ich nicht.«

»Ich auch nicht«, sagt Mari. »Und auf dem Tisch steht das Wort übrigens auch!«

Ema sieht sie fragend an: »Auf welchem Tisch?«

»Na, auf dem Tisch in unserem Haus, also Ferienhaus, da rein hat auch jemand dieses Wort geritzt!«

Mari merkt, dass sie schreit. Das passiert ihr, wenn sie sehr aufgeregt ist. Schon immer, sie kann nichts dagegen tun, sie muss sich dann richtig anstrengen, ihre Stimme wieder auf Normallautstärke zu stellen.

»Was hat das nur zu bedeuten?«, fragt Mari eigentlich mehr sich selbst als Ema.

»Ich weiß nicht«, antwortet die, »... aber wie wäre es, wenn wir es herausfinden?«

Mari sagt nichts, Mari nickt nur. Ein Rätsel, ein Sommergeheimnis. Und plötzlich erscheint ihr die Vorstellung, sechs Wochen auf dieser fast einsamen Insel verbringen zu müssen, gar nicht mehr so schrecklich.

»Gut«, sagt Ema, »später, aber jetzt müssen wir erst mal etwas Überlebenswichtiges erledigen.«

»Was? Was denn?«, fragt Mari aufgeregt.

»Nachsehen, wie weit die Jungs mit den Solbeeren sind, ich hab nämlich einen riesengroßen Hunger, und wenn wir Jolka gleich ganz nett bitten, macht sie uns auch noch Waffeln!«

Und damit klopft Ema dreimal gegen den Knochen, nimmt Maris Hand und zieht sie mit sich über den Platz, zurück zu Jolkas Haus.

SECHSTES KAPITEL

SOLBEEREIS, ANISWAFFELN UND EIN NÄCHTLICHER TANZ

Aber sie müssen Jolka gar nicht mehr nett bitten: Schon meterweit vom Haus entfernt steigt Mari der Duft frisch gebackener Waffeln in die Nase. Papa stellt sie gerade auf den Tisch, während Bela sich unter dem Tisch in einer Höhle häuslich eingerichtet hat, die Hände und das Gesicht solbeerrot verschmiert. Zwischen sich und Feinur, der auf der Türschwelle in der Sonne liegt und schläft, einen ordentlichen Sicherheitsabstand. Mama steht hoch oben auf einer ziemlich wacklig aussehenden Leiter und macht irgendwas am Dach, während Jolka die Leiter unten mit beiden Händen festhält, die Augen fest zugekniffen.

»Sie hat Höhenangst«, sagt Ema im Erklärton, dabei erklärt das höchstens ein Drittel der seltsamen Szene.

Es erklärt zum Beispiel nicht, warum Papa laut und dröhnend singt: »Wir lagen vor Madagaskar …«

»Alles okay bei euch?«

»Alles gut, Marilein!«

Papa legt seinen Arm um Maris Schulter, zieht sie an sich und gibt ihr einen Kuss ins Haar. Und obwohl Mari für so was vielleicht schon zu alt ist und obwohl Ema zuguckt, lässt sie ihn. Sie ist einfach froh, dass es ihm offensichtlich gut geht und er so gute Laune hat.

»Ich glaube«, seufzt Papa und atmet tief ein, »bei mir ist jetzt endlich auch das Feriengefühl angekommen.« Dann dreht er sich zur Leiter, hebt sein großes Wasserglas und ruft: »Vielen Dank, Jolka, und großen Dank, liebe Paula, dass du uns hierher verschleppt hast.«

»Kein Ding«, ruft Mama von oben, »also, ich glaube, so müsste es gehen!«

Mit zwei Schritten und einem Sprung ist sie wieder auf dem Boden, streicht sich das T-Shirt glatt, als wäre es ein elegantes Kleid. Ihr Gesicht, ihre Hände und Arme sind dreckig, aber für einen winzigen Moment hat sie das Funkeln in den Augen, das Mari lange nicht bei Mama gesehen hat.

Jolka zieht einen der geschwungenen Gartenstühle zurück, macht eine einladende Geste: »Der Ehrenplatz für die Heldin, die mein Haus vorm Abbrennen gerettet hat!«

»Na ja«, sagt Mama etwas verlegen, »so dramatisch war es dann ja zum Glück doch nicht.«

»Wär's beim nächsten Gewitter aber geworden«, murmelt Ema, »ein Reetdachhaus ohne Blitzableiter, das ist doch wie ein Schiff ohne Kompass –«

»Oder wie ein Urlaub ohne Sand in den Schuhen!«, sagt Papa.

»Wie ein Haushalt ohne Notfallapotheke!«, das kommt natürlich von Mama.

Alle sehen Mari an.

»Wie ein Sommer ohne Fuß–«

Wie ein Sommer ohne Fußballcamp, wollte sie sagen. Und Mama weiß das auch, die sieht jetzt nämlich schlagartig wieder traurig aus. Das wollte Mari nicht. Sie überlegt fieberhaft, wie sie das wiedergutmachen kann, rückgängig am besten, da kommt Bela ihr zuvor.

»Das ist wie ein fünfjähriges Kind in einer ziemlich tollen Höhle, aber ohne Waffeln!«, ruft er.

»Waffeln!«, ruft Jolka und das ist anscheinend auch eines dieser soluppschen Zauberwörter, dieses Mal aber eines der fröhlichen Sorte.

Es zaubert Bela unter dem Tisch hervor und Papa auf den Stuhl gleich neben Mama und Mari und Ema auf die himmelblau gestrichene Bank und es zaubert Kurt zurück, wo immer der auch war, jetzt ist er jedenfalls wieder da, sitzt Mari gegenüber am Tisch, seine Kopfhörer auf den Ohren, den Blick konzentriert auf die Waffel auf seinem Teller gerichtet. Kurt guckt die Waffel an, als wäre sie irgendein exotisches Gericht mit Augen, von dem er nicht weiß, wie man es korrekt zu sich nimmt.

»Dein Bruder sieht irgendwie ein bisschen verloren aus«, sagt Ema leise zu Mari.

»Ein bisschen?«

Die beiden müssen lachen. Kurt schaut hoch. Er weiß, dass

sie über ihn lachen, das sieht Mari ihm an. Sie will ihm sagen, dass das nicht so gemeint war, dass sie nur nicht weiß, was sie mit ihm anfangen soll, wie sie ihn wieder rauslocken kann, diesen richtigen Kurt, der verschwunden ist, seit Papa wieder da ist, und den sie so schrecklich vermisst. Aber dann macht Kurt eine fiese Grimasse und sofort tut er Mari nicht mehr so leid. Soll er doch verloren bleiben, soll er doch vereinsamen mit seiner schlechten Laune und seiner finnischen Brüllmusik, ihr doch egal. Sie hat Besseres zu tun und außerdem gibt es jemanden, der eine gute Freundin werden könnte, und noch dazu hat Mari ein Geheimnis zu lüften und –

»Joon!«, ruft Jolka. »Na endlich!«

Und tatsächlich schnaubt nun Helios vor dem Zaun, steht plötzlich Joon vor der großen Zinnwanne, in die Bela aus irgendwelchen Gründen Gras wirft und dieses weiße Pulver, das Mari erst für Sand gehalten, das sich aber als ganz fein zerstoßene Muschelschalen herausgestellt hat.

»Ich mache nämlich Gold«, erklärt Bela Joon, »und dann wissen alle, dass ich Gold machen kann!«

Mari seufzt. Bela und sein Gold. Seit er in irgend so einer Cartoonsendung Goldwäscher gesehen hat, will er Gold herstellen. Er probiert alles. Wirklich alles.

Na ja, wenn er mit seiner Zauberei irgendwo eine Chance haben sollte, denkt Mari, dann ja wohl hier, auf Solupp.

»Sag Bescheid«, sagt Joon, »wenn du kurz vor dem Durchbruch stehst, da will ich nämlich dabei sein!«

»Hör auf ihn zu veralbern!«, knurrt Kurt, der anscheinend trotz seiner Musik doch alles hört, ohne seine Waffel aus den Augen zu lassen.

»Ich wollte ihn nicht –«, beginnt Joon, aber Kurt unterbricht ihn grob: »Lass es einfach!«

Joon sieht aus, als wolle er noch etwas sagen, als falle ihm aber nichts Passendes ein. Kein Wunder. Das war echt blöd von Kurt. Mari wirft ihm einen extrabösen Blick zu, aber Kurt guckt immer noch in sein Buch.

»Setz dich, mein Lieber!«, ruft Jolka und klopft auf den Platz neben sich. »Du kommst doch sicherlich nicht zufällig vorbei, oder?«

Joon grinst: »Ich hab Drachenfische mitgebracht!«

Kurt hat schon den Mund auf, um wieder einen Spruch zu machen, aber da zieht Joon drei rotgezackte Fische aus einer Plastiktüte. Der Name passt: Sie sehen wirklich wie kleine Wasserdrachen aus.

»Großartig!«, ruft Jolka. »Legst du sie in den Eisschrank?«

Joon verschwindet im Haus und Ema stößt Mari an: »Er ist nicht wegen der Fische da, er hat die Waffeln gerochen. Bis hoch zu seiner salzigen Westküste riecht Joon die und dann lässt er alles stehen und liegen und kommt. Immer.«

Mari versteht Joon gut. Jolkas Waffeln sind vielleicht das Allerbeste, was sie jemals gegessen hat, die sind sogar noch besser als ihre Zimtbrötchen und das will schon was heißen. Und das Solbeereis!

»Ein Gedicht!«, seufzt Papa und Mama, die lieber Pro- und

Kontralisten anfertigt, als zu schwärmen, stimmt ihm zu: »Himmlisch!«

»Anis«, sagt Jolka stolz, »Anis und wolkenleicht geschlagene Sahne für die Waffeln und eine winzige Prise Seegras für das Eis.«

Mama und Papa lachen, aber Mari sieht Jolka an, dass das kein Witz war. Anis und Wolkensahne und eine winzige Prise Seegras also und warum auch nicht?

Alle essen, bis sie fast platzen. Selbst Kurt bittet mehrmals um Nachschlag und verdreht während des ganzen Essens nicht einmal die Augen. Dazu trinken sie Limonade, die in der Nase kitzelt, und Jolka holt ihre Gitarre und singt mit Papa zusammen Seemannslieder und irgendwann singt Mama mit und Mari schließt ganz kurz die Augen, um das Bild zu speichern von diesem rundherum einfach absolut perfekten, vollkommen wunderbaren Moment.

»Jolka«, sagt Mama, nachdem sie alle eine Weile satt und still und zufrieden auf ihren Stühlen gesessen haben, »kannst du uns ein bisschen was von Solupp erzählen? Ich hab nirgendwo was dazu gefunden.«

»Das wundert mich nicht«, lacht Jolka, »wir sind hier einfach zu klein, Solupp wird seit Jahrhunderten übersehen.«

»Zu Unrecht«, sagt Ema, »früher gab es hier wahnsinnig viele berühmte Seeleute! Die sind um die ganze Welt gesegelt!«

»Stimmt«, sagt Jolka, »hier war wirklich was los. Handel mit Salz, Tran. Oona könnte euch mehr erzählen, aber –«

Sie verstummt mitten im Satz.

»Keine Chance«, sagt Joon, während er sich noch einen Berg Solbeereis auf den Teller häuft, »Oona schweigt.«

»Leider«, seufzt Ema, »ich wette, sie hätte so einiges zu erzählen, schließlich ist sie die älteste Bewohnerin Solupps und ihr Vater war einer der letzten Walfänger! Ich wünschte, sie würde mit uns sprechen!«

Jolka zuckt die Schultern: »Oona will nun mal ihre Ruhe und das müssen wir wohl oder übel akzeptieren. Aber ich bin mir sicher, dass ihr eure eigene Geschichte schreibt!«

»Machen wir«, sagt Ema und zwinkert Mari zu, »schon dabei!«

Der Abend kommt, das Licht färbt alles golden. Bela schläft in seiner Höhle und auch Mari merkt jetzt, wie müde sie ist. Kein Wunder, nach der letzten Nacht.

»Hört ihr?«, fragt Mama. Alle lauschen. Das Meer. Man kann die Wellen hören, die weit hinter dem Marktplatz, dort hinter den Dünen, über den Sand rollen. Der Wind weht kühler und Mari fröstelt.

»Ich glaube, es wird Zeit, nach Hause zu gehen«, sagt Mama. Keiner widerspricht, sie sind alle erschöpft, auch Papa hat schon ganz kleine Augen. Aber so viel wie heute haben die Fröhlichs lange nicht mehr gelacht. So viel erzählt. So lebendig hat Mari sich ewig nicht mehr gefühlt.

»Ich kann Bela auf Helios mitnehmen«, bietet Joon an, »dann kann er weiterschlafen.«

»Gute Idee«, sagt Mama.

»Ich mach das schon«, sagt Papa, »ich trag ihn.«

Mari sieht Mama an, dass sie Papa widersprechen will, dass sie ihm sagen will, dass das noch zu viel für ihn ist, zu schwer, zu weit. Aber dann nickt Mama und Papa nimmt Bela vorsichtig auf den Arm.

Die Fahrräder lassen sie im Ort, sie sind sich einig, dass sie den Weg schneller zu Fuß schaffen.

»Kommt mich morgen besuchen, wenn ihr Lust habt!«, sagt Joon und sieht erst Mari, dann ganz kurz Kurt an, so, als erfordere das besonders viel Mut. »Ich bin an der Westküste. Ema zeigt euch den Weg, aber eigentlich müsst ihr immer nur dem Wind nach!«

»Ich glaube nicht, dass ich Zeit für so was habe«, sagt Kurt und wedelt mit seinem Buch. Er sieht Joon nicht mal an.

»Ich aber!«, ruft Mari, etwas zu laut, aber sie hat das Gefühl, dass sie Kurts schlechte Laune wettmachen muss.

»Super, ich freu mich! Macht's gut!«

Dann schnalzt Joon zweimal mit der Zunge und galoppiert auf Helios davon.

Ema drückt Mari einen mehrmals zusammengefalteten Zettel in die Hand. »Erst zu Hause lesen«, flüstert sie.

Als Mari hinter den anderen hergehen will, nimmt Jolka sie noch einmal zur Seite.

»Der findet sich schon wieder an, dein Bruder«, sagt sie leise. Mari nickt. Hoffentlich, denkt sie, hoffentlich hast du recht, liebe Jolka.

Papa schafft das mit Bela ohne Probleme und komischerweise dauert der Rückweg allerhöchstens halb so lange wie der Hinweg. Vielleicht, weil es nur noch lauwarm und nicht mehr so heiß ist.

Im Haus machen sich alle schnell bettfertig und Mama sagt beim Zähneputzen zu Mari: »Das war doch eigentlich ein schöner Tag, oder?«

»Ein sehr schöner Tag«, sagt Mari, und das sagt sie nicht nur, weil Mama sie im Spiegel fast ängstlich ansieht, sondern auch, weil es das ja wirklich war: ein sehr schöner, ein richtig schöner Urlaubstag.

Obwohl sie so müde ist, kann Mari nicht schlafen. Sie muss daran denken, was auf Emas Zettel stand:

Wir müssen rausfinden, was dieses Keilkliff zu bedeuten hat!
Vielleicht kann Joon uns helfen. Ich hole dich morgen ab!

Mari rutscht in ihrem Bett hin und her, schmeißt erst das Kissen, dann die Decke raus, friert jetzt und steht schließlich auf. Heute Nacht liegt der Strand dunkel, brennt dort unten kein Feuer. Sie sieht zur Hecke. Da steht auch kein Pony. Komischerweise versetzt ihr das einen Stich. Als ob das Pony aufgegeben hätte. Was auch immer es wollte.

Aber was ist das? Unten im Garten, dort, wo sie heute Morgen gefrühstückt haben, tanzen winzige Lichter durch die Dunkelstunde.

Mari springt von ihrem Fenstersitz auf, zieht sich den Pulli über und rennt die Treppe runter zu Belas Zimmer.

»Bela«, flüstert sie, »wach auf! Das musst du sehen!«

Sie muss ihn ein paar Mal schütteln, bis er aufwacht. Verwundert sieht er sie an, dann leuchten seine Augen auf.

»Ist jetzt Weihnachten?«, fragt er hoffnungsvoll.

»Nein, du Heini, aber trotzdem, komm mit!«

Gemeinsam huschen sie aus dem Zimmer, geben sich Mühe, auf den alten Holzdielen nicht zu viel Lärm zu machen.

»Sagen wir Kurt Bescheid?«

Mari schüttelt den Kopf.

»Der kommt eh nicht mit, das können wir uns sparen.«

Bela sieht enttäuscht aus, versucht aber nicht, Mari zu überreden. Er weiß ja selbst, wie das mit Kurt ist.

Dabei war es Kurt, der immer da war, als die Sache mit Papas Krankheit losging. Kurt war es, der Spaghetti gemacht hat und Fischstäbchen und Kartoffelbrei, immer im Wechsel, als es schlecht aussah und Mama fast nur noch bei Papa im Krankenhaus war. Und als keiner der drei mehr Fischstäbchen-Spaghetti-Kartoffelbrei essen mochte, hat er sich im Internet Videos angeschaut, bis er wusste, wie man Broccoli blanchiert und Schnitzel platt klopft und Apfelmus kocht, für die Pfannkuchen, die er und Bela und Mari durch die Luft haben fliegen lassen, zum Schluss hoch bis zur Decke.

Es war Kurt, der behauptet hat, dass er es eh viel cooler fände, mit seinen kleinen Geschwistern auf dem Wohnzimmerboden rumzuhängen als mit seinen Freunden bei der Halfpipe. Der mit Bela Lego gespielt und sich Maris Kummer wegen dem Streit mit ihrer besten Freundin Jule angehört hat, wegen dem sie ein schrecklich schlechtes Gewissen hatte, schließlich war das mit Papa ja viel wichtiger und viel schlimmer als der doofe Streit.

»Warte einfach ab«, hat Kurt gesagt, »dann gibt sich das von allein.«

Und seltsamerweise half das und Jule hat Mari ein paar Tage später zur Geburtstagsparty eingeladen.

Und es war Kurt, zu dem Bela jede Nacht ins Bett gekrochen kam, und als es schlimmer wurde und richtig kritisch mit Papa auch Mari, obwohl sie dazu eigentlich schon zu groß war.

»Ich fände es super«, hat Kurt gesagt, abends beim Zähneputzen, »wenn du auch bei uns wärst, weißt du, ich schlaf dann einfach besser –«

Und Mari wusste so gut wie Kurt selbst, dass das eigentlich nicht stimmte. Denn auf seinem Hochbett war es viel zu eng für drei und Kurt kriegte mit Bela ohnehin schon kein Auge zu, weil der sich die ganze Nacht hin und her rollte. Und dann wollte er sich dazu noch Mari mit ihren schlimmen Träumen antun?

»Bitte!«, hat Kurt gesagt und den Dackelblick nachgemacht, der eigentlich Maris Superkraft war, der aber nur bei

Papa wirkte und der war ja weg und Maris Superkraft damit eigentlich nutzlos. »Du würdest mir wirklich einen Gefallen tun!«

Mari hat genickt und geseufzt, so wie sonst nur Mama, und »Na gut, wenn du unbedingt willst« gesagt und Kurt ist in die Luft gesprungen und hat »Yipeehh!« gerufen und ausgesehen wie eine vollkommen durchgeknallte Comicfigur.

Und obwohl es in Kurts selbst gebautem Hochbett zu eng war und als der Frühling kam auch noch viel zu warm, war es doch gut, da oben in der Nacht zusammen zu sein unter dem leuchtenden Sternenhimmel, den Kurt gesprayt hatte, damals, vor langer, langer Zeit, als die Welt noch in Ordnung war.

Bela und Kurt und Mari. Es war wirklich verdammt gut, dass sie einander hatten. Und jetzt ist Kurt irgendwie verschwunden, »verloren«, wie Ema meint. Hoffentlich hat Jolka recht und Kurt findet sich wieder an. Mari schiebt die blöden Gedanken weg. Sie wollte Bela doch was zeigen. Was Schönes!

Sie zieht ihn aus der Küchentür hinaus in den Garten. Das Gras ist feucht unter ihren bloßen Füßen.

»Eine richtige Nachtwanderung!«

»Eine kleine«, sagt Mari, »guck mal!«

Bela bleibt stehen, seine weiche Hand schiebt sich in Maris Hand und Mari drückt sie ganz fest.

»Glühwürmchen!«, flüstert Bela. »Dass ich das noch erleben darf!«

Mari muss lachen: »Du darfst noch ganz viel erleben, versprochen!«

»Okay«, sagt Bela, »okay, mach ich!«

Und da stehen sie, in der Solupper Dunkelstunde, im taunassen Gras und sehen den Hunderten von Glühwürmchen bei ihrem nächtlichen Tanz zu. Wie sie flirren und flattern, aufglimmen und wieder ins Dunkel zurücktauchen, ein flimmerndes, stilles Feuerwerk.

Mari würde am liebsten die ganze Nacht hier stehen, mit Bela, der immer noch ihre Hand drückt und ausnahmsweise mal ganz sprachlos vor Andacht ist. Aber es ist zu kalt und Bela muss ins Bett, ein unausgeschlafener Bela kann einem nämlich den ganzen Tag zerstören.

Leise schleichen sie zurück ins Haus, die Treppe hinauf und als Bela fragt, ob er bei Mari schlafen darf, sagt sie sofort Ja und ist selbst ein bisschen erleichtert, weil sie weiß, dass mit dem warmweichen Bela neben ihr der Schlaf auf jeden Fall kommen wird.

»Das war der schönste Moment in meinem Leben«, sagt Bela, als sie aneinandergekuschelt in Maris Bett im Wellenrankraum liegen.

»Bis auf Weihnachten. Das ist noch schöner.«

»Schlaf gut, du Flitzpiepe«, flüstert Mari und das macht Bela dann und Mari auch.

SIEBTES KAPITEL

DIE WESTKÜSTE

»Mari! Mariiiii! Wach doch mal auf!«

Bela springt mit Volldampf und Karacho auf Maris Bett, brüllt ihr direkt ins Ohr: »Mariiiii!«

Mari zieht sich das Kissen über den Kopf. »Los, geh zu Kurt, nerv den!«

»Aber es geht doch um dich!«, ruft Bela.

Mari gibt auf: »Okay, was ist los, du verrückter Düsenjet?«

Bela sieht Mari fest in die Augen: »Ema wartet draußen auf dich.«

»Und deswegen machst du hier so ein Theater?«

»Sie sagt, es ist dringend!«

Mari kann sich nicht so richtig vorstellen, was so dringend sein soll, trotzdem beeilt sie sich, streift sich die Shorts über und das grüne T-Shirt, das Jule ihr im Tausch gegen Maris rotes gegeben hat, damit sie einander nicht vergessen. Als ob Mari Jule vergessen würde!

»Wo ist mein zweiter Schuh, Bela?«

»Weiß ich doch nicht!«, sagt Bela beleidigt, hält den Schuh aber einen Moment später in die Luft. Im Suchen ist Bela unschlagbar.

Mari schlüpft in die Stoffschuhe und läuft die Treppe hinunter, nimmt zwei Stufen auf einmal und stößt auf dem Treppenabsatz mit Papa zusammen.

»Guten Morgen, Sonnenschein!«

»Hey, Papa! Ich muss ganz schnell los!«

»Kinder, Kinder«, Papa schüttelt den Kopf, »im Urlaub und dann so ein Stress …«

»Ema braucht Mari, dringend!«

Bela ist hinter ihr die Treppe heruntergekommen und sieht Papa wichtig an.

»Na, dann will ich dich mal nicht aufhalten, viel Spaß!«

»Kann ich mit?«, fragt Bela hoffnungsvoll.

»Nein, mein Herr, du bleibst hier und hilfst mir, herauszufinden, wie das mit diesen Zimtkringeln funktioniert. Scheint ja ein Geheimrezept zu sein …«

»Okay«, sagt Bela und klingt nur ein kleines bisschen enttäuscht.

Mari ist schon fast an der Tür, doch dann läuft sie noch einmal zurück, drückt erst Bela und dann Papa einen Kuss auf die Wange. Papa lächelt, aber bevor er etwas sagen kann, ist Mari schon aus der Tür geschlüpft.

Ema wartet auf dem Rücken eines strandweißen Ponys, Papillon auf der Schulter.

»Nana«, sagt der Papagei. »Das wurde aber auch Zeit!«, sagt Ema.

»Das ist Calypso.«

»Das Pferd?«

»Pony. Er trägt nur eine Person, aber du kannst ja das andere nehmen!«

Sie zeigt zu dem großen dunkelbraunen Pony hinüber, das wieder an seinem Platz an der Hecke steht und so aussieht, als hätte es dort eine Verabredung.

»Ich reite nicht«, sagt Mari und verschränkt die Arme vor der Brust. Niemals klettert sie da hoch.

Ema seufzt: »Wenn du den ganzen Weg läufst, verpassen wir sie!«

»Wen?«

Ema grinst breit. »Siehst du dann schon!«

Jetzt ist Mari dran mit dem Seufzen.

»Bei euch ist aber auch alles ein Geheimnis, was?«

Dazu grinst Ema nur noch breiter. »So wird's nie langweilig. Also, kommst du jetzt oder nicht?«

Mari will nicht reiten. Ehrlich gesagt hat sie Angst. Sie hat ja keine Ahnung von Pferden oder Ponys und Calypso schnaubt so aufgeregt und spitzt seine Ohren und tänzelt dabei hin und her. Und das dunkelbraune, dort neben der Hecke, wirkt für ein Pony ganz schön groß.

Sie wird runterfallen, das weiß sie. Nein. Sie kann einfach nicht, sie hat Angst.

»Ich bin ganz schön schnell«, sagt Mari und bemüht sich,

lässig und locker zu klingen. »Ich spiel Fußball, also, ich hab auch eine ziemliche Ausdauer.«

Zu ihrer Erleichterung versucht Ema nicht weiter, sie zu überreden, sondern nickt nur, schnalzt mit der Zunge, Calypso setzt sich in Bewegung und auch Mari läuft los. Dem wird sie es zeigen, diesem Pony!

»Bis später, Mari!«, hört sie Bela rufen. Er steht unten in der Küchentür und winkt so heftig, als würde Mari sich auf eine lange, lange Reise begeben.

Mari winkt zurück: »Bis später!«

Oben im ersten Stock sieht sie Kurt am Fenster. Er wirkt wie ein Gespenst. Eins mit Riesenkopfhörern. Als er merkt, dass Mari ihn entdeckt hat, tritt er zurück, zieht schnell den Vorhang zu. Und merkwürdigerweise hat Mari ein blödes Gefühl dabei, ihren großen Bruder dort oben allein zu lassen. Aber wenn er nicht will? Wenn er darauf besteht, sich allein einzuschließen mit seiner Musik? Was soll sie machen?

Heute nehmen sie einen anderen Weg, nicht hinunter zum Strand, nicht in den Ort, sondern in die entgegengesetzte Richtung, einen sandigen Weg entlang, Mari spürt, wie die Sonne in ihrem Rücken immer wärmer wird. Sie erinnert sich an Joons Einladung gestern: Immer dem Wind nach! Und tatsächlich wird es immer windiger, stehen die schmalen Bäume so schief wie Dominosteine kurz vor dem Umfallen. Es wird schwerer, gegen den Wind anzulaufen, und Mari ist ziemlich erleichtert, als Ema und Calypso endlich stehenbleiben.

Hier an der Westküste tobt sich die Insel aus, hier ist Solupp wild.

»Wie ein tollwütiger Hund«, sagt Ema, die mit Calypso und Papillon im zerzausten Strandhafer auf Mari wartet.

»Obwohl, nee«, verbessert sie sich, »ich glaube nicht, dass die Insel wirklich wütend ist, aber manchmal muss eben alles einfach raus.«

»Hier versammeln sich alle Wolken«, sagt Joon, der jetzt auf den Dünen auftaucht.

Ema springt elegant von Calypsos Rücken und Joon und sie begrüßen einander mit einem Handschlag, der Mari so kompliziert und unsinnig wie Gummitwist vorkommt. Joon bemerkt Maris gerunzelte Stirn.

»Komm«, sagt er, »das lernst du ganz schnell!«

Und tatsächlich hat Mari bald raus, wie man wann und wie oft welche Hand- und Fingerbewegungen machen muss. So schwierig ist es gar nicht.

»Wer hat sich das ausgedacht?«

Joon zuckt die Schultern: »Keine Ahnung. So ist das einfach. So, wie wenn ihr auf dem Festland euch zur Begrüßung gegenseitig auf die Schulter schlagt.«

Mari lacht: »Wir auf dem Festland …«

»Macht ihr nicht?«, grinst Joon gespielt überrascht.

»Na ja, fast alle, fast immer«, lacht Mari.

»Guckt mal!«, ruft Ema und deutet hinaus aufs Meer. »Die Wellen! Der Wind steht perfekt!«

»Wofür?«

»Wellenreiten!«, ruft Ema und rennt schon die Düne hinab.

»Komm!«, sagt Joon statt einer Antwort. »Komm einfach mit!«

Und Mari zuckt die Schultern und kommt einfach mit.

Wellenreiten, stellt sie fest, das ist dasselbe wie Surfen. Und außerdem ist Wellenreiten etwas, das Maris Herz erst erstarren und dann hüpfen lässt. Ein bisschen wie beim Fußball, wenn sie sich aus dem Mittelfeld gelöst hat und Jule sieht, die frei steht, bereit zum Pass, und wenn der dann sauber ankommt und Jule verwandelt und alle sich jubelnd aufeinander stürzen.

Ein bisschen so ist das, als Mari es zum ersten Mal schafft, sich auf dem Brett aufzustellen, sich von einer Welle hochheben zu lassen und einen Moment lang zu schweben. Und dann ins Wasser zu fallen und beim Auftauchen Ema zu sehen, die neben ihr auf ihrem Brett auf den Wellen treibt und ihr zufrieden grinsend beide Daumen zeigt: »Nicht schlecht für das erste Mal!«

Vorhin hat Joon Mari gezeigt, wie man am besten steht auf dem Brett, gesagt, dass sie aufpassen muss beim Auftauchen, damit sie das Brett nicht an den Kopf bekommt, und dann hat Ema ihn in die Seite geboxt und gesagt, dass er nicht den Oberlehrer geben und Mari lieber einfach selbst mal ausprobieren lassen soll.

Mari war erst etwas kribbelig zumute, aber sobald sie im Wasser war, war das weg. Wie schon beim Schwimmen mit

Ema ist hier das Meer vor Solupp nicht wie ein fremdes Element, sondern eher wie ein guter Freund, ist es, als würden die Wellen sie anstupsen, als würden sie ihr zurufen: Trau dich, wir fangen dich auf!

Und natürlich weiß Mari sehr gut, dass Wellen nicht sprechen können, aber trotzdem: Warum weghören, wenn das Meer ihr etwas Nettes sagt, etwas, das Mut macht und Mari seit Langem wieder etwas anderes wollen lässt als Stühle umwerfen und in Kissen schreien?

Mari will wieder was, Mari will das schaffen! Auf dem Meer reiten wie Joon, der die Wellen entdeckt, noch bevor sie zu Wellen werden, der sich von ihnen hochheben und sich tragen lässt, bis fast zum Strand. Oder wie Ema, die sich Hals über Kopf in die tosende Brandung stürzt. So, dass Mari schon besorgt mit den Augen die Wasseroberfläche absucht, bis Ema hervorgeschossen kommt, wie mit Düsenantrieb, und es ist, als wäre das Brett ein Teil von ihr. Während es bei Joon irgendwie ruhig und elegant aussieht, surft Ema auf eine halsbrecherische Weise, die Mari den Atem anhalten lässt. Beim Fußball macht Mari so leicht niemand was vor, aber beim Surfen kann sie, will sie noch einiges lernen. Und so schmeißt sie sich wieder und wieder ins Wasser, in Joons Neoprenanzug, von dem er und Ema behaupten, dass sie ihn nicht brauchen, obwohl Mari selbst im Anzug bald eiskalte Hände und Füße hat. Und sie denkt: Diese eine Welle noch, dann geh ich raus. Aber nach der einen Welle kommt gleich die nächste und nur noch die noch und die noch und die danach.

Später liegen sie im warmen Sand und lassen sich vom Wind trocken pusten.

»Ich wette, deinem Bruder hätte das auch gut gefallen«, sagt Joon träge.

»Ich weiß nicht«, überlegt Mari, »ich glaube, Kurt mag gerade gar nichts. Na ja, außer rumsitzen und schlechte Laune haben.«

»Gib ihm ein paar Tage, dann wird das schon«, murmelt Joon. »Und so lange lassen wir ihn einfach in Ruhe. Ist doch auch blöd, wenn immer alle an ihm herumzerren.«

Kurz ist Mari ein bisschen wütend auf Joon, weil er da so oberschlaue Theorien von sich gibt und Kurt ja gar nicht kennt und überhaupt niemanden aus ihrer Familie, weil das immer so leicht ist, was über andere zu sagen. Aber dann denkt sie, dass er wahrscheinlich recht hat. Dass sie es ja auch nicht mag, wenn Mama ständig bei ihr klopft und fragt, was denn ist, ob was nicht stimmt, nur weil Mari mal nicht ganz so tolle Laune oder die Tür hinter sich abgeschlossen hat.

Neben Mari wühlt Ema in ihrer Tasche, verteilt dann die restlichen Waffeln. Die schmecken auch kalt ziemlich gut und Mari merkt erst jetzt, wie hungrig sie ist.

»Marihastdueigentlichdieeinladunggarnichtbekommen?« Ema spricht so schnell, dass Mari sie nicht versteht.

»Was?«

»Ob du die Einladung nicht bekommen hast. Ich weiß nicht, du hast noch gar nichts gesagt –« Ema fährt mit dem

Zeigefinger Kreise in den Sand, sieht Mari dabei nicht an. Mari versteht zwar, was Ema sagt, aber nicht, was sie damit meint. Welche Einladung?

»Zu meinem Geburtstag?« Ema klingt ungewohnt unsicher.

»Du hast mich eingeladen?«

»Ja, genau! Also, ich meine, ich dachte –«

»Klar komme ich!«

»Echt?«

»Na klar!«

»Sag ich doch!«, ruft Joon. »Dann ist das geklärt!« Wie er sich mit weit ausgestreckten Armen rücklings in den Sand fallen lässt, sieht er selbst ganz erleichtert aus.

»Wann ist dein Geburtstag denn? Ehrlich, ich hab nichts gekriegt!«

»In knapp über fünf Wochen – ihr seid dann noch da!«, fügt sie schnell hinzu, als hätte sie Maris Gedanken gelesen.

»Aber komisch, ich hab sie doch in den Kasten gesteckt!«

»In was für einen Kasten denn?«

»Na, in den Briefkasten natürlich!«

»Briefkasten?«

»Du hast den Briefkasten nicht gefunden?«

»Ich wusste nicht, dass ich einen Briefkasten suchen soll.«

»Woher hättest du das auch wissen sollen«, gähnt Joon.

»Müssen. Du hättest den Briefkasten suchen müssen!«

Also, manchmal ist Ema echt witzig. Jetzt zum Beispiel. Woher hätte Mari das denn wissen sollen? Wie hätte sie darauf kommen können, dass sie hier auf Solupp Post bekommt?

»Na ja. Jedenfalls steckt der Briefkasten in der Hecke.«

»In der Hecke?«

»In der Hecke. Auf Höhe des Tores, drei Handflächen nach rechts. Du musst aufpassen mit den Dornen, an der Stelle sind die Rosen immer sehr dornig.«

»Ich such ihn, okay? Wenn ich zu Hause bin. Und wie gesagt: Klar komme ich!«

Ema strahlt: »Weißt du, es ist nur, weil hier ja nicht so viele Leute in meinem Alter sind und das wird mein erster Geburtstag mit einem richtigen Gast –«

»Na, danke sehr auch, Ema Donnergroll!«, ruft Joon gespielt empört. »Für die Gemeinheit krieg ich aber deine letzten Waffeln!«

»Nimm!«

Gut gelaunt macht Joon sich über den Proviant her. Nachdem er etwa zweitausend Waffelherzen verspeist hat, verkündet er, dass er jetzt was Herzhaftes braucht.

Ema und Mari sehen ihm zu, wie er bis zu den Oberschenkeln ins Wasser läuft und dort zu suchen beginnt.

»Bitte nicht, Joon!«, ruft Ema. »Tu's nicht!«

Aber Joon sucht weiter und schließlich hält er triumphierend etwas Grünschleimiges in die Luft.

»Er tut's!«, stöhnt Ema und lässt sich zurück in den Sand fallen. »Ich guck da nicht hin.«

Aber Mari guckt hin, als Joon zurückkommt, seinen tropfnassen Schatz an die Brust gedrückt, als er sich neben sie setzt und ihr das Grünzeug hinhält.

»Julialgen!«, verkündet er. »Die gibt es wirklich nur diesen Monat! Und es sind die besten! Stimmt's, Ema?«

»Geschmäcker sind unterschiedlich«, murmelt die, ohne aufzusehen.

»Nee, aber die sind wirklich, wirklich gut!«

Joon zieht ein schleimiges Blatt aus seinem Knäuel und steckt es sich in den Mund, kaut und schluckt. Dabei sieht er aus, als würde es ihm wirklich schmecken.

»Ist das nicht giftig?«

»Nicht, dass ich es bisher bemerkt hätte«, sagt Joon und schiebt sich schon das nächste Blatt in den Mund.

»Giftig nicht, aber extrem eklig«, sagt Ema, »dann kannst du gleich Meerwasser trinken!«

»Die Algen haben aber viel mehr Biss!«, nuschelt Joon mit vollem Mund. »Magst du probieren?« Er hält Mari die Algen hin.

Ema macht ein entsetztes Geräusch. »Wehe, du vergiftest meinen ersten richtigen Gast! Ich bin so froh, dass Mari da ist!«

Maris Herz macht einen Hüpfer. Sie freut sich, dass Ema das gesagt hat! In den letzten Monaten hatte sie nicht das Gefühl, dass irgendwer außer Jule und ihren Geschwistern sich besonders über ihre Anwesenheit gefreut hätte. Und nun ist Jule im Fußballcamp und Kurt verloren und da tut es gut, hier mit Ema und Joon am Strand zu sein, sich die Sonne ins Gesicht scheinen zu lassen, mit dem Gefühl, die beiden schon lange zu kennen.

Mari nimmt die Alge. Die wird schon nicht giftig sein, schließlich sieht Joon extrem lebendig und gesund aus. Während Ema übertrieben die Augen verdreht, steckt sich Mari vorsichtig ein Stück Alge in den Mund. Dann fällt sie nach hinten in den Sand, greift sich an den Hals und macht keuchende Geräusche.

»Joon!«, hört sie Ema rufen. »Was hast du ihr da angedreht?«

»Julialgen!«, ruft Joon aufgeregt. »Ich schwöre, das waren wirklich nur Julialgen, die sind harmlos!«

»Anscheinend nicht!« Emas aufgeregtes Gesicht taucht über Mari auf, und die kann nicht mehr und prustet los. Ema sieht sie verblüfft an und dann versteht sie. »Oh, Mensch, Mari!«

Ema schnappt sich die Algen aus Joons Händen und wirft sie Mari ins Gesicht.

»Ih! Na warte!«

Mari rennt hinunter zum Meer, greift sich einen Haufen Algen und läuft zurück zu Ema.

»Nein!«, kreischt die und ergreift die Flucht.

Lachend und schreiend rennen die beiden über den Strand und versuchen, einander mit den glibberigen Algen zu treffen.

»Nana!«, krächzt Papillon.

»Mit Essen spielt man nicht!«, ruft Joon.

»Das ist kein Essen, Joon! Das ist purer Schleim!« Ema schmeißt ihm eine tropfende Ladung Algen mitten ins Gesicht.

Und jetzt springt auch Joon auf und rennt hinter Ema

und Mari her: »Wer wagt es, mit meinen kostbaren Algen zu werfen?«

»Wir!«, schreit Ema. »Wir wagen das!«

»Na wartet!«

Und während Papillon aufgeregt über ihren Köpfen flattert, die Wellen tosend auf die Westküste stoßen, während Calypso oben in den Dünen seelenruhig grast, Kurt in seinem Zimmer an die Decke starrt, aber keine Ahnung hat, was er ausgerechnet dort eigentlich sucht, während Bela Mama und Papa dabei erwischt, wie sie sich unter dem Rosenbusch draußen im Garten heimlich richtig doll küssen; während Jolka sich über den seltsamen Menschen in der altmodischen Kleidung wundert, der dort drüben die Walknochen mustert, als würde er etwas suchen, und als sie ihn fragt, ob sie ihm helfen kann, einfach stumm davonhuscht, liefert Mari sich mit ihren beiden neuen Freunden die wildeste Algenschlacht, die Solupp je gesehen hat.

Es ist schon fast Abend, als Ema und Mari sich vor den Heckenrosen verabschieden.

»Ungefähr da muss der Briefkasten sein«, sagt Ema und deutet auf ein Büschel üppiger Blüten. »Soll ich dir noch suchen helfen?«

»Ich find den schon«, sagt Mari. »Und ich freu mich jetzt schon, auch wenn es bis zu deinem Geburtstag noch ziemlich lange hin ist.«

»Zum Glück!«, sagt Ema.

Mari versteht nicht, sie dachte, Ema würde sich so auf das Fest freuen!

»Na ja, danach fahrt ihr ja schon bald, deswegen ist es ganz gut, dass es noch ein bisschen dauert.«

Mari nickt und meint es auch so.

Es ist gut, dass ihre Zeit auf Solupp gerade erst begonnen hat, dass der Sommer noch fast endlos vor ihnen liegt.

»Wir sehen uns!«, ruft Ema, schwingt sich auf Calypso und reitet davon.

Und Mari macht sich gleich an die Briefkastensuche. Ema hat recht: Er hängt neben den riesigen Blüten und sie hat auch recht damit, dass die Rosen ganz schön fiese Dornen haben. Vorsichtig schiebt Mari die Ranken beiseite, sofort springt die Tür einen Spaltbreit auf. Gespannt sieht Mari hinein.

»Was –«, flüstert sie und kann es nicht glauben. Aber auch nach mehrmaligem Zwinkern bleibt der Kasten leer. Keine Spur von einer Einladung!

ACHTES KAPITEL

MEERJUNGE

Auch, nachdem Mari die ganze Hecke abgesucht, ihre gesamte Familie befragt und zusammen mit Bela, Mama und Papa nochmals die Hecke durchsucht hat, taucht die Einladung nicht auf.

»Das war bestimmt der seltsame Mann!«, ist Emas Reaktion, als Mari ihr von der verschwundenen Einladung erzählt. »Warte es nur ab, der kommt zu meinem Geburtstag und da lässt er dann die Torte in seiner löchrigen Wollmütze verschwinden!«

»Dem erzähle ich aber was!«, sagt Mari wild entschlossen und meint das auch fast ernst. Wer stiehlt schon Geburtstagseinladungen?

»Lieber nicht!«, ruft Ema. »Ich schreib dir eine neue, nicht dass er dich auch noch in seiner Mütze verschwinden lässt.«

»Da hab ich dann immerhin Torte!«, grinst Mari.

Sie lachen, aber ein bisschen unheimlich ist ihnen das mit der verschwundenen Einladung doch. Und das mit dem seltsamen Mann, der immer dann auftaucht, wenn sie ihn gerade wieder vergessen haben, und dann ebenso plötzlich wieder verschwindet. Andererseits: Es ist Sommer! Und hier auf Solupp scheint die Sonne Tag für Tag, bis tief in die Nacht, und was im Winter ein düsterer Gedanke gewesen wäre, verwandelt sie in ein lichtdurchflutetes Abenteuer.

Und wie Ferientage das so an sich haben, bekommen auch die Tage auf Solupp bald ihren eigenen Rhythmus. Mari frühstückt mit ihrer Familie im Garten und gemeinsam besprechen sie, was sie am jeweiligen Tag unternehmen. Jeder darf der Reihe nach bestimmen, so haben sie das schon immer gemacht, auch in Italien und im Ferienpark.

Bela will meistens zu Jolka, Solbeereis essen und in dem Bach hinter ihrem Haus spielen, der bis zum Meer hinabfließt. Mari beobachtet, wie der Abstand zwischen ihrem kleinen Bruder und Feinur immer kleiner wird, sie langsam die Angst voreinander verlieren. Und nach zwei Wochen, als Bela auf der sonnenwarmen Treppe zu Jolkas Haus seine Sammlung glatt gespülter Glasscherben sortiert, setzt Feinur sich mit ein paar Schritten Abstand vor ihn und Bela streckt seine immer eisverschmierte Hand aus und Feinur steht auf, legt sich neben ihn und platziert den Kopf auf seinen Knien. Bela strahlt Mari stolz an und Feinur sieht aus wie einer, der angekommen ist.

Kurt will gar nichts, will einfach nur seine Ruhe, und so bleiben sie an den Vormittagen, über die er bestimmen darf, beim Haus. Bela baut an seinem Käferzoo aus Steinen, Blättern und

Ästen und sortiert seine Strandfundstücke, Mari kickt auf der Wiese neben dem Haus, Mama repariert und streicht erst die Treppe in den ersten Stock, dann entrümpelt sie mit Jolkas Zustimmung den Fahrradschuppen, schleift den Boden und rührt Farben an: »Da kann man sich doch was Schönes einrichten, ein kleines Büro zum Beispiel.«

»Oder das klitzekleinste Restaurant«, schlägt Papa vor.

»Tom, du bist besessen!«, ruft Mama.

»Ich liebe das Essen!«, dichtet Papa. Und genau so ist es. An Kurts Zuhausetagen eilt Tom zwischen Küche und Garten hin und her, sammelt draußen Kräuter und Beeren und Pilze und kocht auf dem alten Gasherd damit sämige Suppen und aufwendige Soßen, backt in dem rußigen Ofen duftende Brote und kunstvolle kleine Kuchen und Torten, tauscht sich mit Jolka, die gerne bei ihnen vorbeischaut, über die unfassbar unendlichen Möglichkeiten aus, die man hat, wenn man einen Garten voller Zutaten, viel Zeit und endlich, endlich wieder Appetit hat.

»Ich wusste gar nicht, dass du so gerne backst!«, stellt Mama erstaunt fest, und Papa küsst sie auf die Wange und sagt: »Ich auch nicht, allerliebste Paula, ich ja auch nicht!«

Mama wünscht sich immer, dass sie sich was angucken, und so wandern sie an den Mama-Tagen über die Insel, sammeln wilde Erdbeeren, begutachten die großen Steine, die in kleinen Gruppen in der Landschaft stehen und von denen Mama sagt, dass das Megalithen sind, also Hinkelsteine, wozu Jolka später allerdings den Kopf schüttelt.

»Das sind einfach Felsen«, sagt sie, »die stehen da schon immer, die hat niemand durch die Gegend befördert. Warum auch? Die Steine wirken da, wo sie sind, und das, was sie wollen.«

Und obwohl das sehr geheimnisvoll klang, hat Mari verpasst, weiter nachzubohren.

Papa will an seinen Tagen immer zum Strand. Beladen mit dem riesigen Korb, den Mama hinten im Schuppen gefunden hat und in dem Papa das Picknick verstaut, das eher ein Festmahl ist, Decken, einem uralten, orange-braun-geblümten windschiefen, etwas muffig riechenden Sonnenschirm aus dem Schuppen, einem Haufen Bücher und alter, welliger Zeitschriften machen sie sich auf den Weg zum Südstrand. Dort planscht Bela im seichten Wasser, schleppt mehr und mehr Fundschätze an, die seiner Meinung nach allesamt sehr historisch und wertvoll sind und die Mama teilweise heimlich wieder verschwinden lässt, was Mari zumindest im Falle eines alten, schmierigen Stiefels ein bisschen verstehen kann, schwimmt Mari so weit hinaus, bis die anderen nur noch ameisenklein sind, gräbt sie zusammen mit Papa und Bela Kurt bis zum Hals im Sand ein. Der wehrt sich nicht, lässt sie Sand auftürmen, hat die Augen geschlossen und lauscht der Musik aus seinen Kopfhörern. Erst, als Papa fein säuberlich mit Muscheln »Kürtchen« auf die Kurt-Burg legt, reicht es ihm und er befreit sich aus dem Sandhaufen.

»Kurt ist ein Sandmonster!«, ruft Bela vergnügt.

»Lasst mich doch alle in Ruhe!«, brüllt Kurt und stürmt davon.

Der Rest der Familie sieht ihm erschrocken hinterher.

»Ich spreche mit ihm!«, sagt Papa und will schon los, aber Mama hält ihn fest, »Lass lieber, ich glaube, er braucht einfach Zeit.«

Papa zögert, aber dann schnappt er sich Bela und steckt den in das Loch, das Kurt zurückgelassen hat: »Dann verwandeln wir eben dich jetzt in ein Sandmonster, du kleine Krabbe!«

»Neeeeein!«, kreischt Bela begeistert. »Papa, nein!«

»Nein?« Papa lässt den Sand wieder fallen. Bela schüttelt kichernd den Kopf.

»Doch?«

»Ja!«

Und dann sind da Maris Tage, an denen es nur die eine, von Mari festgelegte Regel gibt: Es gibt keine Regeln. An den Mari-Tagen bleiben sie im Schlafanzug, essen Mari und Bela Schokocreme mit dem Löffel, darf niemand ermahnt werden, geht die Kissenschlacht einmal durchs ganze Haus, bis in den Garten, ist es okay, wenn Bela seinen neuen Freund Feinur bei sich im Bett schlafen lässt.

Wenn Mari ehrlich ist, schlagen sogar Mama und Papa sich sehr gut, fühlen sich die Tage mehr und mehr wie Mari-Tage an: leicht und frei und wild.

Und obwohl es von Woche zu Woche einfacher wird, Zeit

mit ihrer Familie zu verbringen, freut sich Mari nachmittags immer, wenn Ema und Joon kommen, um sie abzuholen. Dann beginnt die Abenteuerzeit, dann lernt sie Solupp wirklich kennen, zeigen Ema und Joon ihr die Insel, wie sie sie auf ihren Familienausflügen nicht erlebt: den Silberwald, zwischen Süd- und Weststrand, dessen Bäume schmal wie Laternenpfähle sind und dessen Blätter im Wind zittern und im Sonnenlicht flackern und aussehen wie Tausende und Abertausende Silbertaler. Den Blautiefen, Solupps einzigen See, der stets so still liegt wie ein Spiegel und über dessen Oberfläche man ziemlich gut flache Steine springen lassen kann. Sie sehen zum Midlem hinauf, dem einzigen richtigen Berg, an dessen Gipfel sich an manchen Tagen die Wolken verfangen.

Die Insel steckt voller verborgener Ecken und Abenteuer und Geheimnisse und bald ist Mari sich sicher, dass dieser winzige Punkt damals auf Mamas Karte nicht ganz Solupp gewesen sein kann. Solupp muss größer sein, viel größer, mindestens ja mal so riesig wie eine ganze Welt.

Nur drei Sachen machen Mari verrückt, das mit dem verlorenen Kurt, das mit der verschwundenen Einladung und das mit Keilkliff, dem geheimnisvollen Wort. Ema und Mari überlegen hin und her, stellen wilde Theorien auf, aber keine davon ergibt wirklich Sinn. Irgendwann weihen sie auch Joon ein, aber selbst zu dritt kommen sie kein Stück weiter. Bis zu dem Abend zu Beginn der vierten Ferienwoche, an dem sie den Meerjungen finden und die Dinge sich in eine Richtung verschieben, mit der wohl keiner von ihnen gerechnet hat. Außer Feinur vielleicht, aber der sagt ja nichts.

Die Westküste ist heute noch wilder als sonst, die Gischt weht wie weißer Schaum über den Strand. Eigentlich wollten sie Wellen reiten, aber das ist bei dem Wetter selbst Ema und Joon zu gefährlich. Der Himmel ist tiefblau, so wie sonst nur in der Dunkelstunde.

»Bald gibt's ein Unwetter«, sagt Ema mit Blick hinauf.

»Kann nicht schaden, wir brauchen dringend mal wieder –«

Joon verstummt, noch bevor er »Regen« sagen konnte, und deutet aufgeregt auf die tosenden Wellen: »Da ist jemand! Da schwimmt jemand im Wasser!«

Erst denkt Mari, dass es ein Seehund ist, aber dann sieht sie ein Gesicht. Da draußen schleudern die wilden Wellen einen Menschen hin und her.

Ema und Joon stürmen los, Mari hinterher, dabei weiß sie gar nicht so richtig, was sie eigentlich vorhat. So eine tolle Schwimmerin ist sie nun auch wieder nicht. Aber einfach nur rumstehen geht natürlich auch nicht.

Joon und Ema stürzen sich ins Wasser, kraulen hinaus, bis sie die Gestalt erreichen und Joon sie unter den Armen greifen kann. Immer wieder brechen die Wellen über den Köpfen der drei zusammen, sind sie plötzlich nicht mehr zu sehen, steigt in Mari die Angst auf: Was, wenn etwas passiert, etwas Schlimmes? Und sie nicht helfen kann, mal wieder nicht? Aber wie ein Korken taucht Joon mit der Gestalt in den

Armen wieder auf, kämpfen er und Ema sich durch das tobende Meer, aufs Land zu. Als das Wasser zu flach zum Schwimmen ist und Joon keine Kraft mehr hat, die Gestalt allein weiter zu tragen, ist Mari sofort bei ihm, gemeinsam mit Ema hievt sie die Gestalt mühsam aus der Brandung. Ein Junge, er atmet. Zum Glück! Anscheinend sind sie noch rechtzeitig gekommen, aber ein, zwei Minuten später … daran will Mari gar nicht denken.

Mit zusammengebissenen Zähnen schleppen sie den Jungen an den Strand und brechen nur ein paar Schritte vom Meeressaum entfernt schwer atmend im Sand zusammen. Mari braucht eine Weile, bis sie sich so weit erholt hat, dass sie die Kraft aufbringt, sich hinzusetzen. Gemeinsam mit Ema und Joon sieht sie auf den Jungen hinab. Er ist vielleicht etwas älter als Mari, ein bisschen jünger als Kurt und Joon.

»Ist er –«, fragt Ema ganz leise.

Mari schüttelt heftig den Kopf. Ihr ist gleich aufgefallen, dass sich die Brust des Jungen hebt und senkt. Jetzt fühlt sie seinen Puls, so wie Mama es ihr beigebracht hat. Alles gut so weit, kräftig trommelt er gegen ihren ausgestreckten Zeige- und Mittelfinger. Früher hat Mama ihr immer viel erzählt, hat Mari tausend Fragen gestellt, durfte sie die abgewetzte Ledertasche aus- und einräumen, die Instrumente bestaunen und Mama hat ihr Dinge erklärt, die Ärztinnen so wissen, die Ärztinnen so machen. Erste Hilfe kann Mari besser als Rettungsschwimmen, und deswegen schiebt sie Ema, die den Jungen genau mustert, jetzt zur Seite. »Helft mir mal!«

Gemeinsam rollen sie ihn auf die Seite. Einen Moment zögert Mari, dann klappt sie ihm den Mund auf und steckt ihm einen Finger tief in den Hals.

»Was –«, hört sie Ema neben sich fragen, aber da fängt der Junge schon an zu würgen und dann hustet und spuckt er ungefähr hundert Liter Meerwasser aus. Es vergeht eine Ewigkeit, bis nichts mehr kommt, er keuchend neben ihnen im Sand liegt.

»Alles okay?«, fragt Joon, und Mari verdreht die Augen. Tolle Frage! Wie würde er sich fühlen, nachdem er fast ertrunken wäre und sich dann die Seele aus dem Leib gehustet hat? Aber der Junge nickt schwach.

»Wer –«, setzt Mari an, sie will unbedingt wissen, wer er ist, wie er da hineingeraten ist, ins Meer vor Solupp, doch der Junge hat schon wieder erschöpft die Augen geschlossen.

»Guck mal!«, flüstert Ema jetzt. Mari guckt. Runter, zu den Beinen des Jungen. Das heißt, dahin, wo eigentlich die Beine sein müssten.

Aber da ist nichts, also doch, da ist was, aber definitiv keine Beine.

Mari schüttelt den Kopf. Sie weigert sich, das zu glauben. Sie sieht weg, wieder hin, er ist immer noch da: ein Fischschwanz. Wie bei einer dieser Meerjungfrauen, wie bei dem –

»Ein Meerjunge«, sagt Mari. Ema nickt und Joon schüttelt fassungslos den Kopf.

»Glaubt ihr, wir sollten ihn zurück ins Wasser bringen? Ich

meine, also, hier so an Land, vielleicht kann er nicht atmen?« Joon sieht echt besorgt aus.

»Er atmet. Ganz normal, durch die Nase. Und er hat auch keine Kiemen oder so was am Hals. Außerdem: Wir wissen alle, dass es Meerjungfrauen oder eben -jungs in echt nicht gibt.« Mari versichert das genauso sich selbst wie den beiden anderen.

»Ja«, sagt Ema, doch es klingt eher wie eine Frage, »aber was ist das dann?«

Mit »das« meint sie den Fischschwanz, der sich vom Bauchnabel des Jungen bis dahin zieht, wo die Füße sein sollten.

»Keine Ahnung, aber ich hole jetzt meine Mutter!«

Das hätte sie sofort tun sollen, anstatt hier ewig zu sitzen und sich über einen unmöglichen Fischschwanz zu wundern. Wer oder was auch immer da mehr bewusstlos als lebendig im Sand liegt, braucht Hilfe! Ohne noch mehr Zeit zu verlieren, rennt Mari los. Stürzt die Dünen hinauf, nimmt die Abkürzung durch den Silberwald und reißt schließlich, endlich, das Gartentor zum Heckenrosenhaus auf.

»Mama!«

Sie ruft noch einmal, aber im Haus bleibt es still. In der Küche ist niemand und auch nicht oben im Schlafzimmer. Verzweifelt läuft Mari im Flur auf und ab.

»Mari?«

Kurt! Kurt ist da!

In seinem Schlafshirt steht er zerzaust in seiner Tür und sieht Mari besorgt an: »Was ist denn passiert?«

»Da ist ein Meerjunge, Kurt! Unten am Strand! Wir haben ihn gerettet und jetzt muss Mama kommen und gucken, ob alles okay ist, er atmet, aber ich hab Angst, dass ihm was passiert, und ich –«

»Paula ist mit Tom und Bela bei Jolka –«

»Aber ich brauche sie! Sofort!«

Genau. Mari braucht Mama, dringend. Aber in den Ort ist es viel zu weit, sie kann Ema und Joon nicht so lange allein lassen! Während die beiden im Wasser so sicher waren und mutig und wahrscheinlich genau das Richtige getan haben, wirkten sie ziemlich verängstigt, als Mari eben davongestürzt ist, um Paula zu holen. Mama, die jetzt nicht da ist, wo Mari sie braucht. Und Kurt ist schon wieder weg, ist einfach abgehauen, hat Mari im Stich gelassen, schon wieder, war ja –

»Komm!«

Mari starrt Kurt an. Der steht jetzt mit Mamas Arzttasche und einem Stapel Decken im Arm unten an der Treppe.

»So wie das klingt, sollten wir uns beeilen! Wo ist er denn, dieser Meerkerl?«

»Meerjunge«, ruft Mari, »unten am Weststrand –«

»Dann los, du musst mir den Weg zeigen, ich kenn hier doch nichts!«

Das stimmt allerdings! Zusammen mit ihrem Bruder stürmt Mari in den Garten. Draußen ist es mittlerweile dunkler als in der Dunkelstunde. Zum ersten Mal, seit sie auf Solupp sind, ist der Himmel mit düsteren Wolken verhangen, ist es, als hätten sie den Mond mit Absicht versteckt. In der Ferne hört Mari ein Donnergrollen. Na toll, ausgerechnet jetzt! Ihr Herz schlägt wild, sie ist völlig außer Atem. Noch einmal den ganzen Weg zurückrennen? Ausdauer hin oder her, Mari glaubt nicht, dass sie das packt. Aber da, da ist schon wieder der Donner und dann ist da noch ein Geräusch.

Das Pony!

Das dunkelbraune Pony steht wieder hinter der Hecke. Und plötzlich weiß Mari, worauf es wartet und was sie jetzt tun muss. Ob sie will oder nicht, ob es ihr gefällt oder nicht, ob sie panische Angst hat – egal!

»Das Pony!«, ruft sie Kurt zu. »Wir nehmen das Pony!«

»Wir können nicht reiten!«

»Ich weiß, aber wir müssen ja nur oben bleiben, sonst nichts!«

Das klingt einfach, wie sie das sagt. Nur: Wie kommen sie da hoch? Sie denkt an Joon, wie er das macht, höflich und vorsichtig, so, als würden die Tiere jedes seiner Worte verstehen.

»Pony?«, fragt Mari vorsichtig.

Das Pony sieht sie an.

»Darf ich aufsteigen?«

Das Pony sagt nicht nein. Natürlich sagt das Pony nicht nein. Das machen Ponys nur in diesen doofen Ponyfilmen, die Mari niemals gucken wird. In den Pferdefilmen, von denen sie sich jetzt wünscht, sie hätte wenigstens mal reingeschaut, um zumindest von den einfachsten Dingen, was Pferde betrifft, einen Schimmer zu haben. Aber egal, das ist jetzt so, sie wird auch so klarkommen.

»Okay«, sagt Mari und dann macht sie es so, wie sie es bei Joon und Ema schon oft gesehen hat: Anlauf nehmen, springen, festhalten, Körperspannung und hoch. Und plötzlich, zum allerersten Mal in ihrem Leben, sitzt Mari auf einem Pony. Das ist kein so schlechtes Gefühl. Aber Kurt muss ja auch noch hoch und Kurt hat auch noch nie einen Pferdefilm geguckt, jedenfalls nicht, dass Mari wüsste, wenn, dann nur heimlich. Und anders als Mari hat Kurt noch nicht mal Joon oder Ema zugeschaut, wie die das mit dem Aufsteigen machen. Kurt hat hier auf Solupp eigentlich noch gar nichts gesehen außer seiner Zimmerdecke, in die er vermutlich Tag für Tag sehr, sehr tiefe Löcher starrt.

»Moment!«, ruft Kurt, verschwindet hinter der Hecke und kommt einen Moment später mit einem der Gartenstühle zurück. »So müsste es gehen!«

Und es geht. Es ist nicht besonders elegant, aber es funktioniert: Nach nur etwa hundertzwanzig Versuchen sitzt Kurt endlich hinter ihr und klammert sich an Mari fest.

»Was tun wir hier?«

»Wir retten einen Meerjungen!«, erinnert sie ihren Bruder.

»Stimmt, das war's, alles klar!«, schreit Kurt gegen den Wind an.

Und dann schnalzt Mari mit der Zunge und das Pony setzt sich tatsächlich in Bewegung und Kurt schreit erschrocken auf und Maris Herz macht einen Hüpfer, der sich nach einer Mischung aus Zehn-Meter-Brett und Geburtstagseinladung anfühlt.

Das Pony wird schnell und schneller und immer schneller und Maris Hände graben sich in die struppige Mähne und Kurt klammert sich noch fester an Mari, und so richtig schön ist das nicht, aber auch nicht so schlecht. Sie sind schnell, Kurt ist da und irgendwie wird das schon alles gut gehen, das weiß Mari, als sie mit ihrem Bruder auf dem Rücken des braunen Ponys über Solupp fliegt, durch den Silberwald, über den langen, sandigen Pfad, durch Donnergrollen und Blitzleuchten. Ich reite, denkt Mari verwundert, so was aber auch, ich reite!

Nur wenige Augenblicke später sind sie da, das Pony bleibt von selbst neben Calypso in den Dünen stehen. Wie viel Zeit hätte Mari gespart, wenn sie gleich geritten wäre? Aber egal, bis eben wusste Mari ja noch gar nicht, dass sie anscheinend reiten kann.

Und auch Kurt wusste das nicht.

»Das wusste ich gar nicht, dass du so reiten kannst!«, sagt er anerkennend und rutscht wie ein nasser Sack vom Rücken des Ponys.

»Tja«, sagt Mari, »es lohnt sich, ab und zu mal aus dem Zimmer zu kommen!«

Aber sie sollten sich jetzt nicht streiten. Sie müssen sich beeilen, der Meerjunge braucht Hilfe!

»Danke, Pony!«

Das Pony ist von Maris Dank nicht besonders beeindruckt, hat sich längst Calypso angeschlossen, der trotz Sturm und Gewitter seelenruhig grast.

Trotzdem streicht Mari ihm einmal über den weichen Hals, dann beeilt sie sich, Kurt einzuholen, der schon runter zum Meer rennt, zu den drei Gestalten, zu Maris Freunden und einem eigentlich ganz und gar unwirklichen Meerjungen.

NEUNTES KAPITEL

JOONS BOOT

»Und du bist jetzt so ein Fachmann für Sagengestalten und Märchenfiguren oder was?«

Ema würdigt Kurt nur eines kurzen Blickes. Sie nimmt es ihm übel, dass er sie bisher ignoriert hat, und ihr ist es auch egal, dass das nicht persönlich gemeint, sondern Grundeinstellung ist.

»Sozusagen«, murmelt Kurt, ohne Ema anzusehen. »Er atmet«, stellt er fest, nachdem er, genau wie Mari zuvor, nach dem Puls des Meerjungen getastet hat.

Vielleicht hätte sie doch lieber in den Ort reiten, Mama Bescheid sagen, sie hierherbringen sollen und nicht ihren großen Bruder, der von Arztsachen so wenig versteht oder wissen will wie von Mannschaftssport, Milchreis und Familienrat.

»Dass er atmet, wissen wir selbst!«, knurrt Ema. Es nervt sie offensichtlich, dass Mari Kurt geholt hat, dass der hier auftaucht wie irgendein düsterer Superheld und ihren spannenden Fund zu seinem macht. *Spannender Fund*, es ist wahrscheinlich nicht so nett, einen Menschen so zu nennen. Oder einen Meerjungen.

»Meine Mutter war nicht da und Kurt hat angeboten, uns zu helfen!«

»Er ist aber kein Arzt«, knurrt Ema.

»Aber er ist hier«, sagt Joon, und lächelt Kurt aufmunternd an, und aus Versehen lächelt Kurt dankbar zurück.

Doch sein Gesicht verdüstert sich sofort wieder, als er die Hand des Jungen fühlt: »Wir müssen ihn irgendwie aufwärmen, er ist völlig unterkühlt, das ist supergefährlich!«

»Du hast doch die Decken mitgebracht!«

»Das reicht nicht. Der Boden ist nass und kalt. Am besten wäre es, wir bringen ihn in ein Krankenhaus!«

»So was gibt's hier aber nicht, Herr Spezialist!«, zischt Ema.

»Das weiß ich doch, ich meine ja nur!«

Ema will etwas sagen, aber da kracht der Donner, erleuchtet der Blitz ihre Gesichter für einen Augenblick, und dann fängt es an zu regnen. Es ist, als wenn Himmel und Meer versehentlich die Plätze getauscht hätten, jetzt ihren Fehler bemerken und ihn mit einem Schlag zu beheben versuchen würden. Das Wasser stürzt auf sie herab.

»Wir bringen ihn erst mal zu mir!«, ruft Joon und nimmt einen Arm des Meerjungen. »Helft ihr mir?«

Sofort springen sie auf, Ema nimmt den anderen Arm, Mari und Kurt die Decken und die Arzttasche.

»Da lang!«, ruft Joon und zeigt in Richtung der Felsen. Erst jetzt fällt Mari auf, dass sie gar nicht weiß, wo Joon eigentlich lebt. Wie eine Figur in einem Film ist er einfach immer plötzlich aufgetaucht, und wenn die Dinge, wegen denen er aufgetaucht war, vorbei waren, tauchte er genauso spurlos wieder ab. Ein bisschen so wie der seltsame Mann, nur in freundlich, sommersprossig und lustig. Und außer dass Joon ziemlich gut reiten kann, dass er keinerlei Angst vor dem Meer hat, ständig hungrig ist und immer gut gelaunt, weiß sie eigentlich nichts von ihm. Eben nicht mal, wo er lebt.

»Schnell!«

Und dann ist Joon verschwunden.

Als Mari näher an die Felsen tritt, weiß sie auch, wohin. In der Felswand gibt es eine niedrige Öffnung, die in einen schmalen Gang führt. Mari zögert, neben dem Dröhnen des Gewitters ist es hinter der Öffnung irgendwie viel zu still.

»Keine Angst«, ruft Joon, der dort im Dunkel ganz in ihrer Nähe stehen muss, »das ist wirklich sicher, ich mag die Dunkelheit auch nicht besonders, aber dieser Weg ist okay, den geh ich schon immer!«

Wie lange?, denkt Mari, aber sie stellt diese Frage nicht laut.

Der Weg durch den kalten Gang kommt ihr unendlich vor, sie ist erleichtert, als es allmählich ein bisschen heller wird. Und dann sieht sie endlich, wo Joon zu Hause ist: Die Bucht hinter dem Felsen ist halbmondförmig und winzig. Anders als in der großen Bucht und trotz des Unwetters, das immer noch am Himmel tobt, ist das Wasser hier ruhig und friedlich, rollt das Meer mit sanften Bewegungen auf den flachen Strand, fast so wie drüben an der Südküste.

Und nur ein, zwei Meter von der Stelle entfernt, wo die Wellen sich in weißschaumige Gischt verwandeln, liegt ein Boot im weichen Sand. Mit einer kleinen Steuerkabine und fünf Bullaugen. Es ist etwa halb so groß wie die Touristenboote auf dem Fluss zu Hause in der Stadt.

Zur Landseite hin ist es bis zu den Bullaugen begraben im Sand, die hellblaue Farbe blättert an vielen Stellen vom Holz ab, der Anker, der sich im Sand festkrallt, ist rostig, und trotzdem findet Mari Joons Boot wunderschön. Vielleicht liegt das auch an dem warmgelben Licht, das aus den Fenstern auf den Sand fällt, es sieht einladend aus und Mari findet, dass sein Zuhause sehr gut zu dem fröhlichen, freundlichen Joon passt.

»Hier wohnst du?«, platzt es aus Kurt heraus. Es klingt anerkennend und entsetzt zugleich.

Mari fragt sich, ob Kurt gerade überlegt, ob das auch was für ihn wäre, so ein einsames Boot am Strand.

»Hier wohne ich!«, sagt Joon stolz: »Das ist die *Möwe*! Ich bin grade dabei, sie wieder seetüchtig zu machen!«

»Joon hat sie entdeckt, kurz nachdem er nach Solupp gekommen war. Am Anfang hat er bei Jolka und mir gewohnt, aber dann ist er in die *Möwe* gezogen«, erzählt Ema und klingt so, als nehme sie Joon das ein bisschen übel.

»Ich fühle mich hier einfach zu Hause«, sagt Joon entschuldigend, »und auf Dauer wäre es bei Jolka wahrscheinlich auch ein bisschen eng für uns alle geworden, oder? Außerdem hast du so einen Ort, an den du fliehen kannst, wenn sie dich nervt!«

»Jolka nervt mich nie«, sagt Ema, muss aber grinsen.

Joon macht sich an einem Tau zu schaffen, das um einen Holzpfahl geschlungen ist. Gar nicht so einfach, mit dem Meerjungen im Arm.

»Warte, ich nehm ihn!«, ruft Kurt und übernimmt Joons Platz neben dem Meerjungen, der sich nicht rührt.

»Lange kann ich den auch nicht mehr halten«, keucht Ema. »Ehrlich gesagt dachte ich immer, so Märchengestalten wie Prinzessinnen und Feen und eben Nixen wären alle leicht wie Federn!«

»Dann ist das hier wohl eine besonders schwere Feder!«, ächzt Kurt und Mari stellt sich neben Ema und versucht, ihr trotz Decken und Arzttasche im Arm so gut es geht zu helfen.

»Achtung!«, ruft Joon, und im nächsten Moment kracht ein Holzbrett vor ihre Füße, ein schmaler Steg. Hintereinander folgen sie Joon hinauf auf die *Möwe*, den federschweren Meerjungen so gut es geht im Griff.

Hier oben klingen die knarrenden Schiffsplanken unter ihren Füßen, als würde ein freundlicher alter Bär sie willkommen heißen. Quer über Deck hängt eine Wäscheleine, daran der Neoprenanzug, den Joon Mari immer zum Wellenreiten leiht.

Joon öffnet die niedrige Tür und verschwindet in der Kajüte: »Passt mit euren Köpfen auf!«

Mari duckt sich und folgt Joon ins Innere der *Möwe*. Der Raum ist winzig, aber es ist alles da: ein alter Gasherd, ein riesengroßes Sofa, ein wackliger Tisch. Doch Mari hat nicht viel Zeit, um sich umzusehen, Ema und Kurt brauchen ihre

Hilfe. Mit dem Meerjungen in den Armen ist es nämlich gar nicht so einfach, durch die kleine Tür zu kommen. Es ist ein ziemliches Hin und Her, aber dann haben sie es geschafft.

»Wir bringen ihn am besten gleich nach hinten in die Koje!« Joon öffnet eine noch niedrigere Tür und dahinter kommt ein winziger Raum zum Vorschein, der ganz von einem Bett ausgefüllt wird. Gemütlich findet Mari das, und wenn die *Möwe* nicht so einsam in ihrer Bucht liegen würde, dann könnte sie sich gut vorstellen, hier zu leben.

Ema und Kurt wuchten den Meerjungen aufs Bett und Joon knipst die Lampe auf dem selbst gezimmerten Wandregal an. Das goldgelbe Licht erleuchtet den Raum, das Bett und den reglosen Meerjungen darauf. Neugierig und so gut es durch die enge Öffnung geht, betrachten die vier ihn.

Es ist Mari, die als Erste versteht. »Algen!«, ruft sie lachend, »Natürlich sind das Algen!«

Sie deutet auf den Fischschwanz.

Wie konnten sie so dumm sein? Natürlich, nur Algen! Was in der silbrigen Monddunkelheit noch ein unfassbares Wunder war, ist hier im warmen Licht der kleinen Lampe offensichtlich. Und was eben noch ein Fischschwanz war, ist jetzt nur noch ein Haufen Algen, die sich fest um die Beine des Jungen geschlungen haben.

»Er muss da irgendwie reingeraten sein, und dann konnte er sich nicht mehr bewegen und ist wahrscheinlich untergegangen und dann bewusstlos geworden!«

Mari ist aufgeregt und erleichtert zugleich.

Und vielleicht auch ein bisschen enttäuscht, Solupp hätte sie auch ein echtes Wunder, hätte sie auch einen Meerjungen zugetraut.

Und jetzt lachen sie alle.

»Es sah so echt aus!«, ruft Ema, die vor Lachen kaum noch Luft bekommt.

»Vollkommen!«, ruft Joon.

»Stellt euch vor, wir hätten das irgendwem erzählt!«

»Wir sollten ihn da rausholen«, sagt Kurt schließlich, »das ist doch kalt mit den nassen Algen, und besonders gemütlich ist es wahrscheinlich auch nicht –«

Er und Joon legen gleich los damit, den Meerjungen, der gar kein Meerjunge ist, von den Algen zu befreien.

»Komm, wir machen Tee«, schlägt Ema vor, und Mari nickt erleichtert. Sie frösteln und bibbern alle, und ein Tee ist jetzt genau das Richtige.

Die Jungs tauchen wieder auf, als Ema gerade das Teesieb aus dem Wasser nimmt.

»Er schläft«, flüstert Joon.

»Der wird schon wieder«, fügt Kurt leise hinzu, »aber am besten lassen wir ihn sich jetzt erst mal ausruhen.«

»Und wärmen uns selbst auf!«, verordnet Ema und verteilt den Tee in große Tassen, die schief und krumm sind und bestimmt aus Jolkas Werkstatt stammen.

Eigentlich mag Mari ja keinen schwarzen Tee. Aber Ema lässt löffelweise goldenen Kandis hineinrieseln und als sie in

Joons wärmste Wollpullis gekuschelt, Handtuchturban auf dem Kopf, dicht nebeneinander auf dem dick gepolsterten Sofa sitzen, schmeckt der Tee ganz wunderbar. Mari spürt, wie allmählich die Wärme in ihren Körper zurückkehrt. Hier, im warmen Bauch von Joons Boot, mit dem Prasseln des Regens auf dem Dach und einem flackernden Feuer im kleinen Ofen, ist es richtig gemütlich. Die Aufregung lässt allmählich nach und das Zittern hört auf. Mari lehnt den Kopf an Kurts Schulter und ihr Bruder lässt sie. Was für ein Tag!, denkt Mari. Und überhaupt, was für ein Urlaub! Wenn Mama und Papa wüssten, dass –

Oh nein! Die werden sich sicherlich schon Sorgen machen. Vor allem, weil ja nicht mal mehr Kurt in seinem Zimmer hockt, um sie zu beruhigen. Mari springt so plötzlich auf, dass die anderen erschrocken zusammenzucken.

»Kurt, wir müssen zurück! Mama und Papa alles erzählen, Mama –«

»Bloß keine Erwachsenen«, sagt Ema, »die regen sich nur auf!«

»Wir warten bis morgen«, sagt Joon, »und wenn es bis dahin nicht besser ist, holen wir deine Mutter, okay?«

»Okay«, sagt Mari. Dabei wäre es wahrscheinlich das Richtige, Mama sofort Bescheid zu sagen, sie genau jetzt herzuholen, vorsichtshalber. Aber sobald Mama einen Patienten vor sich hat, verwandelt sie sich wieder in eine Ärztin und von Mama als Ärztin hat Mari genug.

Es ist so schön, Mama dabei zuzusehen, wie sie sich langsam entspannt, wie sie ab und zu sogar wieder lacht. Vielleicht ist das egoistisch, aber Mari beschließt, diese sich zurückverwandelnde Mama noch ein bisschen zu behalten und Joon zu vertrauen.

Auch Kurt nickt sein Unbehagen weg: »So machen wir das! Paula kann ja auch nichts anderes machen als Joon: Wärmflaschen und Decken drauflegen und warmen Tee einflößen.«

»Soll ich hier bleiben?«, fragt Ema. »Ich kann Papillon zu Jolka schicken, dann weiß sie, dass ich bei dir bin.«

»Ich schaff das schon«, gähnt Joon, »aber bringt morgen was zu essen für ihn mit, ja?«

»Und für dich natürlich!«, lacht Ema und Joon nickt und grinst: »Und für mich, ist ja eh klar!«

Sie sehen noch einmal nach dem Jungen, aber der liegt friedlich schlafend unter seinem Stapel Decken und sieht wirklich okay aus und schon viel weniger blass.

ZEHNTES KAPITEL

DIESES KRATZIGE WORT

Am nächsten Morgen kann Mari sich nicht mehr genau daran erinnern, wie sie nach Hause und in ihr Bett gekommen ist. Sie weiß nur noch, dass sie wieder auf dem Pony saß, Kurt hinter ihr, Ema neben ihnen auf Calypso. Sie erinnert sich noch an den Regen, aber nicht mehr daran, ob es noch gewittert hat. Und was war mit Mama und Papa? Hatten die aufgeregt auf sie gewartet? Schon irgendwelche Suchhubschrauber vom weit entfernten Festland nach Solupp bestellt? An so etwas würde sie sich doch erinnern, oder nicht?

Beim Frühstück ist alles wie immer und Mari wirft Kurt Blicke zu, um rauszufinden, was hier passiert ist oder eben auch nicht. Kurt guckt zwar zurück, lässt sich aber rein gar nichts anmerken. Es ist fast so, als wäre er gar nicht dabei gewesen. Und schon zum zweiten Mal ist Mari sich nicht sicher, ob die Ereignisse der letzten Nacht wirklich waren oder nur ein besonders wilder Traum. Und wie schon beim ersten Mal weiß sie, dass alles echt war, dass sie das nicht nur geträumt hat. Es gibt Beweise: der Geschmack nach Kandis nach dem Aufwachen, Joons Wollpullover über der Lehne ihres Stuhls, die Erinnerung daran, wie es ist, auf einem ziemlich großen Pony durch einen Sturm zu reiten, wie es sich anfühlt, jemandem das Leben zu retten.

»Nun erzählt aber mal«, sagt Papa und schlürft genüsslich seinen Tee, »wobei musstet ihr Joon denn nun so dringend helfen?«

Mari sieht erst Papa, dann Kurt perplex an. Der grinst: »Joon hat unten am Strand eine ganz kleine Pyramide entdeckt und brauchte mich, um ein paar Hieroglyphen zu entschlüsseln!«

»Echt jetzt?«, fragt Bela.

»Nein«, sagt Papa, »dein Bruder hat nur keine Lust, mir seine geheimsten Geheimnisse zu verraten.«

Mari weiß, dass Kurt gleich was Doofes sagen wird. Irgendwas Gemeines.

»Was auch völlig okay ist. Sonst wären es ja keine Geheimnisse!«, kommt Papa ihm vergnügt zuvor, und Kurt neben Mari macht den Mund wieder zu. Gerade noch mal gut gegangen! Aber woher weiß Papa, dass sie bei Joon waren? Hat Kurt ihm was erzählt, als Mari noch geschlafen hat? Das kann sie sich nicht vorstellen.

»Ihr könnt machen, was ihr wollt«, sagt Mama, die bisher ungewohnt still war und sorgfältig ihr Brötchen mit Schokocreme bestrichen hat. »Mir ist nur wichtig, dass ihr weder euch selbst noch jemand anders schadet, okay?«

»Okay«, sagt Kurt, »wir benehmen uns!«

»Dann ist ja gut«, lacht Mama, und beißt herzhaft in ihr Brötchen.

»Ich will aber die Pyramide sehen!«, verkündet Bela und steht schon neben Kurt. »Ihr müsst mir die zeigen, das ist sonst unfair! Wenn ihr mir die Pyramide nicht zeigt, zeige ich euch auch nicht meine Flaschenpost!«

»Es gibt keine Pyramide, mein Spatz, das war nur ein Witz!« Mama streicht Bela tröstend über den Kopf. Aber Bela will sich nicht trösten lassen, Bela will jetzt eine Pyramide. Ob es nun eine gibt oder nicht. Das ist ihm doch egal! Gleich wird er einen seiner Wutanfälle bekommen, da ist Mari sich sicher. Immerhin hatte er, seit sie hier auf der Insel sind, noch keinen.

»Klar gibt es eine Pyramide!«, sagt Kurt seelenruhig. »Wir müssten sie allerdings erst bauen –«

»Ja!«

Bela sieht Kurt mit dem verzauberten Blick an, der sonst einzig und allein Mama vorbehalten ist, und strahlt über das ganze Gesicht. Wahrscheinlich nicht nur wegen der Pyramide, die es nun doch geben wird, sondern auch, weil er selbst froh ist, dass er keinen Wutanfall bekommen muss.

»Baust du die mit mir?«

»Logisch, was denkst du denn, gleich heute Abend, ja?«

Bela kann sein Glück nicht fassen: eine Pyramide! Kurt, der endlich wieder mit ihm spricht! Auch Mama und Papa werfen einander einen erleichterten Blick zu.

»Das war ein Sturm, was? Ich dachte, uns fliegt das Dach

weg!« Papa sieht zur Fahnenstange hinüber, an deren Fuß sich eine ziemlich große Pfütze gebildet hat.

»Ist es ja auch fast!«, lacht Mama. »Ich geh gleich rüber zu Jolka und dann überlegen wir uns was, das Reet hält keinen Winter mehr, wenn der Sommer hier schon so stürmisch ist!«

Der Sturm. Das Meer. Der Meerjunge. Der kein Meerjunge ist.

Mari springt so schnell auf, dass ihr Stuhl krachend auf den Boden fällt. Die anderen sehen sie verwundert an.

»Alles gut, Mari-Kind?«, fragt Papa und Mari nickt, ein bisschen zu heftig.

»Mir ist nur was eingefallen! Ich muss –«

Was soll sie sagen? Unmöglich die Wahrheit, das hat sie Ema und Joon letzte Nacht schließlich versprochen: keine Erwachsenen.

»Mari und ich wollten runter zum Meer«, sagt Kurt gelassen.

Jetzt ist es Mari, die ihn fragend ansieht.

»Dann lasst uns doch nachher gemeinsam gehen, wenn ich von Jolka zurückkomme. Dann bauen wir alle die Pyramide. Das ist doch viel schöner, so zusammen –«

Kurt muss gar nichts sagen, Kurt muss nur mit den Augen rollen und da nickt Mama schon: »Ist ja okay. Macht ihr euer Ding.«

»Super!«, ruft Kurt, was ein sehr untypisches Wort für ihn ist. Wahrscheinlich will er einfach so schnell wie möglich weg. Nur wohin? Will er wirklich mit Mari mitkommen? Seit wann interessiert sich Kurt wieder für ihre Angelegenheiten?

»Komm!« Kurt schnappt sich ein paar Zimtbrötchen aus dem Korb, ist schon an der Tür, sieht Mari ungeduldig an.

»Ich nehme ein bisschen Proviant mit«, ruft die, nimmt eine Tüte Äpfel, eine Flasche mit dem dickflüssigen Sirup, den Jolka ihnen dagelassen hat, und zwei Wasserflaschen: »Los geht's!«

»Aber wann guckt ihr euch denn meine Flaschenpost an? Und die Dinoknochen? Und das Kleingeld von Atlantis?«, fragt Bela.

»Später! Versprochen!« Mari wuschelt Bela einmal durchs Haar, dann eilt sie hinter Kurt her aus dem Haus, hört noch Belas Seufzen: »Wisst ihr, es ist echt gar nicht so einfach, der Jüngste zu sein!«

Erst, als sie hinter den Heckenrosen sind, bleibt Kurt abrupt stehen, legt Mari die Zimtbrötchen in die Hände.

»Fur Joon. Und Ema und den Meerjungen, viel Spaß!«

Mari sieht ihren Bruder perplex an. »Ich dachte, du kommst mit!«

Die Enttäuschung sticht richtig in ihrem Bauch. Will Kurt sich jetzt wirklich wieder in seinem Zimmer einschließen? Nach all dem, was sie in der letzten Nacht erlebt haben? Das kann er doch nicht machen!

Kurt bohrt seinen Turnschuh in den Boden, sieht Mari nicht an. Und jetzt versteht sie. »Du kannst echt mitkommen. Wirklich!«

»Aber das sind doch deine Freunde!«

Mari kann es nicht fassen, wie unsicher Kurt plötzlich ist. Kurt, der sich mit allen anlegt, die ihm blöd kommen, Kurt, der alles, absolut alles geradebiegen kann. Kurt, der sich von niemandem einschüchtern lässt und sich sogar schon mal mit einem aus der Zwölften angelegt hat, der ihn nicht auf die Pipe lassen wollte. Kurt, der gerade sehr, sehr einsam aussieht und, genau wie Ema neulich gesagt hat: verloren.

»Komm schon!«, sagt Mari.

»Cool!«, ruft Kurt, und er klingt jetzt mindestens so begeistert wie Bela, als Kurt und Mari ihm zum ersten Mal erlaubt haben, abends mit ihnen aufzubleiben, um Toast Hawaii zu backen und Kakao mit Sprühsahne und Zuckerstreuseln zu löffeln, mitten in der Nacht.

Heute steht das braune Pony nicht bei den Rosen. Mari ist sich auch nicht sicher, ob sie sich wieder hinaufwagen würde. Gestern, in der stürmischen Nacht, hatte sie keine andere Wahl, jetzt ist sie froh, dass sie laufen kann. Allerdings hätte sie sich gerne bei dem Pony dafür bedankt, dass es sie und Kurt so vorsichtig getragen hat. Aber dafür ist ja noch Zeit, sicherlich wird das Pony bald wieder auftauchen und drei Ferienwochen haben sie ja noch hier auf Solupp. Nur noch drei Wochen! Drei Wochen, um all die Rätsel zu lösen, drei Wochen mit Ema und Joon, drei Wochen, das ist so betrachtet ziemlich kurz. Noch ein Grund, warum es gut ist, dass Kurt nun dabei ist, der Rätselexperte.

»Es ist nicht nur die Sache mit dem Meerjungen –«

»Der kein Meerjunge ist!«, unterbricht Kurt sie, und Mari wirft ihm einen finsteren Blick zu.

»Sorry«, sagt Kurt kleinlaut.

»Also, wie gesagt, es ist nicht nur der Meerjunge. Es geht auch um die verschwundene Geburtstagseinladung und den seltsamen Kerl, der hier immer über die Insel streift, und es geht auch um ein merkwürdiges Wort ...«

Und während Mari und Kurt den Pfad in Richtung Westküste entlangeilen, erzählt Mari ihrem Bruder alles, was sie in den letzten Tagen und Wochen erlebt hat. Und Kurt hört einfach nur zu und nickt und schüttelt den Kopf und ist angemessen fasziniert von Maris Geschichte. Und das Wichtigste: Sie sieht ihm an, dass er ihr alles glaubt.

»Irre«, sagt Kurt, als sie auf Höhe des Silberwaldes schließlich fertig ist.

Mari nickt: »Irgendwas –«

»– ist mit Solupp«, beendet Kurt ihren Satz.

»Was meinst du, ist es was Gutes?«, fragt Mari.

»Ich weiß noch nicht. Der seltsame Mann, der ist mir irgendwie unheimlich –«

»Du hast ihn also auch gesehen?«

»Ja klar, gleich auf der Fähre und dann später nochmal, weißt du noch, als ich zu Fuß gegangen bin?«

Natürlich weiß Mari das noch, wie Kurt nicht mit ihnen in der Kutsche mitfahren wollte.

»Ich hatte das Gefühl, er folgt mir. Zum Glück hab ich dann

den Tunnel gefunden, du kannst dir nicht vorstellen, wie froh ich war, als ich den Kerl los war!«

Doch, das kann Mari sich vorstellen. Der Mann ist definitiv unheimlich. Und das mit Keilkliff irgendwie auch ein bisschen. Aber der Rest? Der Rest ist gut, beschließt sie, der Rest ist gut und verspricht einen ganzen Haufen Abenteuer, in die sie sich zusammen stürzen werden. Aber wahrscheinlich, denkt Mari, stecken wir sowieso schon mittendrin.

Vor ihnen taucht die Westküste auf.

»Wie friedlich das jetzt aussieht«, sagt Kurt, »man kann sich gar nicht mehr vorstellen, was hier letzte Nacht los war.«

Stimmt. Heute ist das Wasser ruhig und sonnenbeschienen, keine Wolke ist am Himmel zu sehen. Ein glitzernder und funkelnder Sommertag, der sich zum Faulenzen und Baden, aber nicht zum Wellenreiten eignet. Egal, heute haben sie ohnehin anderes zu tun. Mari läuft los, die Dünen hinunter, über den feuchten Sand, bis zu den Felsen. Jetzt, wo sie weiß, dass er da ist, sieht sie den Spalt im Stein sofort. Den Rest des Weges rennen sie: durch den steinernen Gang, der heute im Sonnenschein kein bisschen unheimlich, sondern wie ein ruhiger Moment zwischen zwei strahlenden Augenblicken wirkt, hinein in die kleine Bucht.

Die *Möwe* liegt mit dem Bug im Meer, Mari mag das Geräusch, das das Wasser macht, wenn es das Holz berührt. Dieses Meer tut keinem was, wickelt niemanden in Algen ein, bis er vollkommen hilflos ist, es verwandelt keinen Jungen in ein Fabelwesen. Dieses Meer tobt nicht, wenn man diesem Jungen zu Hilfe eilt, es beißt nicht salzig im Hals. Nein, dieses Meer streichelt Joons altes Boot, als wollte es sich für die letzte Nacht entschuldigen.

»Vergeben und vergessen«, murmelt Mari, »aber in Zukunft benimm dich bitte!«

»Mit wem sprichst du?«, fragt Kurt, er klingt aufgebracht, »wem vergibst du, wer soll sich benehmen?«

Ups, anscheinend hat Mari das doch zu laut gesagt.

»Schon gut«, grinst sie, »jetzt ist ja wieder alles in Ordnung.«

Und damit ist jetzt eigentlich nicht mehr das Meer gemeint, sondern Kurt.

»Da seid ihr ja!«

Joon winkt ihnen vom Schiff aus zu und macht sich dann daran, den Steg vor ihnen herunterzulassen. Oben an Deck begrüßen Mari und er einander auf Solupp-Art.

»Endlich!«, sagt Joon zu Kurt, mehr nicht. Aber mehr, findet Mari, muss Joon auch nicht sagen, besser hätte er es nicht sagen können: Endlich. Endlich ist Kurt wieder da.

Joon gähnt herzhaft. Er sieht nicht so aus, als hätte er besonders viel geschlafen. Unter seinen sonst hellwach strahlenden Augen liegen dunkle Schatten.

»Ist Ema schon da?«

»Nana!«, krächzt es über Mari. Dort fliegt Papillon eine Begrüßungsrunde.

»Sie kommt sicher gleich«, sagt Joon.

»Und der Meer-«

Mari verstummt. *Meerjunge* wollte sie sagen, aber das kommt ihr im strahlenden Sonnenschein albern vor.

»Der schläft. Seit gestern. Zwischendurch hab ich ihm ein bisschen Wasser eingeflößt, weil ich Angst hatte, dass er mir verdurstet, aber selbst da hat er die Augen nicht aufgemacht. Wollt ihr mal nach ihm gucken?« Joon sieht Mari und Kurt bittend an.

»Klar!«, sagt Kurt überraschend bestimmt, und Mari beeilt sich, ihrem Bruder ins Innere des Schiffes zu folgen.

Vom Meerjungen ist kaum etwas zu sehen. Joon hat ihn bis zur Nasenspitze unter einem Deckenberg begraben. Mari ist erleichtert, als sie seinen ruhigen Atem hört, und auch seine Gesichtsfarbe sieht schon gesünder aus als gestern. Er schläft tief und fest.

»Ich glaub, das mit dem Wasser war schon eine gute Idee«, flüstert Mari.

Joon sieht erleichtert aus. Es tut ihr plötzlich sehr leid, dass sie ihn mit dem Meerjungen zurückgelassen haben. Was haben sie sich nur dabei gedacht? Was, wenn etwas passiert wäre? Joon ist hier ja ganz allein.

Kurt räuspert sich: »Ich finde -«

»Keilkliff!«

Sie zucken alle zusammen.

Der Deckenberg kippt um, landet auf ihren Füßen.

Der Junge sitzt aufrecht im Bett, sieht sie mit weit aufgerissenen Augen an.

Keilkliff, denkt Mari, das metallische Wort, das so schwer auf der Zunge liegt und noch viel, viel schwerer auf dem Herzen.

»Keilkliff«, wiederholt der Meerjunge leiser, und dann sackt er wieder in sich zusammen, schläft leise schnarchend wieder ein.

Mari, Kurt und Joon sehen einander betreten an.

»Keilkliff, was bedeutet das nur?«, murmelt Kurt.

Mari weiß, dass in seinem Kopf schon das Rätselraten begonnen hat, ihr Bruder in den Aufklärungsmodus geschaltet hat.

»Vielleicht erzählt er es uns, wenn es ihm besser geht«, sagt Joon leise, nimmt eine Decke vom Boden, breitet sie vorsichtig wieder über den Jungen und zieht sie dann sorgfältig zurecht.

»Ich finde ja, wir sollten jetzt mal was frühstücken«, verkündet Ema, die in der Tür steht, als wäre sie schon die ganze Zeit da gewesen, »satt denkt es sich einfach besser!«

»Gute Idee!«, ruft Joon und klingt wahnsinnig erleichtert.

Und obwohl Mari sich nicht ganz sicher ist, ob sie das auch für eine gute Idee hält, stimmt sie zu. Hauptsache weg von dem kratzigen Wort, weg von dem dumpfen Gefühl, dass Keilkliff, wer oder was auch immer das ist, zu den Dingen gehört, die im allerbesten Fall in die Kategorie Abenteuer gehören.

»Lasst uns draußen an Deck picknicken, ich brauche Licht und Sauerstoff, sonst schlaf ich sofort ein!«

Joon verlässt fluchtartig die Kajüte. Mari sieht zweifelnd zum schlafenden Meerjungen. Können sie ihn einfach zurücklassen? Ganz allein?

»Ich bleib hier«, verkündet Kurt, »einer sollte bei ihm bleiben.«

Ema stimmt ihm sofort zu, und obwohl Mari sich wünscht, dass ihr Bruder mitkommt, raus ins Sonnenlicht, widerspricht sie nicht. Weil sie ahnt, dass Kurt sich hier am wohlsten fühlt: im Halbdunkel der Koje, zusammen mit jemandem, der nichts von ihm will, der keine Fragen stellt.

ELFTES KAPITEL

AUF KEINER KARTE

Joon holt ein Bettlaken und das breiten sie als Picknickdecke draußen auf dem Dach der Kajüte aus. Mari legt ihre Äpfel, die Zimtbrötchen und die Flasche mit dem Sirup darauf. Ema hat süße Butter und eines von Jolkas Broten dabei. Schon seit Tagen versucht Papa das nachzubacken, aber so gut wie Jolka bekommt er es noch nicht hin.

»Ein Festmahl!«, strahlt Joon, und genau in diesem Moment knurrt sein Bauch unfassbar laut.

»Rettung in letzter Sekunde, würde ich sagen!«, lacht Ema und wirft ihm das Brot zu.

»Das kommt von der Seeluft!«, verkündet Joon kauend. »Ich kann gar nicht anders, als ununterbrochen zu essen. Wahrscheinlich wohne ich einfach zu nah am Wasser. Ich sollte das Boot ein bisschen weiter hoch auf den Strand schieben, dann wird es sicher besser.«

»Ha! Damit du weniger Hunger hast, musst du die *Möwe* schon in die Wüste stellen!«, grinst Ema.

»So ist es! Und jetzt mal guten Appetit!«, ruft Joon und wirft das Brot weiter in ihre Richtung. Was tut Jolka da nur rein? Wenn sie das für Papa rausfindet, ist er überglücklich. Seltsam, wie Mari an Brotrezepte denken kann, während im Bauch des Schiffes der Meerjunge liegt und mit ihm die wirklich großen Rätsel und Geheimnisse.

»Hat er irgendwas gesagt?«

Joon schüttelt den Kopf.

»Nur dieses furchtbare Wort. Mehr nicht. Meint ihr, das ist vielleicht sein Name?«

»Ich hoffe nicht!«, ruft Ema. »Wer nennt sein Kind schon Keilkliff?«

»Es könnte ja auch ein Nachname sein«, verteidigt Joon sich.

»Oder ein Ort –«, überlegt Mari. »Ich finde, das klingt ziemlich nach einem Ort.«

Joon springt auf und verschwindet unter Deck. Kurze Zeit später kommt er mit einem großen, dicken Buch wieder.

»Ein Atlas?« Mari runzelt die Stirn. »Ich glaube nicht, dass wir damit eine Chance haben. Man müsste das im Netz suchen, das geht millionenmal schneller.«

Ema zuckt die Schultern: »Gibt's hier nicht! Wenn wir was im Netz machen wollen, müssen wir den Kapitän der *Elysion* bitten, so wie damals, als Jolka das Heckenrosenhaus vermieten wollte.«

Ema hilft Joon bei der Suche: »Nee, nichts. Kein Ort namens Keilkliff. Schade! Das wäre so schön einfach gewesen.«

»Es kann schon sein, dass es irgendwo auf der Welt so einen Ort gibt, aber vielleicht ist der winzig klein. Winzig kleine Orte landen nicht in Atlanten. Denk an Solupp!«

»Solupp ist nicht im Atlas?«

Ema und Joon schütteln gleichzeitig den Kopf und sehen dabei irgendwie stolz aus.

»Nee, Solupp muss man selbst finden!«, sagt Joon.

»Solupp findet einen«, fügt Ema hinzu.

»Da kennt Solupp meine Mutter aber schlecht. Mama findet alles, sogar Kurts Zahnspange in Belas Kindergartensandkasten.«

»Was?«

Mari zuckt die Schultern: »Na ja, am Ende gab es dafür eine ganz einfache, logische Erklärung: Bela hatte sich die Zahnspange ausgeliehen, weil er seiner Freundin Lia erzählt hat, dass er ein echtes Haigebiss aus dem Ferienpark mitgebracht hat, und irgendwie ist die dann eben im Sandkasten gelandet. Und nachdem Bela ihr das mit der verlorenen Spange gestanden hat, hat Mama sich sofort eine Schaufel genommen und angefangen, den Sandkasten umzugraben. Zwei Stunden später hatte sie die Spange. Leider ging der Sand nur irgendwie nie ganz raus und Kurt hat immer mit den Zähnen geknirscht.«

Joon schnappt sich noch ein Zimtbrötchen: »Vielleicht sollte deine Mutter mal nach dem Solupper Schatz suchen …«

»Jetzt sag nicht, dass ihr hier auch noch einen Schatz habt!« Maris Herz schlägt schneller, Schatzsuche, das wäre was!

So eine richtige Schatzsuche und nicht so eine Geburtstagsschnitzeljagd. Wobei die auch gut sind. Leider ist sie schon zu alt für so was. Mit zwölf, allerspätestens mit dreizehn ist das mit den Schatzsuchen und Smartiekuchen vorbei. Das weiß sie von Jule.

Jule. Wenn die wüsste. Mari muss ihr unbedingt schreiben!

»Klar haben wir einen Schatz!«, sagt Joon und reißt Mari aus ihren Gedanken.

»Na ja, es gibt zumindest die Geschichte, dass wir hier einen Schatz haben«, sagt Ema, »das hat die alte Oona angeblich mal erzählt, aber leider –«

»– spricht die ja mit niemandem«, beendet Mari den Satz.

»Also«, schaltet Joon sich jetzt ein, »ich glaube, das ist einfach so ein Inselding. Dass sich überall auf der Welt alle Inselbewohner immer erzählen, es gäbe einen auf ihrer Insel. Dann können sie sich ihr Leben lang sagen, wir haben doch unseren Schatz und eines Tages suche ich ihn. Und dann müssen sie nämlich niemals woandershin, um ihr Glück zu finden.«

»Am Ende des Regenbogens, oder was?« Mari sieht zum Himmel hinauf. Alles klar dort oben, immer noch keine Wolke.

»Heute wird das eh nichts mit der Schatzsuche«, sagt Joon, »heute müssen wir uns sowieso erst mal um den Meerjungen kümmern.«

Eine Weile schweigen die drei. Keiner von ihnen weiß, wie genau das aussehen soll, dieses *um den Meerjungen kümmern.*

»Sollte ich nicht doch meine Mutter –«

»Keine Erwachsenen«, sagt Joon ungewohnt grimmig.

»Aber –«

»Er hat recht«, unterbricht Ema sie, »das bekommen wir schon hin.«

»Aber was, wenn ihn jemand sucht? Wenn er vermisst wird? Wenn seine Eltern sich schreckliche Sorgen machen?«

»Dann finden sie ihn«, sagt Joon und sieht hinaus aufs Meer, als rechnete er damit, dass dort am Horizont jederzeit zwei Meerjungen-Eltern auftauchen könnten. Könnten sie ja auch, theoretisch. Aber aus irgendeinem Grund ist Mari sich ziemlich sicher, dass das nicht passieren wird. Dass es nicht so einfach ist, das mit dem Meerjungen, hier auf Solupp. Genauso wenig wie das mit Keilkliff, dem seltsamen Wort.

»Hey!« Kurts Stimme reißt Mari aus ihren Gedanken.

»Meerjunge!«, ruft Ema und ist mit einem Satz an der Tür zur Kajüte, wo Kurt steht, den Meerjungen neben sich, einen Arm um seine Hüfte geschlungen, genauso wie letzte Nacht. Mit dem Unterschied, dass der Meerjunge sich heute zumindest einigermaßen selbst auf den Beinen halten kann. Er trägt eines von Joons ausgewaschenen T-Shirts und eine Jeans, die bis über seine Füße reicht.

»Er ist wach«, sagt Kurt überflüssigerweise.

Ganz vorsichtig führt er den Meerjungen in Richtung Picknickdecke.

Der schwankt ein bisschen, ist so wacklig auf den Beinen, als läge die *Möwe* auf hoher, wilder See und nicht ruhig und unbeweglich am Strand. Es sieht aus wie bei Bela, als er laufen gelernt hat. Kurt hatte ihn mit einem Brötchen gelockt. Und als Bela dann ankam, hatte die ganze Familie Fröhlich geklatscht und gejubelt, und als der Meerjunge endlich bei ihnen ankommt und Ema und Joon ihm auf das Dach hinaufhelfen, ist Mari wieder kurz davor, zu klatschen und zu jubeln, lässt es aber, weil der Meerjunge gerade so aussieht wie jemand, der leicht erschrickt.

Erschöpft lässt er sich auf die Decke sinken. Selbst der kurze Weg war zu viel für ihn.

»Du brauchst definitiv ein Zimtbrötchen!«, sagt Joon und drückt ihm gleich eins in die Hand. Der Meerjunge hält das Brötchen, wie Mari vor Jahren ihre erste Medaille gehalten hat (Viertelfinale des Milchzahn-Hinterhofderbys, FC Knallerbse gegen SV Ziemlichbunt – die Namen hatten sie sich selbst ausgedacht), Kurt seinen Zimmerschlüssel und Bela eigentlich alles, was er in der Stadt so auf dem Gehweg oder hier auf Solupp am Meeressaum findet.

Das Husten des Meerjungen reißt Mari aus ihren Gedanken. Er muss sich verschluckt haben und Mari meint zu wissen, dass man vorsichtig sein muss mit dem Essen, nachdem einem größere Dinge zugestoßen sind. Weil der Körper dann vielleicht noch mit den größeren Dingen beschäftigt ist und sich nicht auf die nebensächlichen Sachen konzentrieren kann, und dann klappen so einfache Sachen wie Atmen und Kauen und Schlucken nicht mehr.

Mari schlägt dem Meerjungen kräftig zwischen die Schulterblätter, Kurt drückt ihm ein Glas Wasser in die Hand. Der Meerjunge hört auf zu husten.

Möglichst unauffällig mustert Mari ihn.

Spätestens jetzt, hier draußen an Deck und im Sonnenschein, ist überdeutlich, dass er keine Sagengestalt oder so was ist, sondern einfach ein ganz normaler Junge. Einer, der in der Nacht aus dem Meer gekommen ist.

Der Junge hat schon wieder Farbe im Gesicht, sieht aus wie jemand, der sich Tag und Nacht im Freien aufhält. Sein Haar ist jetzt, wo es trocken ist, feuerrot und fast so lockig wie Emas. Der Meerjunge starrt Mari an. Und Mari starrt zurück. Sie kann nicht anders: Wenn jemand sie herausfordert, muss sie annehmen. Das ist nun mal so bei ihr, schon immer, behauptet Mama.

Und beim Fußball hat Mari schon einige fiese Fouler in Grund und Boden gestarrt und in der Schule gemeine Mädchen und zu Hause ab und zu Bela und Kurt, wenn die meinten, sie wären stärker als Mari. Früher. Die Früher-Mari hat das gemacht. Die hat sich nichts gefallen lassen, die ist nicht zurückgewichen. Die Seit-der-Diagnose Mari ist anders. Die guckt weg, die hält sich raus, die sagt nichts, die macht sich unsichtbar, so gut es eben geht, wenn man ein Kranker-Papa-Schild mit sich durch die Gegend schleppt. Aber jetzt starrt Mari zurück, starrt dem Meerjungen in die oktopustintenschwarzen Augen, und wie es sein soll, ist es der Meerjunge, der zuerst den Blick abwendet. Zugegebenermaßen hat er Maris Blick davor aber länger erwidert als jemals jemand zuvor. Außer Bela vielleicht, Bela kann das auch sehr gut, aber der muss irgendwann immer lachen. Der Meerjunge guckt weg, und dann guckt er wieder hin, und dann grinst er.

»Was ist, Meerjunge?«, fragt Mari, und Kurt neben ihr stöhnt, wie nur Kurt stöhnen kann.

»Hör mal auf mit dem Drama, Mari!«

Und Mari hört auf mit dem Drama und grinst zurück ins Meerjungengesicht.

»Meerjunge«, sagt der mit einer auch völlig normalen Stimme, ohne Blubbern oder Gurgeln oder so. Und obwohl Mari natürlich zu alt ist, um an Märchenfiguren zu glauben, ist sie insgeheim ein bisschen enttäuscht. Nur ein Junge. Noch einer. Na ja.

»Ich bin Tonda«, sagt er, »danke, dass du mir das Leben gerettet hast!«

»So hab ich das vorhin aber nicht erzählt«, sagt Kurt.

»So war's aber ja«, sagt der Meerjunge, der eigentlich Tonda heißt. Tonda, Tonda, Tonda – da muss Mari sich erst mal umgewöhnen.

»Na ja«, sagt Ema, »eigentlich war das ja nicht nur Mari, das mit dem Lebenretten, sondern auch Joon und ich.«

»Und Kurt«, sagt Joon.

»Also, ich eigentlich nicht«, stellt Kurt richtig, »ich war ja am Anfang gar nicht dabei, als die richtige Rettung stattgefunden hat –«

»Was hast du da eigentlich gemacht, im Wasser, mit deinen Algen?«, fragt Mari.

Tonda lacht wieder. Das Lachen ist super. Lachen kann der Meer- … kann dieser ganz normale Junge namens Tonda ziemlich gut.

»Die Algen waren so nicht geplant«, sagt er, »auf die hätte ich eigentlich lieber verzichtet.«

»Du hattest also einen Plan?«, fragt Ema.

Und Mari sieht ihr an, dass sie gerade genau das Gleiche denkt wie Mari, dass das ein etwas bis ziemlich schlechter Plan gewesen sein muss, den Tonda da hatte.

»Na ja, eigentlich nicht, jedenfalls, also, ich weiß nicht –«, sagt Tonda.

»Wo kommst du her?«, fragt Kurt.

»Vom Meer!«, sagt Tonda und gibt sich wirklich Mühe so auszusehen, als wäre das eine vernünftige Antwort.

»Aber woher genau?«, fragt Ema. »Darauf, dass du kein Nix oder so was bist, haben wir uns ja jetzt geeinigt.«

Gespannt sehen die vier den Meerjungen an, der so angestrengt nachdenkt, dass es Mari nicht wundern würde, wenn man in seinen Augen die Gedanken sehen könnte, Bild für Bild.

»– ich weiß nicht –«, sagt Tonda schließlich und sieht hinab auf seine Hände. Die sind rau aus und rissig, das kommt wahrscheinlich vom Salzwasser.

»Das sagen sie alle«, murmelt Ema und Mari wüsste gerne, wen sie mit alle meint, aber bevor sie das fragen kann, springt Joon plötzlich auf, reißt den verdatterten Tonda in die Höhe, drückt ihn fest an sich und schwenkt ihn hin und her.

»Vorsichtig!«, ruft Kurt, aber Mari und Ema lachen, über Tondas verdutztes Gesicht und über Joons Begeisterung, die beängstigend und ansteckend zugleich ist.

»Aber du lebst!«, ruft Joon glücklich. »Du lebst!«

»Ja?«, fragt Tonda unsicher.

»Verdammt noch mal!«, schreit Kurt plötzlich und streckt die Arme weit in die Luft. »Verdammt noch mal, wir leben!«

Und dann brüllt er los, nicht wütend, nicht zornig, nee: Kurt brüllt und tobt wie das Meer vor der Westküste, jenseits des Ganges, wie jemand, der einfach mal was rauslassen muss.

»Wir leben!«, brüllt Kurt immer wieder. »Verdammt, wir leben!«

Und Mari weiß genau, dass das nicht nur die Erleichterung darüber ist, dass es Tonda gut geht. Kurt schreit auch für die letzten Monate, dieses seltsame, seltsame letzte Jahr, in dem die ganze Welt wie unter einer zu dicken Decke lag, unter der man einander nicht erreichen konnte. Sie weiß, was er meint und wie er das meint und warum, gerade jetzt und hier, auf Solupp, an diesem funkelnden Sommertag, der nach Mehrdavon riecht.

Weil es seit Langem endlich wieder richtig zu spüren ist, dieses Leben, dieses verdammt schöne, irre Gefühl.

Später liegen sie nebeneinander auf der Picknickdecke, die mal ein Bettlaken war, und sehen mit zusammengekniffenen Augen in den Himmel. Da oben ist sehr viel Hellblau, ein paar kreischende Möwen, sonst nichts.

»Ich wünschte, du wüsstest, wo du herkommst«, seufzt Ema. »Ich bin nämlich sehr neugierig und halte überhaupt nichts von Geheimnissen.«

»Ich auch nicht«, stimmt Mari ihr zu, »Geheimnisse sind wirklich das Allerletzte!«

»Ich mag Geheimnisse«, sagt Joon, »weil man sie lösen kann. Hallo? Leute? Wie langweilig wäre es bitte ohne Geheimnisse?«

Da müssen Mari und Ema ihm wohl oder übel recht geben. Mari blinzelt in die Sonne, die mittlerweile hoch am Himmel steht. Es muss bereits mindestens Mittag sein.

»Na, dann sollten wir jetzt aber endlich damit anfangen, sie zu lösen!«

»Wen?«, fragt Ema träge.

»Die Geheimnisse«, sagt Mari.

»Sie hat recht«, murmelt Kurt, »bald fahren wir wieder. Und wenn ihr es in all den Jahren bisher nicht geschafft habt, eure Geheimnisse selbst zu lösen, wie sollt ihr es dann ohne uns jemals hinbekommen?«

»Das klingt übrigens sehr, sehr eingebildet«, sagt Joon, »also, nur, damit du es weißt, Kurt.«

»Das sollte es nicht«, sagt Kurt.

»Ich weiß«, sagt Joon, »und nächstes Mal klappt's sicher besser!«

»Es kommen ja auch täglich neue Geheimnisse dazu«, seufzt Ema, »wie soll denn da einer hinterherkommen?«

»Ein Schritt nach dem anderen«, sagt Kurt. Den Spruch hat

er von Papa und irgendwie freut es Mari, dass Kurt ihn verwendet.

Sie setzt sich auf. Ein bisschen zu schwungvoll, denn einen Moment lang schwirrt ihr Kopf, flirrt und flimmert es vor ihren Augen, bildet sie sich ein, direkt vor ihr wäre ein struppiges Ungeheuer. Und tatsächlich: Auch nach mehrmaligem Blinzeln steht da immer noch etwas Struppiges direkt vor ihr.

»Feinur! Hast du mich erschreckt!«

Der Hund schüttelt sich, eiskalte Tropfen landen auf Maris sonnenwarmer Haut.

»Hey, halt!«, ruft sie.

Joon und Kurt springen erschrocken auf, und dann schreien alle lachend durcheinander, was Feinur sichtlich Spaß macht, denn er hört gar nicht mehr auf, sich zu schütteln.

»Also, ich weiß, du hast genug gebadet, Tonda-Meerjunge, aber mir wäre jetzt nach einer kleinen Abkühlung. Wer ist dabei?«

Schon schält Ema sich aus T-Shirt und Hose, darunter kommt ihr Badeanzug zum Vorschein. Und weil Mari Tonda ansieht, dass er sich in den nächsten Momenten nicht erinnern wird, vielleicht auch einfach nicht erinnern will, ruft sie: »Ich!«

Und weil sie sich mittlerweile schon ganz gut auskennt mit Solupp und seinen Gepflogenheiten, ist sie fast genauso schnell wie Ema und definitiv schneller als Joon, und einen Moment später rennen sie kreischend und lachend ins Meer. Sie sind am Leben, sie leben. Und wie!

ZWÖLFTES KAPITEL

WIE EIN ZAUBERSPRUCH

»Und du, Meerjunge?«, fragt Mari ein paar Stunden später, als sie, Kurt und Ema sich auf den Weg nach Hause machen.

»Tonda«, grinst Tonda.

»Du kommst klar, hier mit Joon?«

»Klar kommen wir klar!«, sagt Joon gespielt beleidigt. »Wir essen jetzt erst mal was –«

»Lass dich bloß nicht von Joon mit seinen Algen vergiften«, sagt Ema und blinzelt Joon zu, der streckt ihr grinsend die Zunge raus.

»Ich weiß nicht, was du hast, meine Muscheln sind die besten von ganz Solupp!«

»Vorausgesetzt, man hat einen Magen wie ein Buckelwal!«, sagt Ema und streckt im Gegenzug Joon die Zunge raus.

»Du kannst aber auch echt mit zu uns kommen«, bietet Mari zum wahrscheinlich hundertsten Mal an, während sie gemeinsam durch den Sand in Richtung Tunnel stapfen. Tonda ist noch ziemlich schwach, geht langsam und vorsichtig, als würde er über einzelne Sandkörner balancieren. Oder, denkt Mari, als wäre er das Laufen an Land einfach nicht gewöhnt, als stammte er doch aus dem Meer.

»Mari, hör auf, dir Sorgen zu machen!«, lacht Joon. »Wir werden schon nicht weggespült!«

Mari sieht zu ihrem Bruder. Warum unterstützt Kurt sie denn nicht? Er könnte doch auch mal was sagen. Er weiß doch auch, dass Tonda nicht so einfach hierbleiben kann, ohne dass irgendwer benachrichtigt wird. Aber Kurt tut so, als bekäme er von dem Ganzen nichts mit, als hätte er immer noch seine Kopfhörer auf, dabei guckt er irgendwie ein bisschen verstrahlt durch die Gegend. Okay, okay, dann sagt Mari eben auch nichts mehr.

»Bis morgen!«, sagt Ema und verschwindet im Gang.

»Man sieht sich«, murmelt Kurt, extracool.

Mari will den beiden gerade folgen, da hält Tonda sie fest: »Bitte sag ihnen nichts, ja?«

»Wem?«

»Den anderen. Also denen, die nicht wissen, dass ich hier bin. Den, den –«

Er sieht Mari bittend an.

»Den Erwachsenen?«

Tonda nickt heftig.

»Mach ich nicht.«

Tonda sieht trotzdem noch ein bisschen verzweifelt aus.

»Versprochen!«, sagt Mari. »Wirklich, ich sag niemandem was.«

Endlich entspannt sich Tondas Gesicht: »Danke! Es ist nur, ich weiß nicht, ob sie –«

»Was?«

»Ob sie das Richtige tun würden.«

»Das Richtige? Was soll denn das sein, das Richtige?«

»Das weiß ich ja auch nicht, ich erinnere mich ja nicht!«

»Tonda, du bist gar nicht so einfach.«

»Das stimmt.«

»Ich hab Hunger!« Das war Joon. »Können wir uns darauf einigen, dass niemand jemandem was sagt, wir irgendwann schon das Richtige tun werden und es für diesen Moment am allerbesten wäre, wenn ich sofort was zu essen bekäme?«

Mari und Tonda müssen lachen. Ja, wahrscheinlich können sie sich darauf einigen. Mari winkt den beiden zu und folgt Ema und Kurt durch den Felsen, zurück auf die raue Seite der Westküste.

Den Rest des Tages verbringt Kurt wieder in seinem Zimmer, bei geschlossener Tür. Mari nimmt es ihm übel, aber nicht so sehr wie sonst. Immerhin war er dabei, immerhin hat er ihr letzte Nacht geholfen, als sie ihn brauchte, immerhin hat er auf Tonda aufgepasst und sich Mühe gegeben. Und vielleicht war es nach all der Zeit allein auch ziemlich anstrengend für Kurt, so viel Zeit mit anderen zu verbringen. Vielleicht muss er jetzt mal für sich sein. Hauptsache, er kommt irgendwann wieder raus, Hauptsache, er lässt sie nicht hängen mit den ganzen Solupp-Geheimnissen, für deren Lösung sie weniger als drei Wochen haben. Vielleicht sollten sie das Ganze strategischer angehen?

Mit Bela auf dem Gepäckträger macht Mari sich am späten Nachmittag auf den Weg in den Ort. Sie will sehen, ob sie in Jolkas kleinem Laden ein Notizbuch findet, um all ihre Gedanken und Fragen zu sortieren. Und außerdem hofft sie, dass Ema da ist und Lust hat, mit Mari eine Strategie zu entwickeln.

Aber als Mari das Rad an Jolkas grünen Zaun lehnt, sieht sie gleich, dass Ema nicht da ist. Feinur liegt nämlich direkt hinter dem Zaun. Das macht er, wenn Ema weg ist. Dann wartet er dort, bis sie zurückkommt, als ob es in seinem Leben nichts geben dürfte, das ohne sie stattfindet.

Bela macht sich sofort daran, den Hund ausgiebig zu kraulen und über all die kleinen und großen Abenteuer zu informieren, die er seit dem letzten Treffen erlebt hat.

»Stell dir vor, Feinur, am Strand hab ich eine Krabbe gefunden, die vorwärts gelaufen ist! Und wenn man die Rosinen aus Papas Rosinenbrötchen pult und sie so isst, dann schmecken die Brötchen trotzdem noch nach Rosinen, und wenn man einen Schatz finden will, muss man an einem Tag suchen, an dem ansonsten noch nichts geklappt hat!«

Bela sieht Feinur erwartungsvoll an, und Feinur tut so, als wäre er kein Strandläufer, der alles über Krabben weiß und über ihre verrückten Ideen, was die Fortbewegung angeht, tut so, als hätte er noch nie die Erinnerung an eine Rosine geschmeckt und als wüsste er nicht, was man tun muss, um einen Schatz zu finden. Feinur, denkt Mari, ist wirklich ein sehr, sehr guter Freund.

»Ich geh mal kurz rein, gucken, was Jolka macht, ja?«

»Okay«, sagt Bela wenig interessiert und kuschelt sich in das Fell des Hundes. »Weißt du, Feinur, wenn wir irgendwann zurück in die Stadt fahren, kommen wir aber auf jeden Fall wieder. Pass auf, guck, jetzt siehst du mal einen Ritter ohne Hände …«

Wie immer steht die Tür zu Jolkas und Emas Haus weit offen, und obwohl Mari die beiden bisher immer nur in ihrem Garten besucht hat, sie noch nie im Inneren des Hauses war, zögert sie nicht einzutreten.

Mari muss grinsen: wegen des unverwechselbaren Jolka-Ema-Geruchs nach frisch gebackenem Brot und Zimt und Meeresschaum. Das Haus passt perfekt zu den beiden! Die Wände leuchten smaragdgrün, der weiche Läufer auf den honiggelben Holzdielen strahlt bunt gemustert, auf langen Brettern an den Wänden liegen allerlei Schätze: Schalen voller glitzernder Steine, aus denen Jolka ihren Schmuck macht, geschnitzte Figuren, Kinderzeichnungen von fliegenden Ponys und schillernden Drachenfischen, waghalsige Büchertürme und in Vasen all die Blumen, die Mari jenseits von Solupp noch nie gesehen hat und die Ema und Joon ihr in den letzten Wochen alle gezeigt haben – gelbes Flüsterrohrgras und blauen Strandampfer und tiefrote Vergessdichniche. Hier in Jolkas Flur zu stehen, ist ein bisschen so, wie in ein Kaleidoskop zu blicken.

»Huch, jetzt hast du mich aber erschreckt!«, ruft Jolka und Mari zuckt zusammen. Direkt neben ihren Füßen schaut Jolka aus dem Boden heraus und sieht ein bisschen aus wie eine sehr farbenfrohe Version eines Erdmännchens. Gut gelaunt streckt Jolka Mari die Hand hin und lässt sich das letzte Stück von ihr nach oben ziehen.

»Was machst du da unten?« Mari sieht neugierig an Jolka vorbei. Im schummrigen Licht sieht sie die schmale, steile Holztreppe und dahinter, kurz bevor das Dunkel sie verschluckt, Regale mit Einmachgläsern und Konservendosen.

»Ich hab Pfirsiche geholt!«, antwortet Jolka und schwenkt, wie zum Beweis, ein Glas mit dunkelgelben Früchten.

»Wusstest du, dass wir früher auf Solupp Pfirsichbäume hatten? Nein, oder? Stimmt aber! Das war immer ein Fest, die Pfirsichernte! Wochenlang gab es nur Pfirsiche, bis irgendwann alle selbst wie Pfirsiche aussahen!«

Jolka lacht ihr dröhnendes Lachen, und Mari ist sich nicht ganz sicher, ab welchem Punkt das mit den Pfirsichen eine von Jolkas Geschichten ist.

»Magst du Pfirsiche?«

»Klar!«

Jolka hält Mari das Glas mit beiden Händen entgegen: »Das ist mein letztes Glas. Danach gibt es keine Solupper Pfirsiche mehr. Ist also ganz was Besonderes. Und damit genau das Richtige!«

»Das Richtige wofür?«

»Na, für Emas Geburtstag! Aber versprich mir, dass du ihr

nichts erzählst, ja? Ich will sie überraschen! Ema weiß nicht, dass ich noch ein Glas aufbewahrt habe. Komm mit!«

Damit schließt Jolka eine hölzerne Klappe über dem dunklen Loch, eilt durch den Flur, öffnet an dessen Ende eine türkisfarbene Tür.

Mari folgt ihr in die lichtgeflutete, von oben bis unten mit selbst getöpferten Schieflagen, blank polierten Kupferkesseln, eingelegten Irgendwassen und getrockneten Kräuterbündeln vollgestopfte Küche.

Dort drückt Jolka ihr erst eine Schüssel in die Hand, dann einen Löffel und dann zeigt sie auf einen Stapel Kuchenzutaten, den sie in der Zwischenzeit dort aufgetürmt haben muss.

»Du kannst mir helfen, Zimtbrötchen zu backen!«, ruft sie fröhlich.

Mari ist zwar nicht so die Bäckerin, aber vielleicht ist es ganz gut, Jolka ein paar Minuten für sich alleine zu haben. Die kennt sich mit Solupp gut aus und Mari braucht dringend jemanden, der sich hier auskennt und auch noch Lust hat zu erzählen. Ema und Joon wissen viel über die Insel, aber die sind zu sehr damit beschäftigt, neue Abenteuer zu erleben, als sich mit dem Erzählen alter Geschichten aufzuhalten.

»Wann kommt Ema denn zurück?«

»Sicherlich erst zur Dunkelstunde. Ema ist mit dem Papagei irgendwo draußen unterwegs, stromern, den Wolken zuschauen, Drachenfische beobachten, Sprobben suchen, das kann dauern, bis sie zurückkommt.«

Sprobben. Schon wieder so eine Selbstverständlichkeit, von

der Mari nichts weiß. Jolka scheint zu denken, Mari hätte ihr ganzes Leben auf Solupp verbracht und nicht erst ein paar Wochen davon. Mari ist zwar neugierig, aber sie will auch nicht ständig fragen, oder anders: Sie will die richtigen, die wirklich wichtigen Fragen stellen. Was Sprobben sind, wird sie schon selbst herausfinden, spätestens, wenn Ema zurückkommt.

Während sie nach Jolkas Anweisungen Mehl, braunen Zucker, Butter und fetten Rahm miteinander verknetet, geht Mari im Kopf die Fragen durch, die sie Jolka stellen möchte. Eine, erst mal eine. Erst mal die wichtigste. Mari weiß genau, welche das ist.

»Jolka?«

»Mari?«

Die wichtigste Frage kratzt im Hals und kommt Mari schwer über die Lippen: »Was ist Keilkliff?«

Jolka, die bisher ununterbrochen durch die Küche gewirbelt ist, bleibt abrupt stehen. Es dauert eine Weile, bis sie spricht, und als sie spricht, sieht sie nicht Mari an, sondern die Küchenuhr, die plötzlich viel lauter tickt als vorher.

»Woher hast du das?«

»Das Wort?«

»Ja, das Wort. Wo hast du das gefunden?«

Bei Jolka klingt das so, als wären Wörter Gegenstände, als würden sie irgendwo einfach so herumliegen wie Ostereier oder verlorene Einladungen und als würde man dann zufällig darüber stolpern. Obwohl, na ja, ein bisschen war das ja so, mit dem Wort im Tisch. Das hat Mari tatsächlich gefunden. Oder das im Walkiefer. Das hat Ema gefunden. Aber zuallererst hat Mari das Wort von Papillon gehört. Wo hatte es der Papagei her? Und Tonda? Woher kennt Tonda, der doch noch neuer auf Solupp ist als Mari, das Wort, das ihr außerhalb von Solupp noch nie begegnet ist?

Je mehr Mari darüber nachdenkt, desto seltsamer erscheint es ihr. Und desto wichtiger, ahnt sie, ist es, die Bedeutung des Wortes zu erfahren. Doch sie kann Jolka unmöglich alles erzählen. Nicht von Tonda und vielleicht auch nicht von der Begegnung mit Ema und Papillon in Maris erster Nacht auf Solupp. Wer weiß, vielleicht findet Jolka es ja nicht so gut, wenn Ema mitten in der Nacht an den Strand hinunterspaziert, um sich in die Wellen zu stürzen.

»Es steht auf dem Tisch«, sagt Mari schließlich »Also, in dem Tisch. Jemand hat es in den Tisch bei uns drüben in der Küche geritzt, im Heckenrosenhaus.«

Jolka nickt. Es wirkt nicht so, als wäre sie sonderlich überrascht, eher so, als würde sie sich erinnern.

»Und in dem Walkiefer«, Mari will mehr Reaktion aus Jolka herauslocken als ein Nicken. »Ema hat mir gezeigt, dass es auch auf dem Walknochen steht.«

»Ah«, macht Jolka, »deswegen war er dort!«

Sie sieht aus dem Fenster, dahin, wo die Walkieferknochen sich kreuzen.

»Was deswegen? Was meinst du? Wer war dort?«

Jolka ist ja noch schlimmer als Solupp selbst, was Geheimnisse angeht. Immerhin spuckt die Insel ein Geheimnis nach dem anderen aus, bei Jolka fühlt es sich so an, als würde sie die Geheimnisse wieder einfangen und dahin zurücksperren, wo sie hergekommen sind.

»Sag mal, Jolka, warum hast du denn eben ›deswegen‹ gesagt?«

»Hab ich nicht«, behauptet Jolka.

»Doch!« Langsam reicht es Mari.

»Wen meinst du mit er, Keilkliff? Ist das ein Name?«

»Keilkliff«, sagt Jolka leise, »ist ein Wort, dass du am besten schnell wieder vergisst.«

»Warum? Warum sollte ich das vergessen? Es ist doch nur ein Wort!«

»Nur ein Wort!« Jolka lacht, aber es klingt kein bisschen fröhlich und Mari beginnt, es zu bereuen, dass sie Jolka überhaupt gefragt hat. Und trotzdem kann sie nicht damit aufhören.

»Bitte, Jolka! Sag mir, wie du das meinst!«

»Es ist nur ein Wort, ja. Aber es ist eins, das traurig macht. Und deswegen ist es ein Wort, das am besten in der Vergangenheit, das bei seinen Buchstaben bleibt, das wir lieber nicht aussprechen, damit es nicht wieder mehr wird.«

Mehr? Und vor allem: wieder?

Jetzt ist Mari richtig neugierig. Was hat es damit auf sich?

Aber von Jolka wird sie nichts erfahren, das ist offensichtlich. Den Blick, die hochgezogenen Schultern kennt Mari von ihrer eigenen Mutter. Wenn Mama abends nach Hause kam, während der Sache mit Papa, und keine Fragen beantworten wollte, wenn sie immer nur »alles gut« gesagt hat, mit einem fahlen Lächeln, das es nicht bis in die Augen schaffte, dann sah sie genauso aus wie Jolka jetzt.

Aber wie kommt Mari da wieder raus? Ganz einfach: »Soll ich den ganzen Zimt nehmen?«

»Genau, die ganze Tasse voll und dann gründlich kneten!«

Zum Glück wirkt die Frage genau so, wie Mari gehofft hat: Sofort ist Jolkas Anspannung verschwunden, setzt sie ihren Vorbereitungstanz quer durch die Küche fort, wird das Ticken der Küchenuhr wieder leiser, verschwindet es hinter der Musik, die Schalen und Holzlöffel und duftender Hefeteig beim Zubereiten von Zimtbrötchen machen. Und spätestens, als Bela in die Küche gestürmt kommt, gefolgt vom um einiges weniger aufgeregten, aber mindestens genauso hungrigen Feinur, und sie die erste Ladung Zimtbrötchen probieren, scheint das traurige Wort wieder aus Jolkas Gedächtnis verschwunden zu sein.

Doch Mari schreibt es gleich auf, als sie abends wieder im Wellenrankraum ist.

Als Mari und Bela schon durch das Tor waren, auf dem Weg zurück zum Heckenrosenhaus, kam Jolka ihnen hinterhergelaufen: »Hier, Mari, das hast du vergessen!«

Mari hat überrascht auf das Notizbuch gesehen, das Jolka ihr entgegenhielt.

Hatte sie Jolka überhaupt nach einem Notizbuch gefragt?

Sie kann sich nicht mehr daran erinnern. Mit dem Zeigefinger streicht Mari über den Einband aus dunkelblaugrünem weichem Stoff, dann schlägt sie es auf.

Es ist das erste Mal, dass ihr etwas so wichtig erscheint, dass sie es aufschreiben will. Mari zögert einen Moment, bevor sie den Bleistift auf der ersten sandfarbenen Seite ansetzt und zu schreiben beginnt:

Keilkliff – Papillon, Tischplatte, Walkieferknochen, Tonda
Meerjunge
der seltsame Mann
Sprobben
ein Schatz?

Und wenn sie da so stehen, Solupps Geheimnisse, dann sehen sie gleich viel lösbarer aus, als wenn sie sich nur durch Maris Kopf schleichen. Gedankenverloren streicht Mari über die weiche Seite. Verwundert hält sie inne: Da ist etwas! Eine Vertiefung im Papier. Da hat etwas durchgedrückt. Aufgeregt blättert sie ein paar Seiten vor. Das muss ja nichts sein, nichts heißen, es ist ein altes Notizbuch und wenn Mari Pech hat, findet sie gleich eine alte Einkaufsliste. Aber nein, Mari spürt, dass da mehr ist. Und tatsächlich:

Manchmal hat man etwas genau vor der Nase und tappt dennoch im Dunkeln.

Mari liest den Satz wieder und wieder. Was soll das? Wer hat was genau vor der Nase? Was meint Jolka? Und warum sagt sie es ihr nicht direkt? Das scheint so ein Erwachsenending zu sein, auch das kennt sie von ihrer Mutter: Jolka wusste, dass sie Mari etwas sagen muss, hat sich aber nicht so richtig getraut und vielleicht gehofft, Mari würde die Botschaft nicht finden oder nicht verstehen.

Aber da hat sie sich in Mari getäuscht. Draußen senkt sich die Dunkelstunde über den Südstrand, färbt der Himmel das spiegelglatte Meer tiefblau, liegt Solupp weit weg von allem und vergessen im Meer.

Ein Wort, das traurig macht, hat Jolka gesagt. Können Wörter traurig machen? Bestimmt. Wenn Wörter zaubern können, dann können sie auch traurig machen.

Alles gut, hat Mama immer gesagt, alles gut, wie einen Zauberspruch. Vielleicht, denkt Mari, braucht der einfach, bis er wirkt. Wahrscheinlich muss man da auch ein bisschen nachhelfen. Und vielleicht kann man ja ein Wort, das traurig macht, in ein fröhliches verwandeln. Aber nicht heute. Morgen, denkt Mari, morgen kümmern wir uns darum, zuerst um das eine und dann um den Rest. Und jetzt zieht Mari die Vorhänge zu, schiebt das Buch unter ihr Kopfkissen, legt sich hin und löscht das Licht.

DREIZEHNTES KAPITEL

EIN DIEB UND EIN SUCHENDER

»Mari?«

»Ich schlafe, Bela!«

Aber dieses Mal ist es nicht Bela, der da im Morgenlicht auf ihrer Bettkante sitzt, sondern Kurt.

»Hier –« Er legt einen Umschlag vor Mari auf die Decke.

Mari richtet sich verschlafen auf.

»Es tut mir leid«, flüstert Kurt.

Mari sieht auf den Umschlag. Darauf steht in Schönschrift:

Einladung
– für Mari –

Kurt guckt angestrengt auf den Boden. Mari mustert den Umschlag. Er ist knittrig und vor allem ist er geöffnet! Sie starrt Kurt fassungslos an. Der pult am Saum seiner überlangen Kapuzenpulliärmel und schafft es immer noch nicht, Mari anzusehen.

»Du warst das?«

Kurt nickt.

»Aber ich hab dich doch gefragt, ob du was weißt, und du hast nein gesagt!«

Mari kann es immer noch nicht fassen. Sie zieht die Karte aus dem Umschlag.

»Ich hab die nicht gelesen!«, beeilt Kurt sich zu versichern. »Wirklich nicht! Ich hab den Umschlag aufgemacht, aber ich hab das nichts gelesen, nur kurz überflogen! So was mach ich doch nicht!«

Mari sieht ihn mit hochgezogenen Augenbrauen an: »Ach nein?«

»Nein. Wirklich. Das nicht!«

Kurt klingt, als wäre er kurz davor zu weinen.

»Wie lange hast du die Einladung denn schon?«

»Ich weiß nicht, ein, zwei Wochen?« Er pult jetzt an seinem Nagelbett, das wird gleich bluten. Ist das Maris Schuld? Nein! Kurt hat ihr die Einladung geklaut, nicht umgekehrt. Manchmal hat man etwas genau vor der Nase und – nie wäre Mari darauf gekommen, dass Kurt die Einladung genommen hat!

»Ich hab gesehen, wie Ema die in den Kasten gesteckt hat. Ich war neugierig, bin gleich runter, und als ich gesehen hab, was es war, ich weiß nicht, ich wollte sie dir wirklich geben. Aber irgendwie hab ich sie dann mit in mein Zimmer genommen.«

Ganz kurz traut Kurt sich aufzusehen, Mari ins Gesicht. Er

sieht erschöpft aus. Mari muss an die Gewitternacht denken, daran, wie Kurt gleich mitgekommen ist, um zu helfen. Daran, dass er sofort für sie da war. Aber das mit der gestohlenen Einladung, was bedeutet das jetzt?

»Ich schwöre, ich wollte sie dir wiedergeben, aber –«

»Aber was?« Das klang schärfer, als Mari beabsichtigt hatte, und Kurt starrt wieder hinunter auf seine Hände, auf seine abgeknabberten Nägel, auf denen nur noch ein Rest des schwarzen Lackes zu sehen ist.

»Aber irgendwie hab ich es eben nicht gemacht –«

»Mann!«

Kurt springt auf: »Es tut mir leid, Mari! Das war so was von bescheuert von mir! Ich weiß auch nicht, was mit mir los ist, ich glaube, ich bin, ich bin so –«

Und jetzt weint Kurt wirklich, rennt raus und donnert die Tür hinter sich zu.

Mari sitzt im Bett und starrt auf die Einladung in ihren Händen. Ihr ist selbst nach Weinen zumute. So aufgewühlt und verzweifelt hat sie ihren Bruder noch nie erlebt.

»Alles gut bei euch?«

Papa steht in der Tür.

»Total super!«, brüllt Mari, springt auf, streift sich das rote Kleid über ihre Shorts, schnappt sich das Notizbuch, schiebt Papa zur Seite, rennt die Treppe runter und aus dem Haus. Im Garten weiß sie nicht, wo sie hin soll. Zu Joon und Tonda? Zu Ema? Die verstehen das doch nicht! Das, was Mari selbst nicht verstehen kann: was mit ihrer Familie los ist und warum es, obwohl doch angeblich alles wieder gut ist, sich beim näheren Hinschauen überhaupt gar nicht mehr so anfühlt.

»Mari?«

Das ist Mama. Aber Mari will jetzt nicht reden, will nicht gefragt werden, will nicht mal, dass Mama sie in den Arm nimmt.

Ohne nachzudenken rennt sie los, aus dem Garten, den Sandweg hinunter, durch die Dünen, bis zum Strand. Und erst, als ihr das Wasser bis zu den Knien reicht, bleibt sie stehen. Mari hat Sehnsucht nach Jule. Danach, die normalen Sachen um sich zu haben, zu wissen, wer wie ist und warum. Zu Hause ist es einfacher, sich auf das zu konzentrieren, was noch normal ist: Fußball, Schule, Jule. Hier auf Solupp ist alles irgendwie intensiver, das Schöne, aber eben auch das Blöde.

Eine Weile steht Mari im warmweichen Wasser, der Saum ihres Kleides ist nass, aber das wird der warme Wind schnell wieder trocknen. Mari kneift die Augen zusammen, schirmt sie mit der Hand gegen die blendende Sonne ab, um besser zu sehen. Da, ganz hinten, am Horizont, da schwimmt etwas, das aussieht wie ein Schiff. Eins mit drei Segeln. Das sieht fast aus wie ein Piratenschiff! Oh ja, denkt Mari, jetzt von Piraten entführt zu werden, das wäre vielleicht die Lösung. Sie würde mit ihnen über die Weltmeere schippern und müsste sich nicht mehr mit ihrem lügenden, verwirrten großen Bruder, nicht mehr mit ihrer besorgten Mutter und ihrem abwechselnd schlafenden und kochenden Vater herumärgern.

Nur Bela, den würde sie mitnehmen! Aber ob Bela sich auf einem Piratenschiff wohlfühlen würde? Ohne Mama und Papa und ohne Feinur? Wahrscheinlich nicht. Und jetzt ist der Dreimaster ohnehin schon wieder verschwunden, vom Horizont gekippt. Und plötzlich fühlt sich das Wasser an Maris Beinen ein klein bisschen kälter an, bildet sie sich ein, dass da etwas ist, etwas an ihr zieht, und sie beeilt sich, zurück zum Strand zu kommen.

Mari ist immer noch nach Weinen zumute. Sie ist so enttäuscht von Kurt und überhaupt. In der Gewitternacht, als sie alle zusammen auf Joons riesigem Sofa saßen und es warm war und gemütlich und schön, da hat sie gedacht, dass jetzt endlich alles gut wird. Ein für alle Mal. Aber so einfach ist das anscheinend nicht. Mari reibt sich mit dem Handrücken über die Augen, sie weint nicht, das ist nur der Sand, das ist nur der Wind. Blöder Wind! Moment! Irrt sie sich, oder war da eben ein Schnauben? Mari dreht sich um. Oben am Strand steht der Braune, das Pony, das Mari und Kurt durch die Gewitternacht getragen hat.

»Hey!«, ruft Mari. Das Pony schnaubt, macht einen Schritt auf Mari zu. Auch Mari kommt näher. Sie hat sich immer noch nicht richtig bedankt. Und obwohl sie sich wirklich nichts aus Pferden und Ponys macht, wäre es unhöflich, nicht wenigstens danke zu sagen. Jetzt stehen sie nur noch zwei Schritte voneinander entfernt. Das Pony sieht Mari aus dunklen Augen erwartungsvoll an.

»Worauf wartest du nur immer?«, fragt Mari und macht den letzten Schritt auf das Tier zu. Es schnaubt, aber es legt die Ohren nicht an. Das hat Ema ihr erzählt, dass man lieber Abstand halten sollte, wenn sie die Ohren anlegen.

»Gilt das für jeden auf Solupp?«, hat Mari gelacht und Ema hat den Kopf geschüttelt und die Zähne gebleckt: »Nee, nur bei den Ponys. Wir anderen Solupper beißen ohne Vorwarnung zu!«

An das »beißen« muss Mari jetzt natürlich denken, als sie die Hand nach der Mähne des Ponys ausstreckt. Noch ein Schnauben und dann stupst das Pony Maris Hand an. Die Nüstern sind warm und weich, so wie die Stelle an der Innenseite von Mamas Armen, die Mari so mag. Vorsichtig streichelt Mari die Nüstern. Das Schnauben des Ponys klingt jetzt ziemlich zufrieden.

»Weißt du, Pony, nicht, dass du jetzt denkst, ich bin so ein Pferdemädchen!« Was an den Pferdemädchen so schlimm ist, weiß Mari eigentlich gar nicht. Nur, dass Jule und sie sich immer sehr einig waren, dass sie keine sind und keine sein wollen. Weil Fußball und Pferde nun mal nicht zusammenpassen. Und in diesem kurzen Moment mit der Hand an den Nüstern des struppigen braunen Ponys versteht Mari plötzlich nicht mehr so ganz, warum eigentlich nicht. Vielleicht sind Jule und sie ein bisschen so wie diese Jungs, die meinen, sie könnten nicht mit Mädchen befreundet sein, oder wie die Erwachsenen, die meinen, sie dürften keinen Quatsch mehr machen. Wie auch immer, sieht ja keiner, sieht vor allem Jule nicht:

Mari am Strand von Solupp, ihr Gesicht tief in das Fell eines Ponys gegraben, ihre Arme fest um seinen Hals geschlungen. Mari, die jetzt so doll weint, dass ihre Nase läuft und ihr ganzer Körper zittert. Was ist das nur? Alles wegen Kurt und der blöden Einladung? Genau wie Kurt versteht Mari sich gerade selbst nicht mehr. Und sie ist dem Pony dankbar, dass ihm irgendein Warum schnurzpiepegal ist. Das steht einfach da und lässt Mari weinen, so, als hätte es alle Zeit der Welt und keinen Ort, an dem es sonst sein muss. Und irgendwann ist Mari fertig, alles leer, alle Tränen weggeweint, alle Wut aufgebraucht.

»Schon wieder danke, Pony!«

Das Pony schnaubt.

Aber das ist schon ein Ding, findet sie, sich von einem fast wildfremden Menschenmädchen das schöne Fell nass heulen zu lassen. Mari überlegt fieberhaft, was sie tun kann, um sich so richtig zu bedanken. Möhren? Äpfel? Lakritze? Nee, das ist wie Socken zu Weihnachten zu bekommen. Doch jetzt hat sie eine Idee.

»Wie wäre es, wenn ich dir einen Namen gebe? Was meinst du?«

Das Pony stapft mehrmals mit dem Vorderhuf in den Sand.

Mari ist auch ganz begeistert. Leider fällt ihr gar kein Name ein. Helios, Calypso, Papillon – die Tiere auf Solupp haben alle so große Namen und Mari fällt nur so was wie *Flecki* und *Pony* ein.

»Gib mir noch ein bisschen Zeit, okay?«

Das Pony wiehert.

»Ich find was Gutes, versprochen! Und jetzt? Was hast du vor, Pony?«

Grasen, rennen, Fliegen mit dem Schwanz vertreiben – jedenfalls vermutlich nichts, woran Mari sich beteiligen könnte. Das Pony stupst sie an.

»Hey!«

Noch mal.

»Hey, lass das!«

Aber das Pony lässt es nicht, im Gegenteil, jetzt schubst es Mari richtig kräftig, sodass sie ein paar Schritte zurück in Richtung Meer stolpert.

»Bist du wütend wegen des Namens? Verstehe ich ja, aber du willst doch auch nicht, dass ich dir irgendeinen Namen gebe, oder? Es muss schon was bes–«

Mari verstummt. Und versteht. Dem Pony geht es nicht um den Namen. Das Pony will Mari etwas zeigen. Jemanden. Und als Mari erkennt, wer da unten auf der Landzunge steht und zum Leuchtturm hinüberstarrt, nur zehn bis zwanzig Meter von ihr entfernt, macht sie unwillkürlich einen Schritt zurück. Da ist er, ganz nah, der seltsame Mann, der durch seine pure Anwesenheit den Sommer gefrieren lässt.

Mari sieht hinauf zu den Dünen, versucht abzuschätzen, ob sie es schafft, dort oben zu verschwinden, bevor dieser seltsame Mensch sie entdeckt. Keine Chance, sie steht hier mitten am Strand mit einem Pony, dessen Lieblingsbeschäftigung anscheinend lautes Schnauben und kräftiges In-die-falsche-Richtung-Schubsen ist. Sobald er sich umdreht, wird er sie sehen. Andererseits: Solange er sich nicht umdreht, sieht nur sie ihn! Solange er sie noch nicht entdeckt hat, sollte sie die Gelegenheit nutzen, ihn sich genauer anzusehen. Vielleicht findet sie etwas heraus, das sie Ema und Joon und Tonda und Kurt – nein, Kurt nicht, das sie den anderen erzählen kann und das ihnen irgendwie bei ihrer Suche nach Antworten auf Solupps Geheimnisse weiterhilft. Mari schleicht sich hinter das Pony. Das Pony sieht sie verwundert an, schnaubt aber nicht, sagt aber nichts, netterweise. Wenn der seltsame Mann nun hinaufsieht, sieht er erst mal nur das Pony. Eins mit sechs Beinen. Aber gut, warum nicht?

Vorsichtig späht Mari an dem warmen Ponykörper vorbei, versucht, zu erkennen, was der Mann da tut. Stehen. Er steht da und sieht den Leuchtturm an und kriegt nasse Füße, und wenn alles mit rechten Dingen zugeht, auch einen Sonnenbrand. Die Mütze ist weit auf den Hinterkopf gerutscht, es sieht aus, als müsste sie ihm jederzeit vom Kopf fallen. Was nützt eine Mütze, die nicht richtig auf dem Kopf sitzt? Ist es ihm vielleicht zu warm? Der ganze Mensch sieht aus wie ein verirrter Zeitreisender. Der lange, tiefrote Mantel, die schmale Hose, die in riesigen, groben Stiefeln verschwindet, die weiten Hemdaufschläge, die aus dem Mantel hervorragen. Und was hat er da in der Hand? Mari verlässt ihre Deckung hinter dem Pony und macht einen Schritt näher heran. Ein kleines, rundes, goldenes Ding, irgend so ein Amulett – Nein! In seinen langen Fingern hält er einen Kompass! Sie haben also recht! Der seltsame Mann sucht natürlich den Schatz!

Was sonst? Was sollte einer, der aussieht wie ein verirrter Zeitreisender, sonst auf Solupp wollen? Ganz sicher ist er nicht hier, um Urlaub zu machen. Und der einfachste Beweis dafür ist, dass er noch kein einziges Mal in Jolkas Laden vorbeigeschaut hat, um sich eine Portion Aniswaffeln oder Solbeereis zu holen. Welcher vernünftige Urlauber, nein, welcher vernünftige Mensch verzichtet bitte auf Aniswaffeln mit Solbeereis? Genau! Einer, der mit all seinen Gedanken ganz woanders ist. Gar nicht wirklich auf Solupp, sondern vielleicht nur bei etwas, das nun mal nur auf Solupp zu finden ist: Solupps Schatz! Das muss sie den anderen erzählen!

Mari will gerade den heimlichen Rückzug antreten, als sie innehält. Was tut er denn jetzt? Er kann doch nicht mit seinen Stiefeln … oh doch! Der Kerl watet mitten hinein ins Meer. Ein, zwei, drei Schritte, und jetzt muss ihm das Wasser bereits hineinschwappen, jetzt hat er ganz sicher schon nasse Socken, aber er geht noch weiter, steht bald bis zum Bauch im Meer. Und was dann passiert, sieht Mari nicht mehr, weil sich der seltsame Mann in diesem Moment vom Leuchtturm weg und in Richtung der Küste wendet, dahin sieht, wo Mari neben dem Pony kauert. Einen Moment lang treffen sich ihre Blicke, und zum ersten Mal sieht Mari sein Gesicht. Es ist alt. Mehr gibt es eigentlich nicht dazu zu sagen. Der Mann sieht alt aus und müde und vielleicht auch ein bisschen traurig. Mari macht den Mund auf, um etwas zu sagen, und auch der Mann öffnet den Mund, aber keiner der beiden sagt etwas.

Und dann, einen Augenblinzler später, hastet der Mann

los. So schnell er mit seinen alten Beinen, in seinen schweren Stiefeln kann, eilt er die Küste entlang, als würde nicht nur Maris Blick ihn verfolgen, sondern zusätzlich eine Horde bissiger Höllenhunde. Er läuft in die Richtung, in der, wenn man immer, immer und immer weiterläuft, irgendwann der Oststrand kommen muss. Und an dem, fällt Mari jetzt auf, ist sie noch nie gewesen. Komisch, denkt sie, den Oststrand haben mir Ema und Joon noch nicht gezeigt.

Sie muss jetzt ganz schnell zu ihnen, rüber an die Westküste, zu Joons Boot, den anderen alles erzählen, was sie heute erlebt hat. Aber Moment! Mari stutzt, da vorne, am Saum des Meeres, da funkelt etwas im Sonnenlicht, da blitzt etwas im Sand!

Mari beeilt sich, hinunter zum Wasser zu kommen, bevor die Wellen sich den kleinen goldenen Gegenstand greifen und hinaus ins offene Meer tragen. Der Kompass! Kühl, nass und golden liegt er in Maris Hand.

Sie sieht in Richtung Osten, nach dem seltsamen Mann, aber der ist schon verschwunden, so, wie er das immer macht, wenn ihm jemand zu nah kommt, ihm oder seinen Geheimnissen.

Was soll Mari jetzt tun? Sie kann den Kompass doch nicht einfach behalten! Er sieht verdammt wertvoll aus und so, wie der seltsame Mann ihn in der Hand gehalten hat, bedeutet er ihm viel.

Mit dem Kleid reibt Mari ihn trocken. Darf sie das? Kann sie das machen? Ist das vielleicht so ein Zauberding, das den

Träger ins Unglück stürzt? So ein Quatsch! Sie hat definitiv zu viele Filme geguckt mit Kurt, in den Nächten ohne Mama und Papa. Zauberkompass – so was gibt's nicht. Und trotzdem hält sie die Luft an, als sie sich die goldene Kette des Kompasses um den Hals legt. Der Wind weht weiter sanft, die Sonne strahlt, die Wellen rauschen, das Pony schnauft.

Mari atmet tief durch, lässt den Kompass im Ausschnitt ihres Kleides verschwinden, steckt das Notizbuch in den Hosenbund und geht zurück zum Pony, das, Pferdemädchen oder nicht, anscheinend ihr neuer Freund ist.

»Darf ich?«

Klaro.

Und sicherlich schon ein ganz kleines bisschen eleganter als in der Gewitternacht und bereits beim dritten Versuch landet Mari auf dem Ponyrücken.

»Aber ganz, ganz langsam bitte!«, ermahnt Mari das Pony.

So völlig scheint das mit der Kommunikation allerdings noch nicht zu funktionieren, denn das Pony wird schneller und schneller, und Mari klammert sich fest und fester in seine dicke Mähne.

»Laaaaangsam!«, brüllt sie, aber das interessiert das Pony kein bisschen. Umgeben von einer Wolke aus Sand fliegen sie über den Strand. Und Mari beschließt, keine Angst mehr zu haben, und öffnet die Augen.

VIERZEHNTES KAPITEL

EIN RÄTSEL WENIGER UND EIN PROBLEM MEHR

Die anderen staunen nicht schlecht, als Mari auf dem Pony angeritten kommt und dabei aussieht, als hätte sie nie etwas anderes getan.

Ema und Joon johlen vor Begeisterung mindestens so laut wie die Südkurve zu Hause im Poststadion, und auch Tonda sieht heute nicht nur schon um einiges ausgeruhter, sondern auch ziemlich beeindruckt aus.

»Wusste ich es doch!«, ruft Ema, als Mari vom Rücken des Ponys rutscht.

»Was wusstest du?«

»Dass das passt mit euch!«

Mari sieht das Pony an, und das Pony sieht Mari an, und ja, wahrscheinlich hat Ema recht und das passt mit ihnen beiden.

»War jedenfalls schön«, sagt Mari, das Pony wiehert zustimmend.

»Nur mein Hintern tut weh«, stöhnt Mari, und die anderen lachen.

Joon sieht sich um: »Wo ist denn eigentlich dein Bruder?«

Mari zögert. Soll sie den anderen erzählen, was Kurt getan hat?

Sie zuckt die Schultern: »Kein Plan, wahrscheinlich mal wieder in seinem Zimmer«. Sie hat sich bemüht, das möglichst unbekümmert zu sagen, aber Ema sieht sie skeptisch an.

»Was?«, fragt Mari. »Da ist er nun mal am liebsten.«

»Schade«, sagt Joon, und für einen Moment sieht er richtig traurig aus, so, als wäre er es, dem Kurt seine Geburtstagseinladung gestohlen hat.

»Muss er selbst wissen«, murmelt Mari und schämt sich ein bisschen fürs Lügen. Wobei: Wahrscheinlich sitzt Kurt mittlerweile tatsächlich wieder in seinem Zimmer hinter der geschlossenen Tür, lässt sich von seiner Musik anbrüllen und starrt die Wand an, als hätte die irgendwelche Antworten. Wahrscheinlich hat er die Sache mit der Einladung längst wieder vergessen, wahrscheinlich ist er froh, wieder seine Ruhe zu haben.

»Wisst ihr was?« Strahlend stemmt Joon die Hände in die Hüften.

»Wir wissen sogar ziemlich viel«, knurrt Ema.

»Ich hole ihn!«

Mari will widersprechen, will Joon sagen, dass er Kurt in Ruhe lassen soll, dass sie ihn hier nicht brauchen, so einen Lügner! Aber Joon ist schon unterwegs, schwingt sich auf

Helios, der oben bei den Dünen mit Calypso und dem braunen Pony im Strandhafer grast.

»Er wird eh nicht mitkommen!«, ruft Mari ihm nach, aber Joon lacht nur und ruft zurück: »Abwarten!«

Und dann galoppiert er auf Helios davon, und Mari weiß nicht, was sie eigentlich hoffen soll: dass Joon mit Kurt zurückkommt oder dass nicht.

»Hier!« Ema drückt Mari einen breiten Pinsel in die Hand: »Wir kümmern uns ein bisschen um Joons Boot, jetzt, wo schon zwei Leute drin wohnen, sollte das mal etwas schmuckeliger werden.«

»Schmuckelig?«

»Schmuckelig!«, grinst Ema. »Das sagt man so!«

»Meinetwegen«, sagt Mari, »aber ich muss euch auch einiges erzählen, wie wäre es erst mal mit einer kleinen Pause?«

Tonda, der bereits damit begonnen hat, den fast verblichenen Schriftzug der *Möwe* nachzumalen, lässt den Pinsel zurück in den großen Eimer fallen, sodass die blaue Farbe in alle Richtungen spritzt. Mari springt noch rechtzeitig zurück, aber Ema bekommt eine dicke Ladung Farbe mitten ins Gesicht.

»Das wirst du büßen!«, schreit sie lachend, schnappt sich den Pinsel und einen Moment später ist auch Tonda blau im Gesicht.

»Eigentlich war die Farbe ja für die Möwe gedacht und nicht fürs Gesicht! Jetzt müssen wir warten, bis die *Elysion* das nächste Mal kommt und Farbe mitbringt!«, sagt Ema und das klingt so, als wäre nicht sie das, sondern Mari selbst, die sich jetzt einen halben Eimer Farbe über den Kopf gießt.

Die *Elysion*, denkt Mari, während ihr die Farbe kalt den Nacken hinabrinnt … wenn die das nächste Mal anlegt, nimmt sie uns mit. Schnell schüttelt sie den Gedanken ab, sprüht Tonda stattdessen mit dem Pinsel einen Haufen blauer Sommersprossen ins Gesicht und rennt schreiend weg, als der Rache nehmen will. Ein paar Minuten später ist die Farbe leer und die drei sind von Kopf bis Fuß blau bemalt.

Betreten sieht Mari an sich hinab: »Hoffentlich geht das ab!«

»Das werden wir gleich sehen«, ruft Ema und stürzt sich kopfüber in die Wellen. »Die Farbe ist ganz und gar aus Blaualgen, die kriegen wir nur mit Salzwasser wieder ab! Macht schnell, bevor es eintrocknet!«, prustet sie, sobald sie wieder auftaucht.

Mari beeilt sich, folgt Ema bis zum Bauch ins Meer und schrubbt ihre Kleidung und tatsächlich wäscht das salzige Meerwasser die Farbe raus. Nur Tonda steht noch am Strand, von oben bis unten blau, die Farbe tropft von der Kleidung, die Joon ihm geliehen hat. Mari weiß schon, warum er da steht, warum er nicht mit ihnen in die Wellen will. Vor ein paar Tagen erst wäre er fast ertrunken, kein Wunder, dass er dem Meer noch nicht wieder traut. Mari beeilt sich, aus dem Wasser zu kommen.

»Warte!«, ruft sie Tonda zu, und klettert auf die *Möwe.* Dort an Deck steht ein grüner Eimer, den sie mit Meerwasser füllt und Tonda bringt. Er lächelt sie dankbar an.

»Normalerweise schwimm ich wirklich gerne!« Es klingt, als müsste er sich verteidigen.

»Normalerweise ist aber wahrscheinlich nicht heute«, sagt Mari, »eher morgen oder in ein paar Wochen –«

Tonda nickt nachdenklich und beginnt dann, die Kleidung zu schrubben.

»Tonda?«

»Hm?«

»Gestern an Deck, da hast du gesagt, dass du dich nicht erinnerst …«

»Ja –«

»An gar nichts? Ist dir mittlerweile vielleicht wieder etwas eingefallen?«

Abrupt hört Tonda auf, seine Kleidung zu bearbeiten. Er sieht Mari nicht an, er starrt auf das T-Shirt, das jetzt im Eimer treibt wie eine müde Qualle. Und Mari ist kurz davor zu sagen, dass es ihr leidtut, das mit der Neugier, dass Tondas Erinnerung sie ja schließlich gar nichts angeht, als Tonda zu erzählen beginnt: »Ich muss vom Kurs abgekommen sein …«

»Vom Kurs? Wo wolltest du denn eigentlich hin?« Mari schlägt sich die Hand vor den Mund. Warum schafft sie es denn nicht, einfach zuzuhören, Tonda in seinem Tempo erzählen zu lassen? Aber es ist, als hätte Tonda sie gar nicht gehört. Es ist, als erzählte er das alles nicht Mari, sondern sich selbst.

»Ich bin den Drachenfischen gefolgt, ganz weit raus und dann kam der Sturm –«

Mari wartet darauf, dass Tonda noch etwas sagt, aber der starrt nur weiter auf seine Hände, die er wieder in dem nassen T-Shirt vergraben hat. Mari hat so viele Fragen, will so viel von ihm wissen, aber sie sieht ihm an, dass er ihr jetzt nichts mehr sagen wird.

»Ich hol dir was Trockenes zum Anziehen, ja?«

Auf dem Sofa unter Deck findet sie neben einer vollkommen zerlesenen Ausgabe von *Handbuch für Freizeitkapitäne* eins von Joons ausgeblichenen T-Shirts, und als sie von draußen Joons Stimme hört, nimmt sie auch die Bettdecke mit, die sie neulich für ihr Picknick benutzt haben. Es wird Zeit, dass sie den anderen von Jolkas seltsamem Hinweis, der Begegnung am Strand und dem goldenen Kompass erzählt. Der Kompass! Aufgeregt fasst Mari sich an ihren Hals, zum Glück, er ist noch da! Was hätte sie nur tun sollen, wenn sie ihn beim Waschen im Meer verloren hätte? Der Zorn eines unheimlichen, altmodischen Mannes hat ihr jedenfalls gerade noch gefehlt!

Und das auch: Darauf hätte sie gut verzichten können, auf Kurt, der da ziemlich verkrampft hinter Joon auf Helios sitzt und seinem Blick nach zu urteilen genau weiß, dass Mari ganz und gar nichts von seiner Anwesenheit hält. Joon dagegen strahlt, als hätte er gerade eben die Glühbirne erfunden: »Er wollte nicht, aber ich hab ihn überredet!«

»Ja«, ruft Ema, »allerdings sieht Kurt nicht so aus, als wäre er freiwillig hier!«

Das beschreibt Kurts Gesichtsausdruck ganz gut. Wenn

Joon die Glühbirne gerade erfunden hat, dann sieht Kurt aus wie der Oberkerzenhersteller, der kurz vor dem Bankrott steht.

»Lach mal, Kurt!«, ruft Ema und Kurt setzt ein unfassbar schlecht gelungenes Grinsen auf.

»Na ja«, sagt Ema, »das mit dem Lachen können wir ja nachher noch mal probieren. Mari, wolltest du uns nicht vorhin was Wichtiges erzählen?«

Mari zögert. Jetzt, wo Kurt hier ist, will sie ihre Neuigkeiten eigentlich am liebsten für sich bewahren. Andererseits: Es ist nicht mehr viel Zeit. Ob Mari nun dran denken will oder nicht: In weniger als zwei Wochen wird die *Elysion* in den winzigen Hafen von Solupp einfahren, der Fährmann wird den Steg hinablassen und Mari und ihre Familie werden mit ihrem Reisegepäck die Insel verlassen. Und wenn Mari jetzt nichts erzählt und sie deswegen mit den Geheimnissen nicht vorankommen, wird sie all die Fragen mit an Bord nehmen. Und was soll man schon mit Inselsommergeheimnissen in der Herbststadt anfangen? Da sind sie doch so unnütz wie Sand zwischen den Zehen!

»Okay«, sagt Mari und schickt Kurt den düstersten Blick der Weltgeschichte, »kommt mit!«

Sie machen es sich auf der Bettdecke gemütlich, Ema hat frische Brötchen und Ingwerlimonade dabei, und als endlich alle versorgt sind, legt Mari los: Sie erzählt von dem Gespräch mit Jolka, sie zeigt den anderen die Nachricht in ihrem jadegrünen Notizbuch und sie erzählt auch von der Begegnung am Strand und schließlich, als Allerletztes, holt sie den Kompass unter ihrem Kleid hervor.

»Wehe, jemand erzählt irgendwas weiter!«, sagt sie grimmig und sieht dabei nur Kurt an, meint nur ihn damit. Ema runzelt die Stirn und Tonda tut so, als würde er beim Essen eines Zimtbrötchens nichts mehr hören.

Joon sieht verwundert zwischen den Geschwistern hin und her: »Ich weiß ja nicht, was los ist bei euch, aber vielleicht wäre genau jetzt der richtige Zeitpunkt, um sich wieder zu vertragen?«

»Warum denn bitte gerade jetzt?«, fragt Mari ärgerlich.

Joon zuckt die Schultern: »Ich meine ja nur, wenn wir uns jetzt ernsthaft mit diesem merkwürdigen Kerl anlegen müssen, dann wäre es sicherlich besser, wenn ihr nicht die ganze Zeit damit beschäftigt seid, euch böse Blicke zuzuwerfen.«

Jetzt ist es Joon, der böse Blicke erntet, Mari und Kurt blitzen ihn an. Davor, dass es besser ist, sich in ihre Streitereien nicht einzumischen, hätte Bela ihn warnen können. Aber Bela ist ja nicht hier, Bela liegt ein paar Kilometer weiter südlich neben dem tief schlafenden Feinur auf dem warmen Boden seines Zimmers und bewundert, wie die Sonnenstrahlen durch das Glas einer alten Flasche fallen und den Raum in flackerndes, bläuliches Licht tauchen.

»Also, stellt euch mal vor, es kommt zu einem Duell – wie soll das denn ausgehen, wenn ihr mit In-Grund-und-Boden-Starren beschäftigt seid? Also, ich hab ja sehr wenig Erfahrungen mit Duellen und ich bin mir nicht sicher, ob ich das –«

»Joon, halt die Luft an!«, ruft Ema. »Oder iss noch ein Zimtbrötchen!«

Sie wirft ihm eins zu und Joon beißt herzhaft hinein, aber nicht, ohne vorher noch schnell »Ich mein ja nur« zu murmeln.

Ema übernimmt: »Nee, aber echt: Joon hat recht. Für Streitereien ist jetzt wirklich keine Zeit. Kriegt ihr das hin?«

Kurt nickt und nach kurzem Zögern nickt auch Mari. Aber dass sie es hinkriegt, sich nicht zu streiten, bedeutet ja noch lange nicht, dass sie aufhört, schrecklich wütend auf ihren Bruder zu sein. Wütend und enttäuscht.

»Super!«, verkündet Ema. »Dann können wir uns ja jetzt den wichtigen Dingen widmen!«

»Können wir mit dem seltsamen Kerl bitte noch ein bisschen warten?«

Alle sehen Tonda an, der nach wie vor auf sein Zimtbrötchen starrt, das noch kein bisschen kleiner geworden ist.

Mari überlegt: »Ja, wahrscheinlich wäre das gut. Wir sollten erst ein bisschen mehr über den Schatz und dieses Wort –«

Sie bringt es nicht über die Lippen, oder besser, sie kriegt es nicht durch ihren Hals.

»Keilkliff«, flüstert Kurt und macht dabei ein gequältes Gesicht.

»– jedenfalls, wir sollten mehr darüber wissen«, sagt Mari.

Die anderen nicken.

»Sag mal, Tonda, woher hast du eigentlich das Wort?«

Tonda sieht sie ratlos an, dann wieder hinunter auf sein

Brötchen. Und wenn ein Brötchen jemals im Mittelpunkt stand, dann ist es dieses, hier, heute, in Tondas meerwasserrauen Händen.

»Ich weiß es nicht«, sagt er schließlich, »echt nicht. Es war einfach plötzlich da. So, als hätte es mir jemand zugeflüstert –«

Mari schaudert es und auch die anderen sehen etwas betreten aus. Irgendwie klärt sich damit nichts, im Gegenteil: Das Ganze wird nur noch immer unheimlicher, immer mysteriöser.

»Darf ich?«, fragt Joon schließlich. Mari schiebt das Notizbuch in die Mitte der Decke und alle fünf beugen sich darüber, lesen wieder und wieder, was Jolka geschrieben hat:

Manchmal hat man etwas genau vor der Nase und tappt dennoch im Dunkeln.

»Hm«, macht Ema und alle sehen sie gespannt an. Doch nach einer Ewigkeit zuckt Ema nur ratlos die Schultern: »Keine Ahnung, echt, ich weiß nicht, was Jolka sich dabei gedacht hat!«

»Genau vor der Nase«, liest Tonda. »Okay, aber wer hat bitte was vor der Nase? Jolka das Notizbuch? Wir? Ich weiß nicht.«

»Ich glaub, sie hat mich gemeint«, sagt Mari. »Sie meint, dass ich irgendwas sehen müsste, das ich nicht sehe«. Mari fährt sich mit den Händen durch das Gesicht. Es macht sie ganz verrückt, dass sie nicht draufkommt.

»Wollen wir Jolka nicht einfach fragen?«, schlägt Joon vor

und schüttelt dann sofort selbst den Kopf: »Sie wird uns nicht mehr sagen, oder?«

»Niemals«, sagt Ema, »sie wird sich genau überlegt haben, wie viel und was sie Mari sagt, mehr kriegen wir nicht raus.«

»Was siehst du denn?«, fragt Joon. »Was siehst du denn so, das du nicht siehst?«

Keiner lacht, nicht mal Joon selbst, sie sind zu sehr mit Nachdenken beschäftigt.

Ratlos sitzen sie da und Mari sieht hinüber in Richtung Süden, von hier aus erkennt man nur die grüne Kuppel des Leuchtturms, aber von ihrem Zimmer aus hat sie ihn Abend für Abend gut im Blick, wie er da thront, auf seiner Landzunge, weit vorne, lang und dunkel – Moment mal! Ja, genau: Die ganze Zeit über hatte sie ihn direkt vor der Nase, hat es bemerkt, sich deswegen aber keinerlei Gedanken gemacht. Es war einfach nur ein alter Leuchtturm, wie es ihn auf Inseln eben gibt. Doch wenn man sich Solupp ganz genau ansieht und wenn man mehr Zeit dort verbringt, dann wird einem klar, dass es eben keine Insel wie alle anderen ist. Und da ist es eigentlich nicht erstaunlich, dass auch der Leuchtturm von Solupp kein ganz normaler Leuchtturm ist.

»Er hat kein Licht!«, sagt sie.

»Was?« Kurt sieht sie verwundert an, und über ihre Erkenntnis vergisst Mari vollkommen, dass sie ja eigentlich wütend auf ihn ist.

»Na, der Leuchtturm, er leuchtet nicht in den Dunkelstunden!«

Tonda sieht Mari entsetzt an: »Das heißt, man kann Solupp gar nicht finden?«

Ema schüttelt den Kopf: »Wenn man nicht weiß, was man sucht, nee, dann nicht.«

Mari sieht, wie Tonda sich auf die Lippen beißt, er sieht aus, als bereite ihm der lichtlose Solupper Leuchtturm große Sorgen.

»Das mit dem Leuchtturm, das ist schon immer so«, sagt Ema. »Also, seit Ewigkeiten. Das hat sicherlich nichts mit dem kratzigen Wort oder dem Schatz zu tun.«

Ema klingt jetzt wie Papa, wenn er feststellt, dass er wieder nicht, ja, natürlich nicht, im Lotto gewonnen hat, war ja klar, ist eben so, was soll's, dann eben nächste Woche nochmal –

Aber davon lässt Mari sich nicht beeindrucken: »Kann ja sein, dass das schon immer so war und ist, aber das heißt doch nicht, dass es nichts zu bedeuten hat!«

Tonda nickt aufgeregt: »Habt ihr denn niemals nachgefragt, warum? Warum euer Leuchtturm abgeschaltet ist?«

»Klar haben wir das!«, ruft Ema empört.

»Ganz oft!«, versichert Joon.

»Und, was habt ihr dabei rausgekriegt?« Tonda, Mari und Kurt sehen die beiden gespannt an. Aber Ema und Joon sagen nichts, drucksen nur irgendwie verlegen herum.

»Sagt schon!«, ruft Mari. Doch Ema und Joon winden sich. Die anderen werden immer neugieriger.

»Ein Drache hat das Feuer gestohlen.« Joon sagt das mit dem Ton einer Bushaltestellenansage.

Mari, Tonda und Kurt sehen ihn verblüfft an. Dann prusten sie los. Und obwohl sich beide ziemliche Mühe geben, ernst auszusehen, müssen bald auch Ema und Joon grinsen.

»Was habt ihr denn?«, ruft Ema. »Das war so!«

»Genau so!«, lacht Joon. »Ein Drache, der kein Feuer speien konnte, hat sich das Leuchtfeuer unseres Leuchtturms geklaut!«

»Mal abgesehen von dem Drachen«, lacht Kurt, »den es übrigens höchstwahrscheinlich nicht gab, Feuer kann man stehlen, ohne dass es weg ist!«

»Ich war fünf!«, ruft Ema.

»Und ich sieben!«, schreit Joon.

»Fünf, okay, aber Joon, sieben, das ist wirklich keine Entschuldigung mehr!« Kurt hat vor Lachen Tränen in den Augen.

Besser so, denkt Mari, besser er weint, weil er so lachen muss. Sie hat selbst Mühe, sich wieder zu beruhigen, aber da ist der Kompass, der beim Lachen kalt auf ihrer Haut hüpft, und das erinnert Mari daran, dass sie keine Zeit dafür haben, sich hier totzulachen, Mari steht auf: »Leute, hört mal zu!«

Die anderen brauchen etwas länger, aber abgesehen von Joon und Kurt, die mittlerweile lachend und nach Luft ringend auf dem Boden liegen, hat Mari schließlich doch aller Aufmerksamkeit.

»Wir haben nur diesen einen Hinweis: der Leuchtturm, der nicht leuchtet. Und wisst ihr was?«

Die anderen schütteln die Köpfe.

»Der seltsame Mann fand das auch interessant! Er hat ewig am Wasser gestanden und den Leuchtturm angestarrt. Vielleicht ist der Schatz ja sogar da drin! Wir müssen da sofort hin!«

Mari will gleich los, aber Ema hält sie fest: »Das hat keinen Sinn, wir kommen da doch gar nicht rein!«

Mari bleibt stehen: »Aber irgendwer muss doch einen Schlüssel haben!«

»Ja«, sagt Ema beklommen, »Oona.«

»Und? Dann fragen wir sie doch!«

»Das wird nichts«, sagt Joon.

»Warum denn nicht?« Sosehr Mari Abenteuer liebt, langsam reicht es ihr, dass sie hier wirklich alles erst rausfinden und nachfragen muss. In Büchern und Filmen wirken die immer ununterbrochen lustig, aber in echt sind Abenteuer manchmal einfach nur anstrengend und umständlich.

»Oona wird uns den Schlüssel nicht geben.«

Ema klingt so, als wäre daran nichts zu rütteln.

»Aber warum hat Jolka uns dann den Leuchtturmtipp gegeben?«

Ema zuckt die Schultern: »Das frage ich mich auch, sie weiß ganz genau, dass wir dort ohne Oonas Hilfe niemals reinkommen werden. Und Oona darf man auf keinen Fall auf den Leuchtturm ansprechen, sie regt sich sonst schrecklich auf!«

»Und selbst wenn wir den Schlüssel haben: Das wird nicht einfach«, mischt Joon sich ein.

»Wir müssen dann ja schließlich auch noch den Drachen besiegen!«, lacht Kurt neben ihm.

»Der Drache ist doch weg, du Heini!«, ruft Joon.

»Es gibt keine Drachen, ihr Knallköppe!«, ruft Ema.

»Schade«, sagt Joon und das klingt jetzt ausnahmsweise nicht wie ein Witz, sondern als würde ihm von nun an und bis in alle Ewigkeit etwas schrecklich fehlen.

»Wir könnten natürlich –«, beginnt Ema.

»Was?« Jetzt, wo das Rätsel gelöst ist, will Mari keine Zeit mehr verschwenden.

»Wir könnten ihn uns leihen«, sagt Ema zögerlich.

»Gegen leihen ist ja nichts einzuwenden«, verkündet Joon und auch Tonda und Kurt nicken.

»Genau! Wollen wir?«, fragt Mari. Aber das hätte sie gar nicht fragen müssen, denn da sind die anderen sind schon auf den Beinen und auf dem Weg zu den Ponys.

FÜNFZEHNTES KAPITEL

DIE WELT IN SEPIA

Kurt sitzt wieder bei Joon auf Helios, und weil Calypso niemanden außer Ema auf seinem Rücken duldet, nimmt Mari Tonda mit auf das Pony. Anders als Kurt in der Gewitternacht klammert der sich nicht an Maris Rücken, kneift sie nicht vor Angst in den Bauch, sondern hält sich nur leicht fest, ihm macht das Reiten offensichtlich Spaß. Hintereinanderher galoppieren sie den schmalen Sandweg entlang und Mari spürt, wie es allmählich einfacher wird, wie ihr Körper sich entspannt, wie sie dem Pony vertraut, dass es sie nicht abwerfen, und sich selbst, dass sie es schaffen wird, hier oben auf dem breiten Ponyrücken die Balance zu halten. Auch wenn der Weg immer steiler wird, immer felsiger. Und auch wenn Ema sie vor den Wurzeln der Raunranunkel warnt, die wie knotige Arme aus dem Boden ragen und ein unaufmerksames Wildpony im schlimmsten Fall zum Stolpern bringen können.

»Sumi«, sagt Tonda hinter Mari, als sie endlich kurz vor dem Gipfel des Midlem sind, des einzigen Bergs von Solupp.

»Was?«

»Wie wäre es mit Sumi?«

Mari will schon widersprechen, als ihr klar wird, dass das, was Tonda sagt, stimmt: Calypso, Helios und Sumi. Ja, das passt.

»Was bedeutet der Name?«, fragt Mari und spürt, wie Tonda hinter ihr zögert.

»Da komme ich her«, sagt er, »von Sumi.«

»Sumi«, sagt Mari, »das klingt schön. Und ich glaube, das ist ein guter Name für das allerbeste Pony der Welt!«

Und als Antwort wiehert Sumi einmal laut.

»Wahnsinn«, ruft Kurt jetzt vor ihnen und er hat recht: Von hier oben aus gesehen liegt Solupp da wie ein Miniaturwunderland. Nur, dass niemand Münzen drauf wirft. Dafür gibt es hier irgendwo einen Schatz, denkt Mari. Sie kneift die Augen zusammen, als könnte sie den Schatz so besser sehen. Aber natürlich taucht der Schatz durchs Augenzusammenkneifen nicht auf. Der Schatz von Solupp bleibt auch vom höchsten Punkt der Insel aus unsichtbar. Dafür sehen sie den in der Sonne flackernden Silberwald, die Brandung der Westküste, die von hier aus wie Papas Rasierschaum aussieht, den er seit ein paar Tagen wieder benutzt, weil angeblich die Bartstoppeln zurückkommen. Sie können das Heckenrosenhaus sehen, den verschlossenen Leuchtturm und den Weg in den Ort und Jolkas Haus und sogar die gekreuzten Walknochen und den Deich zum Hafen hin und das Meer um sie herum, überall und immer das Meer.

»Da müssen wir hin!«, ruft Ema und deutet in die andere Richtung, nach Norden. Sumi folgt Helios und Calypso den schmalen, steinigen Weg entlang, über den Midlem.

Je weiter sie in Richtung Norden kommen, desto kühler wird es. Mari ist froh über Tonda hinter sich, der mit seinem Körper den schlimmsten Wind abfängt.

»Gleich sind wir da«, bibbert Joon, der in T-Shirt und Shorts und barfuß mittlerweile am ganzen Körper so zittert, als wäre es nicht Juli, sondern tiefster Winter, und er vor etwa einer Sekunde aus einem Eisloch gestiegen. Irgendwann kann Kurt es nicht mehr mit ansehen, oder vielleicht hat er auch nur Angst, dass ihm der bibbernde Joon vom Pony fällt und er dort oben dann allein klarkommen muss, jedenfalls zieht er seinen heiß geliebten tiefschwarzen Kapuzenpulli aus und legt ihn Joon um die Schultern.

»Besser?«

»Besser«, sagt Joon und sieht von einer Sekunde auf die andere tatsächlich schon viel weniger erfroren aus.

»Der Wind ist hier im Norden noch stärker als an der Westküste!«

Ema ist die Einzige, die nicht friert oder zumindest fröstelt. Sie sitzt gut gelaunt und mit wild verknotetem Haar auf Calypso, deutet auf Felsen und Bäche, erklärt Windverhältnisse und Unwettergefahren, als wäre sie eine Reiseleiterin.

»Mari, Kurt, Tonda, guckt mal, an genau dieser Stelle, da bei den grau-blauen Büschen, die wie kleine Gnome aussehen, da findet ihr die allerbesten Solbeeren. Leider alles weg gerade, Joon, Bela und euer Vater essen wirklich extrem viel Solbeereis.«

Und: »Achtung, da müsst ihr außen drum rum, da versinkt man ganz leicht! Verflixt ist das hier!«

Mari und Kurt und Tonda gucken und staunen und fragen sich, woher Ema das alles so genau weiß, warum Solupp bei ihr so klingt, als wäre es das Einfachste auf der Welt, während es ihnen immer mehr so vorkommt, als wäre irgendwer sehr, sehr Großes einmal quer durch die Welt gestapft, hätte in jedem Land das, was ihm am besten gefällt, eingesammelt, mitgenommen und auf dieser kleinen Insel querbeet wieder ausgestreut. Und obwohl es spannend ist, was Ema ihnen erzählt, über tief schlafende Vulkane, über Wildfliederholz und weltberühmte Bootsbauer, ist Mari froh, als sie endlich ruft: »Da vorne, da ist es!«

Unten im tiefgrünen Tal am Hang des Midlem, nur wenige Meter von den Klippen entfernt, steht ein kleines, schneeweißes Haus, das sich an den Berg presst, als fürchtete es sich, mehr noch als Tonda, vor dem Meer.

»Oonas Haus,«, seufzt Joon erleichtert, »ich war schon ewig nicht mehr hier!«

Das letzte Stück des Weges, den Berg hinab, müssen die Ponys vorsichtig gehen. Der Pfad ist hier steinig und steil, immer wieder erschrecken sie, weil eines der Tiere aus dem Tritt kommt und strauchelt.

»Du schaffst das schon«, flüstert Mari Sumi ins Ohr, und das Pony schnaubt: *Klar doch, ich kenn mich ja aus!*

Dann, endlich, endlich sind sie unten angekommen. Hier, wo der Wind nicht mehr so ungebremst braust, ist es viel wärmer, und Joon will Kurt seinen Pullover zurückgeben.

»Behalt ruhig«, murmelt Kurt, »für den Rückweg!«

»Warte mal, Ema«, ruft Mari, als sie sieht, wie Calypso und Ema zielstrebig direkt auf das kleine Haus zutraben. Ema schnalzt und Calypso bleibt stehen.

»Was ist denn?«

»Was ist, wenn Oona uns sieht? Ich dachte, wir sollten den Schlüssel lieber heimlich holen, um Oona nicht aufzuregen –«

Ema sieht zur Sonne hinauf, die wie von Bela gemalt vom blauen Himmel strahlt: »Um diese Zeit ist Oona draußen, Sprobben fangen –«

»Sprobben?«, fragt Kurt. »Was ist das denn nun wieder?«

Joon und Ema und selbst Tonda sehen ihn verwundert an: »Ihr kennt keine Sprobben?«

Joon wirkt ernsthaft besorgt: »Früher, also so bis vor hundert Jahren, waren Sprobben auf Solupp die Hauptnahrung. Es gab die wirklich ständig, morgens, mittags, abends: erst Sprobbenbrei, dann Sprobbensuppe und abends Sprobbenbraten –«

»Bei mir zu Hause gab es sogar Sprobbeneis!«, sagt Tonda.

»Klingt irgendwie so, als könnten wir froh sein, dass wir hundert Jahre zu spät dran sind für die Solupper Sprobbenparty«, sagt Kurt.

Während Mari Pizza Frutti di Mare liebt, macht Kurt sich nicht besonders viel aus Fischen und Meeresgetier allgemein.

Joon lacht: »Wenn du Jolka ganz lieb bittest, macht sie dir vielleicht einen Sprobbenburger!«

Kurt schüttelt sich so, dass er dabei fast von Helios' Rücken rutscht.

Ema lässt Calypso weitergehen, die anderen Ponys folgen ihm.

»Wie auch immer, Oona isst immer noch jeden Tag Sprobben, und dafür muss sie raus mit dem Boot und sich welche fangen –«

»Und woher weißt du, dass sie gerade jetzt ihre Sprobben jagt?«, fragt Mari.

»Zu dieser Zeit steht der Wind am besten, das Meer liegt relativ ruhig, und die Sprobben halten sich in der Nähe der Küste auf, sonst sind sie nämlich viel weiter draußen, fast auf Hochsee.«

»Du weißt echt alles!«, rutscht es Kurt heraus.

Ema zuckt die Schultern: »Ich bin viel unterwegs, und im Sommer wohne ich praktisch hier draußen, frag Jolka. Aber kommt jetzt, so viel Zeit haben wir nicht mehr, Sprobben hin oder her!«

Ema deutet auf das glitzernde Meer, und dort draußen, ganz klein, noch ziemlich weit entfernt von der Küste, erkennt Mari ein Boot.

»Bei dem Wind braucht sie noch ungefähr eine halbe Stunde«, überlegt Joon, »plus Anlegen, Festbinden und Zurückkommen.«

»Dafür braucht sie höchstens fünf Minuten«, sagt Ema,

»Oona ist zwar schon ganz schön alt, aber flink, was die ganzen Bootssachen betrifft. Also los!«

Ema schnalzt mit der Zunge, und die Ponys setzen sich wieder in Bewegung.

Anders als die Leuchtturmtür schließt Oona die Gartentür ihres Hauses nicht ab. Im Inneren ist es schummrig und riecht komisch, nicht schlecht, aber irgendwie merkwürdig. Wie eine Mischung aus Blumen- und Bonbonladen.

Auch Tonda fällt das auf. »Was ist das für ein Geruch?«, fragt er schnüffelnd.

»Getrocknete Julialgen«, sagt Joon. »Oona stellt daraus Medizin her, angeblich hilft die gegen alles von Halskratzen bis Liebeskummer.«

»Quatsch!«, sagt Kurt.

»Nee, echt«, sagt Joon, »weißt du noch, Ema, als ich so schlimme Bauchschmerzen hatte und Jolka mir Oonas Julialgen gegeben hat?«

»Stimmt, die waren schnell weg«, sagt Ema, aber Mari hört, dass sie nicht so ganz bei der Sache ist, sondern schon auf der Suche.

»Sind die das?«, fragt Kurt und zeigt auf ein Glas mit einem grünlich schillernden Pulver.

Joon nickt: »Probier ruhig!«

Mutig stippt Kurt etwas von den Julialgen auf seinen Zeigefinger und probiert vorsichtig. »Gar nicht so schlecht«, sagt er und hält Joon das Glas hin.

»Ich mag die nur roh!«, sagt der und grinst, als er mitkriegt, wie gespannt Tonda und Mari Kurt beobachten. »Also, macht euch keine Hoffnung, ihm wachsen jetzt keine Flügel oder ein Rüssel oder so!«

»Wir warten nur darauf, in wen von uns er sich gleich verliebt!«, sagt Tonda grinsend.

»Keilkliff«, flüstert Kurt, verdreht die Augen und zischt dann noch einmal, etwas lauter: »Keilkliff!«

»Lass das!«, ruft Mari. Ihr ist ohnehin nicht wohl, hier in Oonas schummrigen Häuschen, und dass Kurt jetzt das Wort sagt, macht es ganz sicher nicht besser.

»Kratzt immer noch«, verkündet er und schließt das Glas wieder.

»Ich hab auch nicht behauptet, dass das Julialgenpulver gegen kratzige Wörter hilft«, verteidigt sich Joon.

»Jungs, könnt ihr euch mal bitte auf das Wesentliche konzentrieren?«, fragt Ema und taucht kurz hinter das große geblümte Sofa.

»Schon dabei!«, ruft Joon und beginnt hingebungsvoll zu suchen: unter dem schweren Teppich, auf der tief hängenden Lampe, über dem kleinen Tischchen, in der silbernen Kandisdose, unter dem dicken Buch mit dem roten Ledereinband und dem geheimnisvollen Titel *Die Odyssee*, unter der Glasabdeckung des alten Plattenspielers.

Mari, Kurt und Tonda schließen sich ihm an. Sie suchen wirklich überall, vorsichtig, um nichts kaputt zu machen, sie achten darauf, alles wieder an den richtigen Platz zurückzustellen. Oona hat so viele Sachen, es ist ein bisschen wie bei Jules Papa im Laden, der früher Versicherungen verkaufte und jetzt Überraschungseifiguren und einzelne, seltene Legoteile. Und genau wie dort ist es auch bei Oona schwierig, den Überblick zu behalten.

»Ich glaube, jetzt sind wir einmal durch«, sagt Ema frustriert.

Mari nickt. Ihr reicht es auch. Eine halbe Stunde, hat Ema gesagt, keiner von ihnen hat eine Uhr, und obwohl eine große Pendeluhr gut in Oonas Wohnzimmer passen würde, steht hier keine.

»Ich glaube, wir sollten gehen!«, sagt Kurt unbehaglich. »Dann kommen wir eben nicht in den Leuchtturm, ist doch auch okay«

Mari überlegt, ob das okay wäre, nein, eher nicht. Und auch Tonda schüttelt entschieden den Kopf:

»Wir brauchen den Schlüssel, wir müssen in den Turm! Ich meine, das ist immerhin unser einziger Hinweis!«

»Und der seltsame Mann«, sagt Joon so leise, als wolle er eigentlich nicht, dass ihn jemand hört.

»Okay, finden wir den Schlüssel!«, ruft Kurt. Sie machen sich wieder an die Suche, denn keiner von ihnen hat Lust auf eine unvorbereitete Begegnung mit dem seltsamen Mann.

Während die anderen weiter vorsichtig das Wohnzimmer durchsuchen, gehen Mari und Tonda rüber in die Küche. Dort gibt es unfassbar viele Bücher und seltsam wenige Dinge, die mit Kochen zu tun haben. Stattdessen eine Werkbank und einen rostigen Anker.

»Ich glaube, Oona isst die Sprobben roh!«

»Und aus der Hand«, sagt Tonda.

Stimmt, hier gibt es keinen einzigen Teller und keine Schüssel. Das Einzige, was auf eine Küche hinweist, ist der riesige, altmodische Herd, der eine ganze Wand einnimmt und nicht so aussieht, als wäre er in den letzten fünfzig Jahren benutzt worden. Tonda und Mari sind auch hier gründlich, sehen in den Backofen und dann in jedes Fach des Schraubenregals.

»Ich guck mal dahinten!«, sagt Mari nach einer Weile. Es bringt ja nichts, wenn sie zusammen an denselben Stellen suchen.

Hinter der Küche gelangt sie in einen schmalen, schummrigen Flur. Einen von der Sorte, den man am besten schnell durchquert und in dem man auch mit zwölf noch eine Gänsehaut bekommt, weil der Raum hinter einem sich so leer anfühlt, aber eben auch nicht leer genug. Trotz der Gänsehaut bleibt Mari stehen. An der Wand, größtenteils verborgen von einem riesigen gelben Regenmantel, schaut ein kleiner, gold-blättriger Rahmen hervor. Vorsichtig schiebt Mari den Ärmel zur Seite. Zum Vorschein kommt eine verblichene Fotografie. Vor der Pforte zum Heckenrosenhaus sehen Mari ein Mädchen, ein Mann und eine Frau entgegen. Das Kind ist ungefähr in Maris Alter und wie die beiden Erwachsenen guckt es so ernst, wie die Menschen auf alten Fotografien es fast immer tun. Als sie noch kleiner war, dachte Mari immer, früher wäre die Welt sepiafarben gewesen, voller ernster Menschen, die nicht wussten, wie man lacht. Aber Mama hat ihr erklärt, dass das an der Technik damals lag. Dass die Leute sehr lange still stehen mussten, dass Fotos sehr teuer waren und deswegen keiner eine Grimasse machen durfte, weil sonst das vielleicht einzige Familienfoto überhaupt für immer ruiniert gewesen wäre. Und dass die Welt auch damals durchaus bunt, voller Farben, Gerüche und Geräusche und Träume und Wünsche war, dass die damaligen Fotografen das mit ihren klobigen Apparaten aber noch nicht festhalten konnten.

»Das muss Oona sein!« Mari zuckt zusammen, so angespannt ist sie, dabei ist es nur Ema, die hinter ihr steht und das Bild mustert. »Das war so vor ungefähr hundert Jahren.«

»Und das sind ihre Eltern?«

»Vermutlich«, sagt Ema und geht weiter, zögert am Fuß der schmalen, geschwungenen Treppe. »Kommst du mit?«

»Gleich.«

Mari kann sich nicht von dem Bild lösen, da ist etwas seltsam, das spürt sie, das kann ihr Gehirn nur noch nicht einordnen. Etwas kommt ihr bekannt vor, so, als hätte sie es vor Kurzem erst gesehen, aber sie kommt nicht darauf.

»Hat hier jemand einen Schlüssel gesucht?« Joon ist im Flur aufgetaucht, gefolgt von Tonda und Kurt. Im Gesicht hat er ein breites Grinsen und in der Hand hält er: einen Schlüssel!

»Ist das DER Schlüssel?«, fragt Mari.

Joon nickt.

»Woher willst du das wissen?«, fragt Ema skeptisch.

»Kommt mit!«, ruft Kurt, und gemeinsam gehen sie zurück in die Küche.

»Tonda hat ihn entdeckt!«, verkündet Joon, und Kurt nickt und beide sehen so stolz aus, als hätten sie Tonda das Finden-von-Leuchtturmschlüsseln eigenhändig beigebracht.

»War ja eigentlich nicht schwer«, sagt Tonda bescheiden.

»Nee, vielleicht sogar zu einfach«, grinst Joon.

»So einfach, dass wir es erst mal übersehen haben«, stimmt Tonda zu. Und richtig: An der Wand neben der Tür hängt ein schmales Brett, jeder der drei Haken ohne Schlüssel, dafür ordentlich beschriftet mit kleinen Plaketten: *Klabauter, Heckenrosenhaus, Leuchtturm.*

»Großartig!«, ruft Ema.

»Aber warum hat Oona einen Schlüssel für das Heckenrosenhaus?« Mari findet es ein bisschen unheimlich, dass die geheimnisvolle alte Frau theoretisch jederzeit bei ihnen vorbeischauen kann.

»Hat sie nicht mehr«, sagt Ema. »Den hat jetzt Jolka, also momentan ihr. Aber Oona hat dort früher mal gewohnt, und aus der Zeit stammt vermutlich noch das Schild.«

»Und warum ist sie umgezogen?«

Mari findet Kurts Frage sehr berechtigt, im lichtdurchfluteten Heckenrosenhaus mit seiner sanft surrenden Wendeltreppe, dem üppigen Garten und dem Wellenrankraum gefällt es ihr sehr viel besser als in Oonas staubigen Zuhause, das ein bisschen was von einem Museum hat.

»Keine Ahnung. Vielleicht wollte sie näher bei den Sprobben sein, davon gibt es hier an der Nordküste am meisten. Jedenfalls hat sie Jolka vor einigen Jahren schon den Schlüssel gegeben und gesagt, sie soll mit dem Haus machen, was sie will.«

Mari ist beruhigt. Keine nächtlichen Begegnungen mit der alten Oona.

»Und was bedeutet *Klabauter*«? Kurt ist jetzt so richtig im Detektivmodus.

»Das ist ihr Schiff«, sagt Joon. »Das größte Schiff ganz Solupps.«

»Das ist nicht schwer«, lacht Ema, »es ist auch das einzige!«

»Und die *Möwe*?«

»Die, lieber Joon, ist ehrlich gesagt ein alter Schrotthaufen und nicht seetüchtig!«

»Wird sie aber! Tonda kennt sich super mit Booten aus und er hat mir versprochen, dass wir sie sofort fahrtüchtig machen, wenn Jolka mir nur endlich den alten Motor gibt!«

»Tja«, sagt Ema und zuckt die Schultern, »sie kann nun mal ziemlich dickköpfig sein!«

Irgendwie guckt Ema komisch, findet Mari. Aber warum nur? Sie kommt nicht mehr dazu, danach zu fragen, denn hinter ihnen fällt jetzt etwas scheppernd zu Boden. Ein ausgetrockneter Farbeimer rollt ihnen entgegen. Im nächsten Moment streicht eine kleine, weiße Katze um Maris Beine.

»Hast du uns erschreckt!«, lacht Mari und nimmt die Katze in den Arm. Sie ist warm und weich und sicherlich noch kein Jahr alt. Mari hat sich schon immer eine Katze gewünscht, aber Mama findet das nicht zu verantworten ohne Garten, so mitten in der Stadt. »Dann brauchst du mindestens zwei, und zwei sind zu viel und ich wette, irgendwer von uns hat auch eine Allergie!«

»Aber das wissen wir doch gar nicht!«

»Irgendwer hat immer eine Allergie«, sagt Mama, und damit ist das Thema für sie beendet.

»Ich kann mir vorstellen, dass du jetzt 'ne Chance hast«, sagt Kurt, der Mari wohl ansieht, was sie denkt, »nach der Sache mit Tom –«

Mari weiß, dass Kurt das nett meint, aber sie will nicht, dass über die Sache mit Papa gesprochen wird. Es tut so gut, dass Ema und Joon und Tonda sich dafür kein bisschen interessieren, es vielleicht noch nicht einmal bemerkt haben. Der Solupp-Kochprofi-Papa ist ja auch kein Vergleich zu dem Stadt-Dornröschen-Papa.

Von draußen ist ein aufgeregtes Wiehern zu hören.

»Wir müssen los!«, ruft Joon und ist schon bei der Hintertür. »Die Ponys werden unruhig, Oona kommt, lasst uns schnell gehen, sonst war die ganze Mission umsonst und wir jagen ihr doch noch einen Schreck ein!«

Mari setzt die Katze vorsichtig ab, und dann schnappt sie sich Tondas Hand und zieht ihn mit sich zur Tür, weil Tonda selbst keinerlei Anstalten macht, sich in Bewegung zu setzen.

»Warte!«, ruft er und befreit sich aus Maris Griff, läuft zurück zum Schlüsselbrett und hängt einen Schlüssel dran.

»Damit sie es nicht gleich merkt und sich Sorgen macht!«

»Was ist das für ein Schlüssel?«

»Von dem Schrank in der Ecke, der sah nicht so aus, als würde sie ihn täglich öffnen.«

»Gute Idee«, sagt Mari, »jetzt aber los, sie kommt!«

Während sie so leise wie möglich die Hintertür hinter sich und Tonda schließt, kann Mari hören, wie Oona vorne die Haustür öffnet. Und einen Moment lang findet sie es schade, dass sie die alte Frau nicht kennenlernen und nach dem ernsten Mädchen auf dem Foto fragen kann. Mari nimmt sich vor zurückzukommen, und, auch wenn sie das nervös macht, Oona den Schlüssel höchstpersönlich zurückzugeben und sich bei ihr für den heimlichen Besuch zu entschuldigen. Und vielleicht erzählt ihr Oona dann ja was von früher, von der Zeit, als die Menschen jenseits von Schwarz-Weiß und Sepia gelacht haben und der Leuchtturm sein Licht weit hinaus über das Meer geworfen hat.

»Mari!«

Kurt ist ganz aufgeregt, und dieses Mal ist es Tonda, der Mari die Hand reicht und sie schnell hinter sich auf Sumis Rücken zieht, so, dass sie gerade noch rechtzeitig hinter dem Fuß des Midlem verschwinden, bevor Oona die Hintertür öffnet, um die kleine Katze hinauszulassen.

SECHZEHNTES KAPITEL

DER DUNKELSTE LEUCHTTURM

Der Leuchtturm steht nicht direkt am Strand der Südküste, sondern etwa zwanzig Meter weit im Meer, auf einer schmalen Landzunge, die vor allem aus Felsen und Steinen zu bestehen scheint.

»Das hätten sie sich eigentlich auch einfacher machen können«, sagt Kurt beim Blick auf den felsigen Weg, der bei Hochwasser vermutlich ganz unter Wasser liegt. »Stellt euch mal vor, wie das gewesen sein muss, als sie den Leuchtturm gebaut haben. Sie mussten mit all dem Baumaterial da durchs Wasser –«

Mari sieht es sofort vor sich: aufgeregt durcheinanderrufende Menschen, Steine, die platschend ins Meer fallen, Gischt und Wind.

»Gut, dass sie den Turm nicht an der Westküste gebaut haben!«, überlegt Joon. »Da wäre mittlerweile sicherlich nichts mehr von ihm übrig.«

Sie sehen beklommen zum Turm hinüber. Eigentlich ist er

wunderschön, ein bisschen wie die Türme in den Märchen. Aber wie bei Rapunzel hat auch dieser Turm etwas Trauriges. Es muss so einsam gewesen sein da oben, denkt Mari.

»Ist ja nur ein Turm, ein altes Gebäude«, sagt Joon, und die anderen nicken.

Klar, nur ein Turm, viele Steine und ganz oben, jedenfalls wenn alles in Ordnung ist, ein Licht. Und trotzdem ist er eben unheimlich, wie er da so steht und nach schon immer und für ewig aussieht.

Zum Abschied legt Sumi ihre Nüstern an Maris Gesicht. Mari muss lachen, der Atem des Ponys kitzelt an ihrer Haut. Dann ziehen die Ponys sich in die Dünen zurück, machen sich dort über den Strandhafer her. Wahrscheinlich sind sie von dem anstrengenden Ausflug in den Norden, über den Midlem, mindestens so erschöpft wie Mari. Am liebsten würde sie sich zu ihnen setzen, einfach nur das Gesicht in die Sonne halten –

»Wir sollten uns beeilen!«, ruft Ema in das Schweigen hinein. »Wenn die Flut erst mal da ist, kommen wir nicht mehr rüber.«

Ema hat recht, wenn sie sich jetzt nicht auf den Weg machen, klappt es erst morgen wieder, wenn sich das Wasser erneut zurückzieht. Und so lange können sie nicht warten. Trotz Tondas Schlüsseltrick ist es wahrscheinlich nur eine Frage der Zeit, bis Oona herausfindet, dass ihr Leuchtturmschlüssel verschwunden ist.

Vorsichtig klettern die fünf über die Steine.

»Noch geht das Wasser«, sagt Joon, »macht euch keine Sorgen, ein bisschen Zeit haben wir.«

Mari ist dankbar, dass er das sagt.

Endlich stehen sie vor der Holztür, die vor langer Zeit wohl einmal rot gestrichen war. Von der Farbe sind allerdings nur noch Reste zu sehen.

»Könnte auch mal einen neuen Anstrich gebrauchen«, sagt Joon, der den gleichen Gedanken gehabt hat. »Tonda, komm, schließ du auf, schließlich hast du den Schlüssel gefunden.«

Sie treten beiseite, lassen Tonda durch. Feierlich steckt er den Schlüssel ins Schloss.

»Wenn der jetzt nicht passt –«, grinst Ema, klingt dabei aber tatsächlich ein bisschen besorgt. Tonda rüttelt am Schlüssel, dann an der Tür.

»Tja«, sagt er und zieht den Schlüssel wieder aus dem Schloss. Mari spürt, wie die Enttäuschung ihr ein Loch in den Bauch gräbt.

»Das kann doch nicht sein! Gib mal her!« Ema will Tonda den Schlüssel abnehmen, aber da drückt der schon die metallene Klinke hinunter, und die Tür öffnet sich quietschend.

Aus dem Inneren des Leuchtturms kommt ihnen ein Schwall abgestandene Luft entgegen. Genau so riecht es im Fahrradkeller von Maris und Kurts Schule.

»Wer will zuerst?«, fragt Joon und macht selbst einen Schritt zurück. »Also, ich lass euch gerne den Vortritt!«

»Ich!«, sagen Mari und Tonda gleichzeitig. Und genau wie

Mari sieht Tonda so aus, als wundere er sich über seinen eigenen Mut.

»Willst du?«, fragt er.

»Klar!«, sagt Mari und bemüht sich, überzeugter zu klingen, als sie ist.

»Hat jemand eine Taschenlampe?«

Natürlich hat niemand von ihnen eine Taschenlampe. Wer hätte am Morgen wissen können, dass sie heute nicht nur quer über die Insel reiten und sich heimlich einen Schlüssel leihen, sondern auch noch in einen seit Ewigkeiten verschlossenen Leuchtturm einsteigen würden?

»Das nächste Mal müssen wir uns besser vorbereiten«, sagt Kurt, »das ist super unprofessionell.«

Mari dreht sich zu ihrem Bruder um: »Entschuldigung, Herr Meisterdetektiv, aber außer dir ist hier eben auch keiner ein Profi.«

»Ich hab doch gar nicht gesagt, dass ich ein Profi bin, ich meine ja nur, dass –«

»Aber du führst dich so auf! Du kannst dich meinetwegen gerne wieder in deinem Zimmer einschließen und dich deinen superwichtigen Fällen widmen, Sherlock Holmes! Und vielleicht –«

»Mari, ich hab doch gesagt, dass …«

Was Kurt ihr angeblich gesagt hat, erfährt Mari nicht mehr, weil jetzt Joon dazwischengeht, den Geschwistern einen Arm um die Schultern legt, ihnen kurz, aber sehr tief in die Augen sieht und dann – einfach nur grinst. Das Joon-Grinsen, das

Wut wegzaubert und Enttäuschung und das anscheinend sogar bei Kurt wirkt. Wenigstens für einen Moment.

»Gut«, räuspert sich Ema, »Mari, traust du dich ohne Lampe da rein?«

»Na klar!«, behauptet Mari und denkt, jetzt erst recht! Dann kann Kurt mal sehen, wer hier der Profi ist! Über große Geheimnisse nachdenken, das kann ja schließlich jeder, aber sie erforschen, dazu braucht man Mut. Mari ist sich nicht ganz sicher, ob sie genug Mut für das Lüften ausgerechnet dieses Geheimnisses hat, das anscheinend darin besteht, sich in die düsterste Dunkelheit der Weltgeschichte zu stürzen, aber gut. Jetzt ist es zu spät. Einen Rückzieher machen geht nicht.

Und so holt Mari tief Luft und tritt in den Leuchtturm.

Das Gute: Es wird nicht noch dunkler.

Das Schlechte: Es wird auch nicht heller.

Vorsichtig tastet Mari sich durch die Dunkelheit. So sehr unterscheidet sich der Leuchtturm wirklich nicht von einem unheimlichen Keller. Der Boden unter ihren Füßen ist uneben, sie will auf keinen Fall stolpern.

»Wie wäre es, wenn du mir deine Hand gibst?«, fragt Ema hinter ihr leise, und Mari nickt und sagt dann vorsichtshalber noch mal »ja«, weil Ema sie und ihr Nicken ja gar nicht sehen kann. Das mit dem Anfassen war eine gute Idee, Mari fühlt sich sofort nicht mehr so verloren.

»Tonda?«, fragt Ema.

»Gerne!«

»Autsch, das war nicht meine Hand, das war meine Nase!«

»Oh nein, Entschuldigung«, ruft Ema erschrocken und das hallt jetzt ziemlich unheimlich durch den hohen Turm.

»Hilfe! Nehmt mich mit!«, flüstert Joon. »Nimm meine Nase, mein Ohr, meine Hand, Tonda, ist mir völlig egal, aber ich will hier auf keinen Fall verloren gehen!«

Trotz der Dunkelheit müssen sie lachen, und das Lach-Echo klingt glücklicherweise gar nicht so schlimm.

»Kurt, bist du noch da?«

»Hier bin ich!«

»Los, Flosse her!«, sagt Joon.

»Ich komm schon klar«, murmelt Kurt.

»Ich weiß«, sagt Joon, »aber so ist es besser.«

»Wenn's dir hilft«, sagt Kurt extralässig.

»Haben wir's jetzt bald?«, fragt Ema ungeduldig. »Ich will da jetzt hoch und dann nichts wie wieder raus in die Sonne!«

»Los geht's!«, ruft Joon fröhlich. »Mir kann nichts passieren, ich bin von beiden Seiten gesichert!«

Schön für dich, denkt Mari. Aber immerhin, mit Emas Hand, die ihre fest drückt, ist die abgestandene Dunkelheit vor ihr zumindest nur noch halb so schlimm. Na ja, vielleicht auch dreiviertel.

Die Treppe kommt Mari endlos vor. Zwar sah der Turm auch von außen ziemlich hoch aus, aber so hoch? Der muss ja mindestens bis in die Wolken reichen!

»Ich sing im Dunkeln ja immer!«, verkündet Joon.

»Bitte nicht!«, ruft Ema.

Bitte nicht
Bitte nicht
nicht nicht nicht,
tönt das Echo.

»Also, so schlecht, dass du das dreimal sagen musst, singe ich nun auch wieder nicht!«, ruft Joon.

Nicht, nicht, nicht –
empört sich das Echo und jetzt fängt Joon einfach an zu singen, so laut, dass er das Echo überdröhnt, ein Lied in einer Sprache, die Mari nicht kennt, das aber nur aus einem Refrain zu bestehen scheint, und nachdem Joon den dreimal gegrölt hat, stimmen die anderen ein. Es klingt ein bisschen wie eine Mischung aus Bela, wenn er versucht, Englisch zu sprechen, und einer Horde erwartungsvoller Fußballfans. Aber Joon hat schon recht, das Singen hilft gegen die Dunkelheit und endlich, endlich, nach einer Ewigkeit, wird es heller.

»Ich glaube, wir haben es gleich geschafft«, ruft Mari gegen das Geschrei der anderen an. »Es wird heller!«

»Es wird greller!«, gibt Ema weiter an Tonda.

»Wir gehen schneller!«, ruft Tonda.

»Da ist ein Keller!«, ruft Joon.

»Das kann nicht sein!«, sagt Kurt. »Wir gehen doch nach oben!«

»Knallköppe«, sagt Mari.

»Knallköppe«, gibt Ema weiter und interessanterweise kommt dieses Wort heil bei Kurt an.

»Selber Knallköppe da vorne, kann es sein, dass es heller

wird?«, fragt der und klingt so hoffnungsvoll wie damals, als er unter seinen Kopfhörern alles nur halb verstanden hat und für einen Moment tatsächlich dachte, Mama und Papa würden ihm erlauben, allein in der Stadt zu bleiben, während der Rest der Familie ohne ihn nach Solupp fährt.

Kurz überlegt Mari, ob Kurt es immer noch schlimm findet, hier zu sein. Aber so richtig kann sie das bei ihm ja nie sagen, was ist, wie er sich fühlt. Und jetzt hört Mari auf, sich Gedanken über ihren Bruder zu machen, und rennt die letzten Stufen, nimmt immer zwei auf einmal, so dringend will sie zurück ins Licht.

Der kleine, runde Raum, in dem sie nun steht, hat überall Fenster, so als wollte er sich für die Dunkelheit der Treppe entschuldigen. An einer Wand steht ein einfaches Bettgestell aus Metall, dann ein Tisch, an den höchstens eine Person und ihr Suppenteller passen, ein windschiefer Stuhl und sonst nichts. Mari kniet sich auf das Bett und sieht aus dem Fenster. Wahnsinn, wie weit oben sie sind. Es ist, wie mitten im Meer zu sein. Mari wird ein bisschen schwindelig und klettert wieder vom Bett.

»Irgendwas Besonderes?«, fragt Ema und sieht sich suchend im Zimmer um.

Mari schüttelt den Kopf. Nach der gruseligen Treppe hätte sie hier oben mehr als nur eine gute Aussicht erwartet. Auch die anderen sehen enttäuscht aus.

»Und was sagt uns das jetzt?«, fragt Ema und sieht Kurt an, als hätte der etwas versprochen und nicht gehalten.

»Das sagt uns, dass die Leuchtturmwärter von Solupp keinen besonders großen Wert auf Gemütlichkeit gelegt haben«, verkündet Joon, während er quietschend auf dem Bett auf und ab wippt.

»Kein Wunder, dass Oona hier nicht mehr hochgeht«, sagt Mari, »stellt euch mal vor, diese Treppe, in ihrem Alter!«

Ema schüttelt den Kopf: »Nee, die Treppe packt Oona ganz sicher, du solltest sie mal sehen, wenn sie den Küstenweg runterspringt! Dass sie den Leuchtturm nicht mehr besucht, muss einen anderen Grund haben –«

»Oder überlegt mal andersrum«, sagt Joon, »man bräuchte einen wirklich guten Grund, um hier sein zu wollen!«

»Seid froh, dass das nicht der Leuchtturm von Pharos ist, der war angeblich hundertvierzig Meter hoch, das hier sind allerhöchstens dreißig«, informiert Kurt sie.

»Sehr beruhigend«, sagt Mari müde.

»Hey!« Das ist Tondas Stimme. Aber warum kommt die plötzlich von oben? Mari sieht zur Decke empor, und da ist Tonda, steckt den Kopf durch eine Luke zu ihnen herunter.

»Wie um alles in der Welt bist du denn da hinaufgekommen?«

»Geflogen, wie sonst?«, grinst Tonda, aber dann zeigt er auf die Wand, und erst jetzt entdeckt Mari die Öffnung und die ziemlich klapprig aussehende Leiter darin.

»Kommt mal hoch, ich glaube, hier könnte was sein!«

Anders als unten an der Wendeltreppe wollen nun alle sofort nach oben. Das Holz der Leiter knirscht bei jeder Bewegung, und als Ema etwas zu eilig klettert, schwankt sie gefährlich. Zum Glück stehen Mari und Joon da und halten die Leiter fest, bevor sie umfallen kann.

»Also, nach diesem Urlaub brauche ich erst mal drei Monate Ferien«, stöhnt Mari, als sie oben angekommen ist.

»Solupp soll ja ein ganz toller Ort sein«, imitiert Kurt Mama so überzeugend, dass Mari trotz der Erschöpfung lachen muss.

»Kommt!«

Oben ist Tonda dabei, den zerbrochenen Glaszylinder des Leuchtfeuers zu untersuchen: »Sieht aus, als hätte den jemand mit Absicht zerstört«, sagt er schließlich.

Ema nickt: »Ein und für alle Mal!«

»Meinst du?« Tonda klingt richtig entsetzt.

Ema nickt: »Also, ich wüsste jedenfalls niemanden, der das wieder hinbekommt.«

»Außer Oona«, sagt Joon, »aber die scheint ja mit dem Leuchtturm nichts mehr zu tun haben zu wollen.«

»Kommt mal!«, ruft Kurt.

Er steht über einen wuchtigen Holztisch gebeugt und blättert in einem großen, in rotes Leder eingebundenen Buch.

»Das Logbuch«, sagt er, »das mussten früher alle Leuchtturmwärter führen.«

»Früher?«, fragt Joon.

»Na ja, jetzt läuft das ja alles digital, ich weiß gar nicht, ob es überhaupt noch Leuchttürme gibt, in denen Menschen arbeiten.«

»Schade eigentlich«, sagt Ema, »die Aussicht ist toll!«

»Ich denke, du kannst den Job haben«, sagt Kurt.

»Nee, viel zu einsam!« Ema schüttelt den Kopf. »Stellt euch mal vor, man sitzt hier oben im Winter oder bei Sturm!«

»Oder beides«, sagt Mari unbehaglich. Sie will ja sogar jetzt, mitten im Sommer, zusammen mit ihren Freunden, am liebsten einfach nur so schnell wie möglich wieder weg.

»Ich versteh nicht so ganz, warum Jolka uns hier hochgeschickt hat«, überlegt Ema. »Was soll das mit dem kratzigen Wort zu tun haben? Oder dem Schatz?«

Das fragt Mari sich auch gerade, aber da fällt ihr etwas auf: »Guckt mal da, der allererste Eintrag!«

»Das war vor einer Ewigkeit!« Selbst Ema klingt ausnahmsweise mal richtig beeindruckt. »Aber die Schrift ist ja echt schlimmer als meine –«

Stockend entziffert Kurt, was da steht:

»Der Turm ist fertig, wir können es kaum glauben. Ein Jahr lang haben wir Tag für Tag, Nacht für Nacht, gearbeitet, Stein für Stein mit den Ponys aus dem Midlem geholt, über die Landzunge geschleppt, sind immer wieder in die Wogen geraten, haben gefürchtet, es niemals zu schaffen. Und doch: Der Turm steht, gegen Wind und Gischt haben wir ihn dem Meer abgetrotzt. Und nun habe ich zum ersten Mal das Leuchtfeuer entzündet, es liegt wie eine Brücke aus Licht über dem Meer, das heute so ruhig ist wie lange nicht. Aber ob er uns finden wird? Das weiß nur die Zukunft –«

»Nee«, stellt Ema nüchtern fest, »die Zukunft ist leider auch nicht schlauer.«

»Wir wissen ja nicht mal, wer mit ›er‹ gemeint ist«, sagt Kurt enttäuscht und blättert weiter in dem Buch.

»Und?«, fragt Joon neugierig.

»Nichts, nur langweilige Einträge zu Luftdruck und Temperatur und Wetter. Hier zum Beispiel: *Wir haben eine schwere See.* Was soll das bedeuten?«

»Ein Sturm«, sagt Joon. »Ich wette, hier oben hat es in der Nacht ziemlich geweht.«

»Und hier ändert sich die Schrift!«, stellt Kurt fest und zeigt auf einen Eintrag auf der nächsten Seite. Während die Buchstaben am Anfang mal in diese und mal in jene Richtung zeigten, sind sie nun ordentlich und gleichmäßig, fast wie gedruckt.

»Da muss jemand anders das Logbuch übernommen haben«, vermutet Ema.

»Oder gleich den ganzen Leuchtturm«, sagt Mari, »guckt mal, hier steht jetzt ja auch immer ein anderer Buchstabe.«

»Stimmt!« Kurt sieht Mari anerkennend an. »Das muss ein Kürzel sein, also der Anfangsbuchstabe eines Namens, so wie eine Unterschrift –«

»Kurt, wir wissen, was ein Kürzel ist!«

»Aber –«

»Leute, echt, nicht schon wieder!«, greift Ema ein. »Also, so langsam bin ich doch froh, dass ich keine Geschwister habe!«

»So schlecht ist das gar nicht!«, rutscht es Mari heraus. »Ab und zu«, fügt sie schnell hinzu. Aber sie hat das Lächeln gesehen, das über Kurts Gesicht gehuscht ist.

»Also, hier steht immer wieder ein H. Und dann plötzlich … soll das da ein O sein?«, fragt er schnell.

Alle betrachten den wackligen Buchstaben, der aussieht, als hätte ihn jemand im Vorbeifliegen auf das schwere Papier geworfen.

»Auf jeden Fall ein O!«, sagt Ema, »guckt mal!«

Sie hat recht, das ist ein O. Schon unter dem nächsten Eintrag erkennt man es deutlich. Und beim übernächsten steht das O auf dem Papier wie ein Ausrufezeichen, als wollte es sagen: *Hier bin ich, mich weht ihr nicht weg!*

Kurt blättert durch die Seiten. Auch die O-Einträge erzählen nur vom Wetter und vom Wellengang. Einmal ist ein Buckelwal erwähnt, ein anderes Mal ein Sturm, der den Leuchtturm zum Wanken gebracht hat.

»Ich würde dann doch gerne wieder runter«, sagt Ema, nachdem Kurt den Eintrag vorgelesen hat. Auch Mari will nur noch ins Bett. Ihre Beine fühlen sich nach dem langen Ritt und der Wendeltreppe wie Gummi an.

»Wartet noch ganz kurz! Hier!«, aufgeregt deutet Joon auf das Buch.

~~KEILKLIFF~~ steht da, wütend durchgestrichen, und darunter ein C.

»Warum ›C‹?«

»Das ist kein C«, flüstert Kurt beklommen, »das ist ein O, das nicht fertig geworden ist.«

»Okay«, sagt Ema, aber Mari hört, dass auch sie das ganz und gar nicht okay findet, das mit dem kratzigen Wort und das mit dem halben O.

»Meint ihr, Oona kennt Keilkliff?«

Joon schüttelt den Kopf. »Na ja, selbst wenn, besonders viel scheint sie davon nicht zu halten, so gründlich, wie sie es durchgestrichen hat.«

Kurz entschlossen klemmt Kurt sich das Buch unter den Arm. Die anderen sehen ihn verwundert an.

»Lasst uns gehen! Wir können uns das doch genauso gut bei uns oder Joon ansehen!«

»Nein«, sagt Joon entschieden, »bitte, wollen wir das nicht lieber hierlassen? Ich hab kein gutes Gefühl. Ich meine, wir haben schon den Schlüssel mitgenommen. Das können wir echt nicht machen!«

Mari nickt heftig. Sie hat ja außerdem noch den Kompass, der ihr auch nicht gehört. Während sie darauf wartet, dass ihr Bruder das Buch endlich zurücklegt, entdeckt sie etwas hinter ihm auf dem Tisch. Da liegt ein doppelt gefalteter Zettel, der eben noch von dem Buch verdeckt gewesen sein muss; Mari faltet ihn auf. Darauf ist ein Wirrwarr von Linien.

»Was soll das nur sein?«, überlegt sie.

»Machen wir es so«, mischt Joon sich in Kurts und Emas Diskussion ein, »wir lassen das Buch hier und nehmen den Zettel mit, okay?«

»Was sollen wir denn mit dem Zettel?« fragt Kurt. »Damit können wir doch gar nichts anfangen!«

Er klingt jetzt richtig verzweifelt, die ganze Geschichte scheint ihm wichtiger zu sein, als er jemals zugeben würde.

»Es sei denn«, sagt Mari zögerlich, »dieser Zettel ist eigentlich ein Plan –«

»Mari hat recht!«, ruft Ema. »Das könnte eine Karte sein! Eine ziemlich wirre, zugegeben, aber Leute, wir suchen einen Schatz, ich würde mal sagen, da ist eine Karte schon mal ein guter Anfang.«

Erwartungsvoll sehen alle Kurt an. »Na gut«, seufzt der und legt das Buch mit tragischer Miene zurück auf den Tisch, streicht noch einmal mit der Hand darüber, so, als wolle er sich verabschieden.

»Warum zerstört jemand ein Leuchtfeuer?«, fragt Tonda nach einer gefühlten Ewigkeit und erst jetzt fällt Mari auf, dass der Meerjunge sich mit keinem Wort an ihrer Diskussion beteiligt hat. Er muss die ganze Zeit dort drüben mit dem zerstörten Glaszylinder des Leuchtfeuers beschäftigt gewesen sein. »Ich meine, ist doch klar, dass so kein Mensch diese Insel jemals findet.«

»Aber ihr habt sie doch gefunden!«, sagt Ema leise. »Und darüber bin ich wirklich so richtig froh.«

Mari muss daran denken, wie Tonda hier auf Solupp gelandet ist, nicht freiwillig, er macht keinen Urlaub. Er ist im Sturm vom Weg abgekommen, wäre fast ertrunken und weiß nun nicht, wie er jemals wieder nach Hause kommen soll. Kein Wunder, dass ihm der Leuchtturm so wichtig ist.

»Willst du denn, dass jemand dich findet?«, fragt Mari ihn vorsichtig.

Tonda zuckt die Schultern, aber seine Augen glänzen verdächtig.

Joon räuspert sich: »Die Flut kommt«, sagt er dann sanft und legt seinen Arm um Tondas Schulter. »Wir sollten uns beeilen.«

Und genau das machen sie.

SIEBZEHNTES KAPITEL

DAS KLEINGELD VON ATLANTIS

Als sie nur wenige Minuten später unten aus dem Leuchtturm stolpern, ist klar, dass weder Ema noch Joon noch Tonda es bis in ihre jeweiligen Betten schaffen werden, sie sind alle viel zu erschöpft.

»Ich leg mich hier hin«, verkündet Joon und lässt sich zurück am Strand rücklings in die Dünen fallen.

Mari streckt ihm die Hand hin: »Nee, lass mal, ihr kommt einfach mit zu uns!«

Kurt sieht Mari zweifelnd an: »Meinst du, Paula und Tom erlauben das?«

»Warum nicht? Papa geht es doch wieder gut!«

Tatsächlich durften Mari und Joon die letzten Monate keinen Besuch zu Hause haben, wegen Papas Immunsystem und der Ansteckungsgefahr. Aber da lag er schließlich auch noch in seinem fast hundertjährigen Schlaf, und seit etwa einer Woche springt er von Tag zu Tag vergnügter durch die Küche und den Garten, wirft den begeistert schreienden Bela mit Karacho aufs Bett, dreht die Musik ganz laut auf und wirbelt mit Mama durch die Küche, fast so wie ein Profitänzer. Und Mama lässt sich rumwirbeln, Mama sagt nicht mehr ständig nein. Bestimmt klappt das!

Und wirklich sind Mama und Papa sofort einverstanden, sie scheinen sich sogar über den unerwarteten Besuch zu freuen. Ema schickt Papillon mit einer kleinen, zusammengerollten Nachricht zu Jolka, und dann geht das klar.

»Und ihr?«, fragt Papa und sieht Joon und Tonda an.

»Wir wohnen drüben am Weststrand!«, verkündet Joon mit einer Selbstverständlichkeit, dass selbst Mama keine weiteren Nachforschungen anstellt. Und überhaupt hatte Ema schon recht, als sie Mari versichert hat, dass die Erwachsenen auf Solupp genug mit ihren eigenen Sachen zu tun haben.

Papa ist einfach glücklich, als Joon seine Küchenexperimente würdigt, indem er eins nach dem anderen verspeist und alles, wirklich alles ganz superlecker findet, besonders die Zucchiniblüten mit angerösteten Himbeeren und in Essig geschwenkten Pfifferlingen.

»Ein wahrer Feinschmecker!«, ruft Papa und schlägt Joon enthusiastisch auf die Schulter.

In seiner Begeisterung über Joons Appetit merkt Papa gar nicht, dass alle anderen lieber Maris und Tondas Pfannkuchen verspeisen, die sie dick mit Solbeermarmelade bestreichen. Und nachdem auch der letzte Pfannkuchen aufgegessen ist und sie mit fettigen Fingern und vollen Bäuchen unter den Rosen am Gartentisch sitzen, kann Mari sich nicht daran erinnern, wann sie das letzte Mal so rundherum zufrieden war. Trotz der Müdigkeit will sie nicht aufstehen, will nicht ins Bett, will lieber Kurt zusehen, wie er mit Joon um die Wette lacht, während sie zusammen mit Bela die lange versprochene Pyramide aus Matsch bauen.

Tonda und Ema, die von Thema zu Thema springen, als müssten sie einander an diesem einen Sommerabend alles erzählen, was es jemals zu erzählen geben wird: Tonda, der Ema seine Insel beschreibt und wie er frühmorgens rausfährt mit seinen Eltern, auf der Suche nach den Schwärmen, der sich gespannt Emas Geschichten vom Blautiefen, vom Wolkennebel auf dem Midlem und vom Längerwerden der Dunkelstunden anhört. Und Mama und Papa, die dicht beieinander, Arm in Arm auf der Bank sitzen und sich das Treiben ansehen. Die ausnahmsweise nirgendwo ganz dringend hinmüssen, die nichts planen, nichts abwägen, nicht nur-kurz-nochmal, nicht mach-ich-noch-eben, nicht gleich-mein-Schatz sagen, die gar nichts machen außer sitzen und da sein.

Genau, denkt Mari, das ist es, jetzt sind sie wirklich so richtig da.

Und als die Dunkelstunde näher rückt und kurz bevor die Leuchtkäfer zu tanzen beginnen, ist es nicht der erdverschmierte, frischgebackene Matschpyramidenbesitzer Bela, der als Erstes einschläft, sondern Tonda. Der lehnt plötzlich schief und leise schnarchend an Emas Schulter, und die sitzt gerade und reglos und flüstert Mari zu: »Hilfe, was soll ich jetzt tun?«

»Ich glaube, es ist langsam Zeit, das Gelage aufzulösen«, sagt Papa grinsend. »Die Herren da unten schlafen ja auch schon fast.«

Stimmt, Joon und Kurt haben auch schon ganz glasige Augen, bewegen sich nur noch im Schildkrötentempo. Nur Bela, der ist fit und mit dem Burggraben beschäftigt, den die Menschen in seinem alten Ägypten auf jeden Fall und immer schon hatten.

»Nichts da«, sagt Mama und steht auf, »du gehst jetzt auch schlafen, sonst können wir morgen vergessen!«

»Aber morgen kommt doch sowieso«, sagt Bela, »ob wir nun dran denken oder nicht!«

»Da hast du recht«, sagt Mama, »aber trotzdem.« Und dagegen kann selbst Bela nichts mehr sagen.

Bevor er sich von Mama und Papa ins Haus schieben lässt, dreht er sich noch einmal zu Mari und Ema um: »Morgen zeige ich euch aber die Flaschenpost, ja? Und vorher dürft ihr nicht wieder verschwinden, abgemacht?«

»Abgemacht!«, verspricht Mari und nimmt sich vor, morgen was mit Bela zu unternehmen, Ritterburgspielen oder Gräbenbauen oder Haargelhörnerformen oder aber eine wilde Kissenschlacht, mal sehen.

»Was denn für eine Flaschenpost?«, fragt Joon vom Boden aus schläfrig, als Bela im Haus verschwunden ist.

Mari zuckt die Schultern: »Keine Ahnung, irgend so eine alte Flasche wahrscheinlich –«

»Er nimmt immer alle möglichen Sachen vom Strand mit«,

ergänzt Kurt, »weil er meint, es sind Schätze.« Er steht auf. »Ich kann nicht mehr, ich muss schlafen.«

Gemeinsam räumen sie das Geschirr in die Küche, und während Tonda draußen leise weiterschnarcht, Joon und Ema abwaschen, bauen Mari und Kurt in seinem Zimmer ein Matratzenlager auf.

»Was für ein Tag«, seufzt Kurt.

»Aber echt«, sagt Mari.

»Ganz schön gut«, grinst Kurt.

»Aber echt!«

»Wo können wir den ablegen?«, keucht Ema, die jetzt zusammen mit Joon ins Zimmer kommt. Sie haben den schlaftrunkenen Tonda untergehakt, und ein bisschen erinnert Mari dieser Anblick an die Gewitternacht, nur mit weniger Algen und Sorgen. Zum Glück. Sobald er Tonda auf der großen Matratze abgelegt hat, lässt sich Joon neben ihn plumpsen. »Ich bin sehr sandig«, stellt er noch fest, dann schließt er die Augen und steigt in Tondas Schnarchkonzert ein.

Kurt sieht etwas ratlos, aber nicht unglücklich auf die beiden, die da auf dem Boden seines Zimmers liegen.

»Was an einem Tag so alles passieren kann«, grinst Ema und zwinkert Kurt zu.

Und Mari ist kurz davor, ihren Bruder darauf hinzuweisen, dass Joon immer noch seinen Lieblingspullover anhat, lässt es dann aber. Für heute hat sie ihn schon genug geärgert.

»Schlaf gut, Sherlock!«

Okay, das eine Mal musste noch sein. Aber jetzt ist Frieden.

»Gute Nacht, Nervensäge und Freundin von Nervensäge!«, sagt Kurt und zieht sich demonstrativ die Decke über den Kopf.

Sie sind unfassbar müde, und trotzdem müssen Ema und Mari noch alles Mögliche besprechen, als sie nebeneinander im Bett liegen. Zum Beispiel, wo Tondas Insel wohl liegen könnte und wie sie ihm helfen könnten, dorthin zurückzukommen. Und sie überlegen, ob die alte Oona früher wirklich mal Leuchtturmwärterin war, und einigen sich auf ja. Dann erzählt Ema Mari vom Winter auf Solupp, in dem immer die Südküste vereist, der manchmal sogar die Wellen der Westküste bändigt und sie zu fantastischen Eisskulpturen erstarren lässt und in dem Joon zu Jolka und Ema ins Haus zieht, weil es auf der Möwe dann wirklich zu kalt wird und Jolka und Ema einen großen Ofen haben, in dessen knisterndem Feuer man Kastanien rösten und an dem man sich die Füße aufwärmen kann, nachdem man den ganzen Tag lang mit Schlittschuhen übers Meer gesaust ist.

»Du musst auch mal im Winter kommen, ihr alle müsst kommen, mit euch ist es auf Solupp nämlich noch schöner!«

Mari merkt, dass Ema ihr noch etwas erzählen will, etwas, das nur schwer vom Herz zum Kopf und dann über die Lippen kommt.

»Was, Ema?«

»Das war nicht Jolka«, sagt Ema leise. Mari fragt nicht nach, wartet einfach darauf, dass Ema ihren Satz zu Ende bringt.

»Jolka wollte Joon den Motor für die *Möwe* sofort geben, aber ich hab ihm erzählt, dass sie nein gesagt hat, damit, damit –«

»– damit er nicht wegfährt?«, fragt Mari und Ema nickt.

»Weißt du, er, Jolka und ich, wir sind ein bisschen so was wie eine –«

Ema stockt.

»Familie?«, fragt Mari vorsichtig und Ema nickt.

»Jedenfalls – er soll hierbleiben!«

Das versteht Mari. Und trotzdem: »Selbst wenn du ihm den Motor gibst, meinst du nicht, dass er wiederkommen würde?«

»Aber was, wenn nicht?«

Darauf hat Mari keine Antwort. Was, wenn nicht? Ja, auch das kann sein. Aber andererseits ist Solupp doch Joons Zuhause.

»Bitte sag ihm das mit dem Motor nicht, ja?«

»Mach ich nicht«, verspricht Mari. »Aber vielleicht solltest du noch mal drüber nachdenken?«

»Ja«, sagt Ema, »vielleicht irgendwann.«

Und jetzt erzählt Mari Ema noch was Großes, das sie noch niemandem erzählt hat, davon nämlich, wie viel Angst sie um Papa hatte. Besonders in der Nacht, dann haben sich die blöden Gedanken eingeschlichen und nur oben im Hochbett bei Kurt und Bela zu sein, hat geholfen, aber selbst aufs Hochbett sind die fiesen Gedanken ab und zu geklettert und haben Mari wach gehalten. Und weil Ema so gut zuhören kann und nur ab und zu und genau an den richtigen Stellen »So ein Mist!« flucht, erzählt Mari ihr auch die Sache, für die sie sich schämt. Dass sie nämlich wütend war auf Mama, weil die ständig weg war, und wenn sie da war, nicht richtig. Und dann traut sie sich zu sagen, dass sie auch auf Papa wütend ist, weil er mit seiner blöden Krankheit alles kaputt gemacht hat. Ema nickt nur und hört zu, und als Mari fertig ist mit dem Erzählen und ängstlich darauf wartet, was Ema jetzt zu dem Ganzen meint, sagt Ema einfach nur leise: »Das verstehe ich.«

Und dann kuscheln sie sich in ihre Decken und schlafen ein.

Nach dem ausgedehnten Frühstück am nächsten Morgen fragen Mama und Papa, ob es okay ist, wenn sie einen längeren Spaziergang machen, und natürlich ist das okay und eigentlich umso besser. So haben sie Ruhe, Joon dabei zuzusehen, wie er sich todesmutig einen Schluck Kaffee in seine Milch gießt und das mit verkniffenem Gesicht trinkt, Mari kann Tonda zeigen, wie man die rechte Oberlippe bis zur Nase hochzieht, und Kurt hat genug Zeit, um mit Ema darüber zu diskutieren, ob die Elektrifizierung tatsächlich das Ende der Leuchtturmära eingeläutet hat.

Schließlich hält Bela es nicht mehr aus: »Ihr sollt jetzt endlich in mein Museum kommen!«

»Oh, stimmt, 'tschuldigung!« Joon springt sofort auf. »Wo geht's lang?«

»Moment!«, ruft Bela. »Ich muss doch noch alles vorbereiten!« Dann saust er die Treppe hinauf.

»Jetzt bin ich aber echt mal gespannt!«

Kurt lacht: »Was soll er schon groß gefunden haben? Einen Schatz? Eine Nixe –«

»Nee, die Nixe haben wir schon!« Ema stupst Tonda in die Seite.

»Wenn schon, dann bitte Meerjunge!«, sagt der und streckt sehr würdevoll die Nase in die Luft. »Kommt ihr?«

Joon ist sofort auf der Treppe, und auch die anderen beeilen sich.

An Belas Tür hängt ein Schild:

hat Bela mit Mamas Hilfe darauf geschrieben.

»Eintritt, 1 Goldtaler!!!«, liest Ema lachend. »Hat jemand von euch ein bisschen Kleingold in der Tasche?«

Natürlich nicht, dafür hat Mari eine Idee, rennt zurück in die Küche und holt da die Tüte mit den Gummischlangen aus Mamas wohlbekanntem, ganz streng geheimen Süßigkeitenversteck auf dem Kühlschrank.

Ema nickt: »Besser als Gold, definitiv!«

Dann treten sie ein, in Belas Museum.

Die Vorhänge sind zugezogen, und so ist es im Zimmer vollkommen dunkel.

»Von Dunkelheit hab ich seit gestern eigentlich genug«, sagt Joon und gibt sich Mühe, es wie einen Witz klingen zu lassen, aber es ist ziemlich deutlich, dass das keiner war.

»Moment, gleich kommt das Tolle!«

Bela knipst seine kleine Nachttischlampe an, hält seine Flasche ins Licht, und im nächsten Moment tanzen blaue Lichtpunkte über die Wände. Genau so muss es auf dem Meeresboden sein.

»Könnt ihr mir mit dem Zettel helfen? Mama, Papa und ich haben alles versucht, aber wir kriegen nicht mal den Verschluss auf!«

»Und da ist jetzt echt ein Zettel drin?«, fragt Ema ungläubig. »Ich wohn hier schon fast mein ganzes Leben, und noch niemals habe ich eine Flaschenpost gefunden!«

»Das passiert auch nur alle 1888 Tage, und da war ich zufällig gerade da.«

»Ah«, macht Ema, so, als hätte Bela ihr gerade eine sehr große Weisheit verkündet. Mari öffnet die Vorhänge und Sonnenlicht flutet den Raum.

Gemeinsam mustern sie die Flasche, das Glas ist sehr dunkel, aber ganz schemenhaft kann man darin ein zusammengerolltes Stück Papier erkennen. »Hm, das könnte tatsächlich eine Flaschenpost sein, aber wir brauchen Werkzeug!«

Zusammen mit Joon läuft Mari wieder hinunter in die Küche. Dort sammeln sie alles in den Brotkorb, was ihnen geeignet erscheint. Aber trotz Korkenzieher, Küchenmesser und Zahnstochern brauchen sie ewig und fast hätte Ema sich beim Bohren einen Schaschlikspieß in die Hand gerammt, aber dann gibt der Korken endlich nach, zieht Tonda, der die ruhigste Hand hat, die Papierrolle heraus: »Tada!«, ruft er und schwenkt die Rolle feierlich. »Ich glaube, Bela darf die aufrollen, oder?«

»Macht ihr ruhig, ich will nur die Flasche!« Bela will schon wieder die Gardinen zuziehen, aber Kurt hält ihn auf: »Einen Moment noch, ja? Wir brauchen das Licht zum Lesen.«

Gnädig stimmt Bela zu und unter den gespannten Blicken der anderen entrollt Tonda vorsichtig das brüchige Papier, das an den Rändern leicht verkohlt ist. Die Schrift ist kunstvoll geschwungen, aber einige Wörter sind unleserlich, irgendwie muss trotz Korken Wasser in die Flasche gelangt sein.

»Okay?«, fragt Kurt und beugt sich weit über Tondas Schulter, um besser sehen zu können. Die anderen nicken. Seit gestern im Leuchtturm wissen sie, dass er gut im Entziffern von alten Schriften ist.

Kurt räuspert sich, dann liest er:

1. April 1833, am anderen Ende der Welt

Liebe Finder,

endlich habt ihr mich gefunden. Das wurde aber auch Zeit! Diese Nachricht soll euch daran erinnern, dass auch kleine Leute gerne dabei sind und übrigens eine gute Gesellschaft und oft die Rettung in letzter Not. Nur so zur Erinnerung …

Tonda räuspert sich.

»Was denn?«, fragt Kurt etwas ungehalten.

»Ich glaube … ich meine … woher weiß der Briefschreiber

denn, dass er am anderen Ende der Welt ist, und wieso –«, beginnt Tonda, aber dann winkt er ab: »Egal, lies weiter!«

Das lässt Kurt sich nicht zweimal sagen:

... nur, weil ihr das vielleicht manchmal vergesst.
Auf gute Zusammenarbeit,
B. F.

»Versteh ich nicht!«, sagt Kurt und sieht frustriert auf das Papier in seiner Hand. »Da findet man schon mal eine Flaschenpost –«

»– da findet Bela schon mal eine Flaschenpost!«, korrigiert Mari ihn.

»Jaja, da findet Bela eine Flaschenpost, und dann steht nur unverständliches Zeug drin!«

Tonda grinst in Belas Richtung, dann sieht er die anderen an, und nun versteht auch Ema, dann Joon. Nur Mari und Kurt gucken nach wie vor dumm aus der Wäsche.

»Papa und ich haben sie mit Sekundenkleber zugemacht«, sagt Bela aus dem Hintergrund leise.

»Was?« Doch dann fällt es Mari wie Schuppen von den Augen. »Ihr habt die Flaschenpost gefälscht!«

Bela nickt.

»Warum das denn?« Kurt ist richtig empört, und auch Mari versteht nicht, wie die anderen das lustig finden können. Sie ist ziemlich enttäuscht. Anscheinend hat sie wirklich geglaubt, dass es sich bei Belas Fund um eine echte Flaschenpost handelt.

»Ich wollte auch mal dabei sein!« Belas Stimme bebt.

»Du hättest uns doch einfach nur fragen müssen!«, sagt Kurt kopfschüttelnd.

»Wie denn? Ihr wart doch immer weg!«

Bela hat recht. Sie haben ihn einfach sitzen lassen. Waren zu sehr mit ihren eigenen Sachen beschäftigt und froh, dass Mama und Papa sie haben machen lassen. Mari nimmt Bela in den Arm, drückt ihr Gesicht in sein verstrubbeltes Haar.

»Tut mir leid!«

»Mir auch«, sagt Kurt und streicht ihm über den Rücken.

»Vielleicht will ich doch Geschwister«, seufzt Ema.

Joon legt ihr den Arm um die Schulter: »Wie wär's fürs Erste mit mir?«, fragt er.

»Ich überleg's mir«, lacht Ema und knufft Joon in den Bauch.

»Keine Flaschenpost also«, sagt Tonda. »Schade, aber das wäre wohl zu einfach gewesen.«

»Und was hätte schon drinstehen sollen«, fragt sich Kurt, *»Achtung, hier kommt die Auflösung aller Solupper Geheimnisse?«*

»Bleibt uns nur, die selbst zu lösen.«

Joon sieht sich im Zimmer um: »Dürfen wir uns denn trotzdem dein Museum ansehen, Bela?«

Das lässt Bela sich nicht zweimal fragen. Sofort macht er die Gardine wieder zu, rennt zum anderen Ende des Raumes, und im nächsten Moment leuchten die großen Birnen einer Lichterkette auf.

»Wahnsinn!«, flüstert Kurt.

Damit also hat Bela sich die letzten Tage über beschäftigt, als seine Geschwister wie vom Erdboden verschluckt waren! Sprachlos stehen die Großen da. Das ist wirklich ein richtiges Museum, das Bela da gezaubert hat. Durch die geschlossenen Vorhänge dringt nur schummriges Licht, aber die Lichterkette beleuchtet die Exponate, die Bela fein säuberlich in den sonst leeren Fächern seines Wandregals aufgebaut hat.

»Wow, Bela –«, flüstert Tonda verzaubert, und der strahlt stolz über das ganze Gesicht.

»Ihr müsst da links anfangen und dann nach rechts weiter!«

Ganz genau betrachten sie jeden der Gegenstände, studieren die kleinen Schilder in Paulas und Toms Schrift:

LINSE EINES PIRATENGLASAUGES, ANNO 1170, steht neben einem winzigen, runden Stück Glas.

SÄBELZAHNTIGERZAHN, ANNO 1.000.000.000 V. CHR., neben etwas, das aussieht wie – ja tatsächlich, wie der lange Zahn eines Säbelzahntigers.

KLEINGELD VON ATLANTIS, sagt das Schild, das an einem Glas voller feingeschliffener Porzellanstücke lehnt.

TEIL DER KEILKLIFF, DES GRÖßTEN SCHIFFES, DAS JEMALS AN SOLUPP VORBEIGEFAHREN IST.

Mari starrt auf den Zettel, starrt auf das große Stück Treibholz, das daneben an der Wand lehnt.

Keilkliff

steht dort in geschwungenen Buchstaben. Und wie das kratzige Wort es so an sich hat, sorgt es in Maris Nacken sofort für eine Gänsehaut.

»Bela, wo hast du das her?«

»Ach das, das ist eigentlich gar kein Strandschatz, das hat Mama vor ein paar Tagen ganz hinten im Schuppen gefunden –«

»Darf ich?« Bela nickt, und Mari nimmt das Stück Holz so vorsichtig von der Wand, als fürchtete sie, es könnte sie verbrennen oder beißen.

»Ich fass es nicht!«

Mari, Joon, Tonda, Kurt und Ema starren auf das Stück Holz.

Bela hüpft ungeduldig auf und ab: »Das ist aber echt nicht das Beste!«

»Also, ich finde das ziemlich großartig!«, flüstert Ema andächtig und zeichnet mit dem Finger die in das Holz gravierten Buchstaben nach.

»Meint ihr, das ist ein alter Wegweiser oder so?«

Kurt schüttelt den Kopf: »Nee, ich glaube –« Er verstummt. »Schluss mit der Kunstpause, raus mit der Sprache!« ruft Ema und Kurt beendet seinen Satz mit bedeutungsschwerer Stimme: »Bela hat schon recht, das ist der Namenszug eines alten Schiffes.«

»Genau. Steht da doch!«, sagt Bela beleidigt. »Könnt ihr nicht lesen?«

»Dürfen wir das behalten, Bela?«, fragt Kurt.

Bela sieht seinen Bruder fassungslos an: »Das ist ein E-x-p-o-n-a-t! Das gehört hier ins Museum!«

»Bitte?«

»Niemals!«, verkündet Bela mit verschränkten Armen und strengem Blick. »Du darfst aber jeden Tag herkommen und es dir angucken«, bietet er dann großzügig an, »vorausgesetzt, du denkst an den Eintritt!« Damit stopft er sich eine Handvoll Gummischlangen in den Mund, und allen ist klar, dass das sein letztes Wort dazu war.

BALL DER FUßBALL-WELTMEISTERSCHAFT, 1443
(ein luftleerer, zerquetschter Plastikball mit Werbeaufdruck),

DER WERTVOLLSTE EDELSTEIN DER GANZEN WELT, 1986
(ein grauer Stein),

PFEILSPITZE, MITTLERE STEINZEIT
HIERMIT WURDE EIN MAMMUT ERLEGT, ABER NICHT VERLETZT, UND DANACH GING ES IHM SEHR GUT, UND ES HAT SICH MIT DEN STEINZEITMENSCHEN ANGEFREUNDET UND WAR SO WAS WIE EIN HAUSTIER, DURFTE ABER NICHT IN DIE HÖHLE, WEIL ES SO GROß

WAR, UND DA HABEN DIE STEINZEITMENSCHEN DANN ANGEFANGEN, HÜTTEN ZU BAUEN, DAMIT DAS MAMMUT MIT REINKONNTE (irgendein Plastikdings).

»Bela?«

»Ja?«

»Das ist das beste Museum, in dem ich jemals war!«

Mari meint das ganz ernst und ehrlich. Noch nie hat sie in einem Museum so viel gelernt. Wer hätte gedacht, dass ausgerechnet Bela ihnen so weiterhelfen würde? Also, Mari jedenfalls nicht, ehrlich gesagt.

ACHTZEHNTES KAPITEL

SPROBBEN UND DRACHENFISCHE

Die nächsten Tage verbringen Mari und Kurt ganz und gar mit Bela, bemühen sich, ihr Verspechen einzuhalten. Sie backen Quatschkuchen (alles, was in der Küche rumliegt, in einen Teig, backen, Puderzucker drüber und Mama und Papa servieren), sie bauen an der Pyramide weiter, sie streifen mit Feinur am Südstrand entlang und finden neue Schätze für Belas Museum. Und obwohl das alles viel Spaß macht, hat Mari, wenn sie bei ihren Strandstreifzügen zum Leuchtturm hinübersieht, ein komisches Gefühlt im Bauch. Es zieht und sticht, und irgendwann versteht Mari, dass das wohl Sehnsucht ist. Nach Ema und Joon und nach Tonda und danach, endlich all die Geheimnisse aufzudecken. Sie sehnt sich sogar nach dem seltsamen Mann, schwört sich, ihm sofort den Kompass zu geben, wenn er ihr nur begegnet. Aber, genau wie ihre Freunde, ist der Mann wie vom Erdboden verschwunden.

»Warum kommen sie nicht mehr vorbei?«, spricht Kurt eines Abends das aus, worum auch Maris Gedanken kreisen. Und leider hat sie keine Antwort für ihn.

»Ich meine, nicht, dass mir das wichtig wäre oder so, aber ist halt komisch –«

Natürlich ist es Kurt wichtig, genau wie Mari.

»Hoffentlich ist ihnen nichts passiert!«

Kurt zieht die Augenbrauen hoch: »Was soll ihnen denn schon passiert sein?«

»Was, wenn ihnen der seltsame Kerl aufgelauert hat? Oder sie sind noch mal in den Leuchtturm gestiegen und haben nicht wieder rausgefunden, oder Oona hat sie mit Julialgenpulver verhext und jetzt leiden sie so sehr unter Liebeskummer, dass sie vergessen haben, dass es uns gibt.«

»Meinst du?«, fragt Kurt und sieht jetzt echt ängstlich aus.

»Das war ein Witz!«, ruft Mari, aber insgeheim macht sie sich wirklich ein bisschen Sorgen. Hier auf Solupp kann schließlich alles passieren, das hat sie schon oft genug selbst erlebt.

Endlich, drei Tage nachdem sie sich das letzte Mal gesehen haben, wiehert es draußen. Kurt ist als Erster am Fenster.

»Joon!«, ruft er freudestrahlend und ist schon auf der Treppe.

Mari stürmt ihm hinterher, dann fällt ihr was ein, ihr Versprechen.

»Komm, Bela!«

Bela stopft seinen goldenen Lieblingsritter in die Hosentasche, ruft Feinur, der bisher auf dem Bett geschlafen hat und jetzt so erstaunlich schnell auf den Beinen ist, als hätte er nur darauf gewartet, dass es endlich wieder losgeht, und dann stürmen sie hinter Kurt die Treppe hinunter. Eigentlich hatte Mari sich ja vorgenommen, sauer zu sein, die anderen sollen ruhig merken, dass es blöd war, sie und Kurt so lange allein zu lassen, aber als sie Joon da auf Helios sitzen sieht, kann sie nur grinsen.

»Da bist du ja«, ruft Kurt und schafft es kein bisschen, cool zu klingen.

»Da bin ich!«, ruft Joon und strahlt erst Kurt und dann Mari an. »Kommt ihr mit?

Na klar kommen sie mit!

»Sumi wartet auch schon auf dich!« Joon deutet zur Hecke.

Und tatsächlich, da draußen vor dem Tor steht Sumi und sieht Mari braunäugig und erwartungsvoll an. Mari begrüßt das Pony mit einer Extraportion Ohrenkraulen, und so wie Sumi guckt, würde es sie nicht wundern, wenn das Pony gleich zu schnurren anfinge.

Nur Bela macht ein trauriges Gesicht.

»Was ist denn?«

»Jetzt geht ihr wieder weg!«

»Und du kommst mit!«, sagt Mari, hebt Bela hoch und setzt ihn auf Sumis Rücken. Und erstaunlicherweise gelingt es ihr trotz fehlender Übung und Bela vor sich gleich beim ersten Versuch, auf das Pony zu klettern.

»Seit wann reitest du, Mari?«, fragt Bela erstaunt.

»Seit ich Sumi kennengelernt habe. Andere Frage: Seit wann magst du Hunde?«

Bela grinst: »Seit ich Feinur kenne!« Sie lachen, als der Hund als Antwort mit dem Schwanz wedelt.

Mari reckt sich, um über die Hecke zu gucken. Im Garten hat sich nichts verändert, sitzt Joon immer noch auf Helios, steht Kurt wie festgewachsen vor den beiden.

»Kommt ihr?«, ruft Mari.

»Kurt weigert sich aufzusteigen!«, ruft Joon zurück. Er klingt ein bisschen verzweifelt.

»Ja, das ist doch albern, wenn ich da hinter dir sitze und mich an dir festklammere!«

»Findest du?«, fragt Joon.

Kurt nickt: »Ich meine, wenn mich jemand sieht –«

»Dann –« Joon sieht Kurt an, als könnte er sich ganz und gar nicht vorstellen, was der meint. Und wahrscheinlich ist das auch so. Wie soll jemand, der auf Solupp lebt, etwas wissen vom Leben jenseits des Meeres? Mari weiß es aber ganz genau: In der Stadt würden alle lachen, wahrscheinlich sogar Kurts Freunde von der Halfpipe.

»Aber die letzten Male war es doch auch okay, oder?«

Kurt zuckt die Schultern, sieht auf den Boden.

»Dann lauf doch –«, schlägt Mari vor, und Kurt nickt, sieht aber nicht glücklicher aus als vorher. Trotzdem machen sie sich auf den Weg.

»Schneller!«, ruft Bela. »Mach mal schneller!«, aber Mari findet es fies, Kurt davonzureiten, der stoisch den sandigen

Pfad hinunterwandert und Joons Angebot, doch noch aufzusteigen, wieder und wieder ablehnt, so lange, bis es dem reicht.

»Ich reite schon mal vor, okay?«, sagt er, nachdem Kurt ihn nach dem vierten Versuch so wütend angeschnauzt hat, dass Joon richtig zusammengezuckt ist. »Wir treffen uns bei der *Möwe*! Ihr müsst euch ein bisschen beeilen, sonst – Beeilt euch einfach, ja?«

Und dann galoppiert er auf Helios los, und Kurt guckt, als hätte er den Mund voller Sprobben. Mari würde ihn gerne aufmuntern, aber so richtig versteht sie nicht, was überhaupt los ist. Und dass Joon jetzt abgehauen ist, findet sie auch komisch.

Nur an Bela und Feinur geht das ganze Drama vorbei. Bela spielt, dass er auf Pegasus, dem fliegenden Pferd aus der griechischen Sage, sitzt und Feinur hüpft aufgeregt neben Sumi her, versucht Kurt zum Spielen zu animieren, schleppt einen Stock nach dem anderen an, und als der Hund schließlich einen halben Baum hinter sich herzieht, erbarmt Kurt sich endlich und schleudert einen Ast durch den Silberwald, dem Feinur begeistert hinterherjagt.

»Du kannst auch bei uns aufsteigen«, bietet Mari Kurt schließlich an. Ihr dauert das alles zu lange, und sie will endlich wissen, was die anderen im Schilde führen. Denn: Irgendwas haben sie vor, das steht fest. Außerdem hat Joon extra gesagt, dass sie sich beeilen sollen.

»Oder ist dir das auch zu peinlich?«

Kurt zögert, dann schüttelt er den Kopf. An einem Felsen hält Mari an, und Kurt klettert hinter ihr auf Sumis Rücken.

»Wehe, du kneifst mich wieder!«, warnt Mari ihren Bruder.

»Ist das nicht zu schwer für das Pony?«, fragt Bela besorgt.

»Nee, Sumi ist ziemlich stark!«

Mari muss dran denken, was in dem Logbuch im Leuchtturm stand: dass Sumis Vorfahren damals die riesigen Steine für den Leuchtturm über die schmale Landzunge geschleppt haben. Trotzdem beugt Mari sich vor und flüstert in Sumis gespitztes Ohr: »Sag was, wenn wir dir zu schwer werden!«

Als Antwort wird Sumi nur noch ein bisschen schneller.

Im Trab hoppeln sie den Weg entlang, aus dem Silberwald hinaus, am Blautiefen vorbei und dann am westlichen Fuß des Midlem. Maris Herz hüpft so doll, wie es das sonst nur am Geburtstag tut, kurz bevor sie die Küchentür öffnet und weiß, dass da gleich der Kuchen sein wird und die Geschenke und ihre Familie, die laut und falsch und begeistert singt. Na ja, normalerweise. Der letzte Geburtstag ist so ziemlich ausgefallen, wegen der Sache mit Papa, war ja auch klar, dass da keiner Lust zum Feiern hatte. Was soll's! Dann holt Mari das Gefühl eben jetzt nach, freut sich wie eine Schnee-, nee, wie eine Sandkönigin, dass sie gleich ihre Freunde wiedersehen wird. Noch die Düne hinauf und dann –

sehen sie das Meer, die Wellen der Westküste und –

»Die *Möwe*!«, ruft Kurt und kneift Mari vor Aufregung jetzt doch in den Bauch. Dann rutscht er vom Pony, rennt stolpernd die Dünen hinunter: »Die *Möwe* geht unter!«

Mari sieht ihrem verrückt gewordenen Bruder verwundert hinterher, und auch Bela schüttelt den Kopf: »Irgendwie ist er jetzt doch ein bisschen komisch, oder?«

»Ein ganz kleines bisschen!«, lacht Mari.

»Die schwimmt, Kurt! Die schwimmt doch nur, die *Möwe*!«, ruft sie Kurt nach, aber der hört sie nicht und rennt immer weiter.

Als Mari, Bela und Feinur unten am Wasser ankommen, sitzt er völlig erledigt im Sand und sieht zur *Möwe* hinüber, die nicht länger wie ein gestrandeter Wal in Joons verborgener Bucht liegt, sondern am großen Strand der Westküste im Meer. Die so fröhlich und selbstverständlich auf den Wellen schaukelt, als hätte sie nie etwas anderes getan.

»Ich sag doch, die schwimmt!«, sagt Mari und klopft Kurt tröstend auf die Schulter.

»Aber warum schwimmt die denn plötzlich? Muss das denn sein?«

»Sie ist ein Boot, Kurt. Boote schwimmen.«

»Boote fahren weg!«

»Ich will auch!«, ruft Bela und ist schon mit den Beinen im Wasser. Mari schnappt ihn sich und hält ihn fest, bevor ihn eine Welle erfassen kann. Die Strömung ist hier an der Westküste ziemlich stark, und Bela behauptet zwar gerne, dass er eigentlich Schwimmweltmeister ist, aber dafür gibt es bisher noch keinerlei Beweise.

»Bitte! Ich will da mitfahren! Guck mal, da sind auch Ema und Tonda!«

Tatsächlich, da treten die beiden aus dem Ruderhäuschen und winken den Geschwistern am Strand zu.

»Die können meinetwegen allein Schiffbruch erleiden«, knurrt Kurt. »Wenn sie die *Möwe* schon ohne uns fit gemacht haben –«

»Nee! Ich will mitmachen beim Schiffbruch! Bitte! Lasst uns mitmachen!«

»Klar, Bela, machen wir. Die Frage ist nur, wie wir da rüberkommen –«

»Wir können nicht näher an die Küste, sonst laufen wir auf Grund!«, brüllt Ema ihnen zu. »Nehmt die Bretter!«

Die Surfbretter! Deswegen liegen die da am Strand aufgereiht. Sofort schnappt Mari sich eins.

»Kommst du, Kurt?«

»Auf keinen Fall!«

»Bitte!«

Kurt verschränkt die Arme und sieht aus wie einer, der sich niemals, nie wieder auch nur einen Millimeter bewegen wird.

»Macht ihr, ich bleib hier.«

»Du brauchst keine Angst zu haben –« Mari will ihren großen Bruder beruhigen, aber Kurt fährt ihr ins Wort:

»Ich hab keine Angst!«, brüllt er. »Was denkt ihr denn alle?«

Kurt starrt Mari zornig an, und Bela drückt erschrocken ihre Hand.

»Nein«, stammelt Mari, »ich –«

Sie sieht zu, wie Kurt sich eins der der Bretter schnappt und damit ins Meer watet. Es sieht ein bisschen aus, als würde er ertrinken, als er bäuchlings auf dem Brett liegend zum Schiff hinüberpaddelt, komplett in seinen düsteren Anziehsachen, aber immerhin kommt er vorwärts. Mari nimmt das andere Brett und legt es ins Wasser.

»Du setzt dich vor mich, okay, Bela? Und halt dich richtig doll fest, ja? Versprochen?«

»Versprochen!«, versichert Bela.

Mari nimmt sich das einzelne Paddel und setzt sich hinter ihren kleinen Bruder aufs Brett. Es ist ein bisschen so wie eben auf Sumi, nur noch wackliger. Trotzdem hat Bela keine Angst. Vielleicht liegt das auch daran, dass Feinur direkt neben ihnen schwimmt und nicht von ihrer Seite weicht, bis sie die *Möwe* erreichen. Dort ziehen Tonda und Ema sie an Bord, helfen ihnen, die Bretter aus dem Wasser zu nehmen, und dann umarmen sie Mari und Bela ganz fest.

»Wir wollten auf euch warten, aber wir mussten die *Möwe* ins Wasser bekommen, bevor die Gezeiten wieder wechseln – bei Ebbe hätten wir keine Chance gehabt –«, erklärt Tonda.

»Eigentlich wollten wir auch noch einen Steg bauen«, sagt Ema, »aber der ist immer wieder kaputtgegangen!«

Mari nickt, obwohl sie nicht alles ganz genau versteht. Ist ja auch egal, jetzt sind sie hier.

»Wo wart ihr denn die ganze Zeit?«, fragt Ema nach einer ganzen Weile.

»Na, im Heckenrosenhaus, wo sonst? Die Frage ist: Wo wart ihr?«

»Hier«, sagt Tonda. »Wir dachten, wir lassen euch mal ein bisschen in Ruhe –«

»Genau!«, unterbricht Ema ihn. »Natürlich haben wir gehofft, dass ihr irgendwann auftaucht, aber als ihr nicht kamt, haben wir schon mal angefangen. So viel Zeit haben wir ja nicht mehr –«

Das stimmt, denkt Mari traurig, es bleibt ihnen nur noch wenig Zeit auf Solupp. Und vielleicht auch deshalb schluckt sie die Enttäuschung runter. Sie hätte gerne dabei geholfen, die *Möwe* wieder seetüchtig zu machen. Aber sie versteht auch, was ihre Freunde meinen, und vielleicht waren sie wirklich ganz gut, diese paar Tage, allein mit Bela und Kurt. Kurt!

Mari erschrickt. Da draußen auf dem Meer hat sie sich so auf Bela konzentriert, dass sie gar nicht mehr auf Kurt geachtet hat. Mari beugt sich über die Reling, sucht das Wasser ab, keine Spur. Oder doch, da unten treibt sein Brett. Oh nein! Mari ist kurz davor, ins Wasser zu springen, aber Ema hält sie fest.

»Falls du Kurt suchst, der ist dahinten!«

Und wirklich, am Eingang zur Kajüte hockt Kurt und guckt grimmig aus der Wäsche.

»Wir haben so viel zu tun, ich hab wirklich keine Ahnung, warum wir jetzt unbedingt auf diesem blöden Kahn rumschippern müssen!«

»Du hättest ja an Land blieben können!«, sagt Mari ärgerlich. Warum muss Kurt sich eigentlich immer wieder in dieses Grollmonster zurückverwandeln? Es war doch alles okay, sie hatten eine schöne Zeit, zusammen mit Bela und auch davor, mit den anderen. Aber irgendwas scheint Kurt jetzt schrecklich schlechte Laune zu verursachen. Mehr noch als die Tatsache, dass sie nicht beim Umbau der *Möwe* dabei waren. Mari beschließt, dass sie das nicht kümmert, und steckt lieber Bela in die Schwimmweste, die Tonda ihr gibt.

Maris kleiner Bruder ist bester Laune, erkundet das Schiff, lässt sich von Joon und Tonda das Steuerrad erklären, spielt Pirat und Entdecker und dann Raumschiff und legt schließlich, völlig erschöpft, den Kopf auf Feinurs Bauch und stopft sich Emas Waffeln in den Mund.

»Wie habt ihr das hingekriegt?«, fragt Mari Joon, der immer wieder nervös in sein *Handbuch für Freizeitkapitäne* guckt, das mit dem Navigieren jedoch dafür, dass er davon bisher nur theoretisch was versteht, erstaunlich gut macht.

»Ema hat Jolka endlich den alten Motor abgeschwatzt, und Tonda kennt sich echt super mit Schiffsmotoren aus und hat es geschafft, den in Gang zu bringen, und das war's dann eigentlich auch schon, und jetzt fährt die *Möwe* wieder! Wahnsinn, oder? Wie einfach das jetzt plötzlich alles war!«

»Ja, Wahnsinn!«, sagt Mari und ahnt, dass es für Ema sicherlich nicht ganz so leicht war, wie Joon denkt.

Joon fährt parallel zur Küste, und wahrscheinlich ist das keine dumme Idee, so als Freizeitkapitän.

»Ich hab euch vermisst«, sagt er schließlich. »Ziemlich! Aber Kurt –«

»Kurt kriegt sich schon wieder ein!«

Joon wirft ihr einen zweifelnden Blick zu, und Mari bemüht sich, zuversichtlich auszusehen, bekommt aber höchstens Mamas Alles-gut-Blick hin. Sie zieht den Kompass unter ihrem Kleid hervor.

»Was soll ich denn jetzt bloß damit machen? Ich kann den ja nicht einfach behalten!«

»Nee, das stimmt, aber Ema hatte eine Idee.«

»Genau!«, ruft Ema, und Mari fragt sich, wie lange sie da schon auf der Truhe in der Ecke sitzt und Solbeerkerne aus dem Fenster spuckt. »Wir werden jetzt einen Haufen Sprobben fangen, und dann gehen wir zu Oona und bringen ihr die, die ist nämlich krank, sagt Jolka, und kann nicht selbst rausfahren –«

»Und bei der Gelegenheit geben wir ihr den Schlüssel zurück«, fällt Joon ihr ins Wort, »und entschuldigen uns, und dann wird sie uns ganz von allein erzählen, was es mit diesem H und dem C, das ein halbes O ist, und mit dem Schiff mit dem kratzigen Namen eigentlich auf sich hat.«

»Und wenn wir das erledigt haben«, nutzt Ema Joons Atempause, »dann sprechen wir mit dem seltsamen Kerl. Wir gehen einfach zu ihm, fragen ihn, was sein Problem ist, und dann überreichst du ihm den Kompass und gut ist.«

Mari lacht: »Wenn ihr das so erzählt, klingt es ziemlich einfach.«

»Ist es auch«, sagt Joon zufrieden.

Dann beugt er sich schnell wieder über sein schlaues Kapitänsbuch: »Luv und Lee, ich verstehe nicht, warum die das nicht einfach Links und Rechts genannt haben!«

»Glaub uns, wir haben alles im Griff!«, sagt Ema, und komischerweise tut Mari das, vertraut sie ihren Freunden, selbst hier, auf dem wilden Meer vor Solupp.

Sie erleiden keinen Schiffbruch. Niemand geht über Bord. Die *Möwe* leckt nicht. Alles geht gut und als Tonda das Netz wieder einholt, das er in Sichtweite der Küste ausgeworfen hat, ist es voller kleiner, kringeliger Fischchen.

»Oona wird sich so freuen!«, ruft Ema begeistert.

»Sind die süß«, quietscht Bela und verbringt den Rest der Fahrt damit, jeder einzelnen Sprobbe einen Namen zu geben. Was gar nicht so einfach ist, weil die Sprobben nicht auf Belas Kommando hören und sich nicht wie in der Kita in Zweierreihen aufstellen, sondern hektisch im Eimer durcheinanderschwimmen.

»Die Armen«, murmelt Kurt beim Blick in den Eimer und das bleibt einer der wenigen Sätze, die er während der gesamten Fahrt sagt.

Mari lehnt mit Tonda und Ema an der Reling, die drei beobachten, wie der Bug der *Möwe* das Wasser durchstößt.

»Schön, dass die *Möwe* jetzt fährt«, sagt Mari und zwinkert Ema zu. Die grinst: »Wurde Zeit, würde ich sagen.«

»Meint ihr, die *Keilkliff* ist irgendwo da unten?« Seit sie in

Belas Museum die Holzplanke mit dem Schriftzug gefunden haben, seit sie wissen, dass *Keilkliff* höchstwahrscheinlich weder ein Ort noch ein fieses Seemonster, sondern ein Schiff ist, denkt Mari darüber nach. Was, wenn die *Keilkliff* hier vor Solupp gesunken ist? *Ein Wort, das traurig macht,* hat Jolka gesagt. Aber wen macht es traurig?

»Schon möglich«, sagt Ema nach einer Weile. »Wie hätte denn sonst ein Teil des Schiffes im Schuppen des Heckenrosenhauses landen sollen?«

»Ich glaube, wir müssen wirklich mit Oona sprechen –«, denkt Mari laut. »Hauptsache, sie spricht!«

»Wir haben Sprobben«, sagt Ema, als ob die kleinen Fischchen die Lösung für praktisch alles wären.

»Alles okay, Tonda?«, fragt Mari. Ihr ist aufgefallen, dass er schon lange nichts mehr gesagt hat, nur hinaus aufs Meer starrt, dorthin, wo irgendwo die Hochsee beginnen muss.

Es dauert eine Weile, bis Tonda ihr antwortet: »Auf Sumi gibt es Wald und Steilküsten und einen einzigen Ort, mit einem Hafen. Unser Haus steht direkt am Wasser und nachts kann man die Wellen hören, wie sie gegen die Kaimauer schlagen. Jeden Morgen, noch bevor es richtig hell wird, fahren wir raus, meine Eltern und ich.« Er zögert. »Wisst ihr, sie fehlen mir so!«

Wieder verstummt Tonda, starrt hinab in die Bugwellen, als stünde dort der Rest seiner Geschichte.

»Ich bin selbst schuld, dass ich vom Kurs abgekommen bin! Ich wusste ja, dass es gefährlich ist, aber ich wollte da raus, dahin, wo der Ozean richtig wild ist und es ganze Schwärme von Stinten und Drachenfischen gibt. Und dann kam der Sturm und als ich wieder zu mir kam, war ich hier auf Solupp –«

»Ja«, sagt Mari, weil sie das Gefühl hat, etwas sagen zu müssen, aber nicht weiß, was.

»Aber wie soll ich jemals wieder nach Hause zurückfinden?«

»Du findest zurück!«, verspricht Mari und sieht Ema Hilfe suchend an.

»Auf jeden Fall!«, versichert die und nickt heftig, so, als hätten ihre Worte damit mehr Kraft, ein Wunder wahr werden zu lassen und eine Unwahrscheinlichkeit wahrscheinlich.

»Der Leuchtturm«, sagt Tonda, »ich glaube, der Leuchtturm ist meine einzige Chance!«

»Noch ein Grund, endlich mit Oona zu sprechen!«, sagt Mari.

Jetzt kommt Bela gelaufen, mit windroten Wangen und zerzaustem Haar verkündet er, dass Joon ihn beauftragt hat, ihnen zu sagen, dass er jetzt lieber wieder zurückfahren möchte. »Am Abend wird die See nämlich noch rauer, sagt Joon!«, beendet Bela seine Botschaft stolz.

»Alles klar!« Tonda tritt von der Reling weg. »Dann geh ich mal zu ihm, ich kann mir vorstellen, dass er ein bisschen Unterstützung braucht –«

Gemeinsam mit Bela verschwindet er im Ruderhäuschen.

Den Rest der Fahrt sehen Mari und Ema schweigend den

Wellen zu und der Gischt und dem Abendrot, das sich immer tiefer in die Ränder des Tages frisst.

Die Tage werden kürzer, denkt Mari, bald ist der Sommer vorbei.

Ein paar Minuten später stellt Joon den Motor ab, wirft Tonda den Anker aus und Joon stößt ein lautes Freudengeheul aus, das wohl vor allem ein Erleichterungsschrei ist: »Wir haben es geschafft! Wir sind nicht untergegangen, wir sind nicht rausgetrieben worden, wir sind heil wieder angekommen!«

Mari, Tonda und Ema lachen und sogar Kurt kann sich ein Grinsen nicht verkneifen. Anscheinend war Joon trotz seines Handbuchs für Freizeitkapitäne ziemlich nervös.

»Auf den Fast-Profi-Kapitän«, ruft Tonda, und dann stoßen sie mit Limonade an.

Die gute Laune hält an, bis sie von Bord gehen wollen.

»Wo sind denn die Sprobben?«, fragt Ema. Sie suchen überall, aber der Eimer mit den Fischchen für Oona ist weg. Oder –

»Bela!«

Mari zieht Bela in die Höhe. Der rote Eimer steht umgedreht an Deck, Bela hat die ganze Zeit drauf gesessen, hat ihnen beim Suchen zugeguckt, ohne irgendwas zu sagen. Mari dreht den Eimer um, aber natürlich ist er leer.

»Bela, wo sind die Sprobben?«

Feinur stellt sich neben Bela, so als wollte er ihm beistehen bei dem, was jetzt kommt.

»Da, wo sie hingehören!«, sagt Bela, vergräbt seine Hände in Feinurs Fell und sieht Mari trotzig an. »Im Meer!«

»Warum hast du das gemacht?«, fragt Tonda fassungslos.

»Das sind Hulk und Flipper und Orca und Lily und Hummel und –«

»Bela«, sagt Mari streng, »komm zum Punkt!«

»Ich wollte nicht, dass diese Oona die isst! Deswegen hab ich sie zurück ins Meer getan. Ich meine, das ist doch ihr Zuhause!«

Fassungslos starren die Großen Bela an.

Als Joon anfängt zu lachen, sehen die anderen ihn irritiert an, aber dann müssen sie auch lachen. Weil Joons Lachen ansteckend und weil das alles doch einfach absurd ist: der ganze Aufwand, den sie betrieben haben, um die Sprobben zu fangen, der Motor, das Boot, das Handbuch, das Joon Nacht für Nacht von vorne bis hinten studiert, das er fast auswendig gelernt hat und das er heute vor Aufregung nicht aus den Händen legen konnte, Kurt, der ins Wasser musste, obwohl er das eigentlich hasst. Das alles, ganz umsonst.

»Ich frag unseren Vater, ob wir was von seinen Experimenten für Oona mitnehmen können«, schlägt Kurt vor, sobald er sich einigermaßen wieder beruhigt hat, »wenn Oona Sprobben mag, dann mag sie auch die Sachen, die Tom herstellt.«

Und so hat Belas Tat doch etwas Gutes, nämlich, dass Kurt endlich wieder mit ihnen spricht und dass es eine sinnvolle Verwendung für Papas Experimente gibt.

NEUNZEHNTES KAPITEL

EINE ZIEMLICH ALTE GESCHICHTE

Wege werden kürzer, je häufiger man sie macht. So ist es auch mit dem zu Oonas Haus, quer über den Midlem. Und während sie bei ihrem ersten Besuch froh war, als sie, den Berggipfel im Rücken, das kleine weiße Haus an der Nordküste schon von Weitem entdeckten, hat Mari dieses Mal einen Kloß im Bauch. Auch den anderen scheint nicht ganz wohl zu sein, ungewöhnlich still machen sie sich an den Abstieg. Ema wie immer auf Calypso, Joon mit Tonda auf Helios und Mari, Kurt und Bela auf Sumi. Das mit Bela war noch so eine Sache, nach seiner Sprobbenaktion war Mari dagegen, ihn wieder mitzunehmen. Am einfachsten erschien es ihr, Mama und Papa zu erzählen, was sie vorhatten. Aber Maris Hoffnung, ihre Eltern würden bei den Stichwörtern *Reiten, Midlem* und *Kälte* die Hände über dem Kopf zusammenschlagen und verbieten, dass Bela mitkommt, erfüllte sich nicht. Mama holte lediglich die warme Jacke aus dem Schrank *(Seht ihr, war doch gut, dass ich die eingepackt habe)* und nahm Bela, der darauf bestanden hat, seinen Nilpferdrucksack mitzunehmen, das Versprechen ab, auf Mari und Kurt zu hören.

»Es sei denn, sie machen irgendeinen Quatsch!«, rief Papa fröhlich aus dem Bad, wo er sich sorgfältig und sichtlich stolz die ersten sichtbaren dunklen Barthärchen wegrasierte.

»Das mit dem Bart, das liegt an der guten Luft!«, hat Mama verkündet und Papa hat ihr einen dicken Kuss gegeben, dann ein Lied über die Großartigkeit der Solupper Luft angestimmt und das war der Moment, in dem Mari, Kurt und Bela das Weite gesucht haben. In den letzten Tagen waren ihre Eltern wirklich furchtbar gut gelaunt und ständig am Knutschen. Es war echt nicht zum Aushalten!

»Ist Oona wirklich eine Hexe?«, fragt Bela mit einer Mischung aus Angst und Faszination, als sie den Fuß des Midlem erreichen.

Ema dreht sich zu ihm um: »Wenn du damit eine schlaue Frau meinst, die sich mit Medizin auskennt, dann ja. Wenn du allerdings einen fliegenden Besen, einen sprechenden Raben und Suppe mit Spinnenbein und Krötenschleim erwartest, dann muss ich dich enttäuschen.«

»Ein sprechender Rabe wäre schon schön –«, stellt Bela fest.

»Immerhin hat sie eine Katze«, tröstet Mari ihn.

Oona, das stellt sich gleich im Garten heraus, hat sogar zwei Katzen. Die kleine weiße, die Mari schon von ihrem letzten Besuch kennt, und eine ziemlich dicke schwarze, die sofort einen Buckel macht, als Bela sich ihr nähert, wahrscheinlich, weil der mittlerweile genauso riecht wie Feinur, nur mit einer leichten Gummischlangennote. Während Bela im Garten versucht, sich mit den Katzen anzufreunden, betreten die Großen das Haus. Mari wäre lieber draußen bei Bela geblieben, aber sie weiß, dass auch die anderen sich vor der Begegnung mit Oona ein wenig fürchten, sie kann sie nicht im Stich lassen.

»Oona?«, ruft Ema vorsichtig. Keine Antwort. In der Küche herrscht noch mehr Chaos als bei ihrem letzten Besuch. Es sieht aus, als hätte Oona versucht zu kochen, es sich dann aber mittendrin anders überlegt.

»Du musst lauter rufen«, flüstert Joon.

»Warum immer ich?«, zischt Ema.

»Oona!«, ruft Mari mutig, aber auch sie bekommt keine Antwort. Sie klopfen an die Tür zum Wohnzimmer, auch hier keine Oona, nur ein leichter Fischgeruch.

»Wie wäre es, wenn wir den Schlüssel einfach zurück ans Brett hängen und gehen?«, schlägt Kurt vor.

»Nicht gut! Wir wollen sie doch auch nach dem H und dem halben O fragen«, erinnert Mari ihn.

Sie schleichen weiter in den Flur. Die Regenjacke ist auf den Boden gefallen und Mari hängt sie wieder an den Haken, wirft bei der Gelegenheit noch einen Blick auf das ernste sepiafarbene Mädchen auf dem Foto. Wenn das Oona ist, dann kann sie doch nicht so schlimm sein! Plötzlich mutig, schiebt Mari sich an der zögernden Ema vorbei und klettert als Erste die schmale Treppe hinauf.

»Was findet Oona nur an dunklen, steilen Treppenhäusern?«, murmelt Joon. »Erst der Leuchtturm und jetzt das!«

Hier oben gibt es drei Türen. Beim Öffnen der ersten wird Joon fast von einem Eiseneimer erschlagen. »Das ist die Abstellkammer, würde ich sagen«, verkündet er, während er die Putzmittel zusammensucht und die Tür schnell wieder zuschiebt, bevor die Sachen eine Chance haben, sich ihm wieder ins Gesicht zu stürzen.

»Jetzt hat Oona bestimmt einen riesigen Schreck bekommen«, sagt Mari und Joon guckt ziemlich betroffen.

Hinter der zweiten Tür finden sie Oona. Die steht im Nachthemd und bewaffnet mit einer Tischlampe neben ihrem Bett und sieht den Fünfen angriffslustig entgegen.

Joon und Ema, die vor Mari stehen, heben unwillkürlich die Hände:

»Wir sind es doch nur, Oona«, sagt Ema, und Mari kann sich vorstellen, wie schwer es ihr fällt, so ruhig zu klingen. Emas Hände zittern sogar ein bisschen, da oben in der Luft. Dabei ist es doch nur eine Lampe, die Oona ihnen entgegenstreckt. Und eigentlich, findet Mari, sieht Oona nicht besonders gruselig oder gefährlich aus. Überhaupt völlig anders, als Mari sie sich vorgestellt hat. So ungern sie das zugeben würde, genau wie Bela hat Mari bei Oona an eine alte, verwarzte Hexe wie aus dem Märchenbuch gedacht. Aber Oona sieht eher aus wie eine gute alte Fee im Nachthemd. Sie hat ein rundes Gesicht mit dunklen, wachen Augen, ihr Haar ist lang und schneeweiß und auf ihrem Nachthemd sind keine Blümchen oder so, sondern da steht in geschwungenen Buchstaben:

Wake up, Honey!

Immerhin nicht schon wieder Keilkliff, denkt Mari und muss kichern. Tonda und Kurt sehen sie von der Seite an, als hätte sie den Verstand verloren, aber über Oonas Gesicht huscht ein Lächeln. Sie lässt die Lampe sinken.

»Du bist das Mädchen, das im Wellenzimmer wohnt, hab ich recht?«

Mari nickt: »Wir machen hier Ferien.«

»Weiß ich doch«, sagt Oona. »Und du, du da in Schwarz, du hast dir bestimmt das größte Zimmer geschnappt?«

Kurt nickt perplex.

»Und euer Bruder bringt den Katzen im Garten Salto bei.«

Mari muss sehr entsetzt geguckt haben, denn Oona lacht: »Keine Hellseherei, nur ein kurzer Blick aus dem Fenster, ihr wart ja nun wirklich nicht besonders leise.«

Ihr Blick wandert weiter.

»Und da haben wir den lieben Joon und die kleine Ema –«

»Ich bin nicht –«

»– mehr klein, seh ich doch!« Oona lässt sich wieder aufs Bett sinken. »Meine Lieben, ich habe Kopfschmerzen!«

»Ich dachte, Sie hätten diese Julialgenmedizin? Warum nehmen Sie die nicht einfach?« Kurt sieht Oona gespannt an, aber die sagt nichts, sondern mustert Tonda.

»Dich kenne ich noch nicht, du bist neu, oder?«

»Tonda Tarson, ich komme von der Insel Sumi –«

Tonda sieht Oona erwartungsvoll an.

»Sumi«, sagt die nachdenklich, »nein, nein, noch nie gehört!«

Mari merkt, wie enttäuscht Tonda ist. Wahrscheinlich hat er gehofft, dass die alte Oona sich auskennt, nicht nur mit diesem Meer, sondern auch mit den weit, weit entfernten.

»Das Julikraut?«, hakt Kurt nach.

»Das hilft gegen alles Mögliche, aber leider nicht gegen Kopfschmerzen, die durch Kopfzerbrechen verursacht wurden.« Oona lässt ihren Kopf zurück ins Kissen sinken.

Und Mari hat das Gefühl, dass die Fischerin übertreibt, dass sie ihnen hier was vorspielt, so wie Mari das selbst manchmal macht, am Mittwoch, wenn sie den spuckenden Herrn Ringelnatz in Bio haben.

»Wieso zerbrechen Sie sich denn den Kopf?«

Jetzt ist sie in die Falle getappt, das sieht Mari Oonas Gesichtsausdruck an.

»Ich frage mich, wo nur mein Schlüssel ist. Wisst ihr, bis vor ein paar Tagen hatte ich einen zugegebenermaßen ziemlich unnützen Schlüssel zum Leuchtturm und dann sehe ich eines Abends, dass da ein anderer Schlüssel hängt. Einer, der noch unnützer ist, weil er zu dem Schrank mit dem Goldrandgeschirr gehört und wer, meine Lieben, braucht schon Geschirr mit Goldrand?«

»Unsere Oma!«, sagt Kurt, aber Oona winkt ab: »Jedenfalls ist er weg. Was sagst du dazu, Tonda Tarson?«

Ema nickt dem Fischerjungen zu. Der macht einen mutigen Schritt vor und übergibt Oona den Schlüssel. Und plötzlich fühlt sich der Kompass an Maris Hals noch schwerer an. Gedankenverloren zieht sie ihn hervor. Als sie wieder aufsieht, starrt Oona sie an. Nein, eigentlich starrt sie nicht Mari an, sondern sie starrt auf den Kompass in ihrer Hand.

»– es tut uns schrecklich leid, das mit dem Schlüssel, das hätten wir natürlich nicht machen dürfen, hier einfach reinkommen und alles durchwühlen –«

Weil Oona nicht antwortet, redet Tonda sich um Kopf und Kragen. Er bemerkt gar nicht, wie Oonas ganze Aufmerksamkeit längst nur noch dem Kompass gilt.

Joon kommt ihm zu Hilfe: »– und als Entschuldigung haben wir ganz viele leckere Sachen mitgebracht!«

Nervös beginnt Kurt, Papas Kreationen aus seinem Rucksack zu holen, stapelt mit Joons Hilfe eine nach der anderen auf Oonas kleinem Nachttisch: Mousse au Solbeere, Karottensorbet mit Steinpilzsoße, Drachenfischkuchen mit Haselnusskruste – Papa hat es ein bisschen übertrieben, als sie ihm erzählt haben, dass sie mit dem Essen einer kranken, alten Fischerin eine Freude machen wollen.

»Ihr müsst aber ein ziemlich schlechtes Gewissen haben«, stellt Oona nach einem Blick auf ihren vollgestellten Nachttisch amüsiert fest. Sie schnappt sich das Möhrensorbet und beginnt zu essen.

»Wir hätten auch noch eine Frage«, sagt Ema ungewohnt schüchtern.

»Wie bitte?«

»Eine Frage hätten wir –«, kommt Mari ihrer Freundin zu Hilfe und kramt die seltsame Karte, die sie im Leuchtturm gefunden haben, aus dem Rucksack hervor. Die ist ziemlich zerknittert und hat unterwegs ein bisschen Steinpilzsoße abbekommen, was Mari ziemlich unangenehm ist. Nachdem sie eine ganze Weile vergeblich versucht hat, sie sauber und glatt zu kriegen, nimmt Tonda sie ihr aus der Hand und reicht sie an Oona weiter. Unwillig stellt die ihr Sorbet zur Seite. Doch als sie die Karte genauer betrachtet, verändert sich ihr Blick. Sie kneift die Augen und den Mund zusammen, so, als müsse sie sich jetzt ganz genau konzentrieren, als suche sie im hintersten Winkel und dort in der chaotischsten Kramkiste ihres Gehirns nach einer Erinnerung.

»Das ist eine Karte«, sagt sie, »das sieht man doch!«

»Ja!«, ruft Ema ungeduldig. »Aber wofür?«

»Muss man denn jede Karte lesen, jedem Weg folgen, muss denn jedes Geheimnis unbedingt gelüftet werden?«, fragt Oona und widmet sich wieder ihren Karotten.

»Finde ich schon!«, sagt Ema. »Jemand hat sich die Mühe gemacht, diese Karte zu zeichnen, und dabei muss diese Person sich doch etwas gedacht haben –«

»Das kann schon sein«, sagt Oona, »übrigens, was ist das für ein Amulett?«

Mari wusste, dass diese Frage früher oder später kommen würde, gleich, als sie Oonas Blick gesehen hat. Sie will es schon erklären, aber da fällt ihr etwas ein: »Ich erzähle Ihnen alles, was ich dazu weiß, wenn Sie uns alles erzählen, was Sie über den Leuchtturm und die *Keilkliff* wissen!«

Kurt sieht Mari anerkennend an. Was denkt er? Dass sie keine Ahnung hat, dass sie nicht weiß, wie man verhandelt? Also bitte!

Oona mustert Mari forschend: »*Keilkliff* also – Warum wollt ihr die hören, diese alte Geschichte?«

»Weil uns dieses Wort hier ständig begegnet, weil wir fast den ganzen Sommer damit verbracht haben, herauszufinden, was *Keilkliff* ist, und weil –«

Mari verstummt: *Und weil es dieses kratzige Wort war, das uns alle zusammengebracht und das Kurt aus seinem Zimmer gelockt hat*, wollte sie eigentlich sagen, aber nein, das behält sie lieber für sich. Denn was, wenn alle Geheimnisse gelüftet sind, was machen sie dann? Verschwindet Kurt dann wieder? Haben Ema und Joon und Tonda dann noch Lust, Zeit mit Mari und Kurt zu verbringen? Wird Tonda den Weg nach Hause finden und Mari zurück in die Stadt fahren? Und wird alles so sein, als ob es Solupp, seine Geheimnisse und diesen Sommer nie gegeben hätte? Fast wünscht Mari sich, dass Oona nicht antwortet, aber die alte Fischerin stellt das Essen beiseite, fährt sich durch ihr leicht zerzaustes Haar und deutet auf die Holzbank, die an der Wand steht. Und als sie dort sitzen, so dicht gedrängt nebeneinander wie vor Tagen oder Wochen oder Jahren in jener Gewitternacht, als das Meer Tonda nach Solupp gebracht hat, auf Joons Küchensofa, beginnt Oona, zu erzählen.

»Vor vielen, vielen Jahren, als es noch keine Stromleitungen gab und selbst auf dem Festland längst noch keine Autos, waren die meisten Menschen auf Solupp Walfänger. Mit Beginn des Frühlings fuhren sie auf ihren großen Dreimastern raus aufs Meer, in Richtung Grönland. Dort jagten sie mit Harpunen die riesigen Wale –«

»Voll daneben!«, unterbricht Kurt Oonas Erzählung.

»Das kann sein, Kurt, aber damals war das noch so und damals gab es noch viele Wale …«

»Ja, bis die weggefischt waren!«, empört Kurt sich und Mari sieht, wie Joon ihm beruhigend die Hand auf den Arm legt, wie Kurt die energisch wegschiebt, wie Joon daraufhin ziemlich betreten aussieht.

»Genau. Und da geht die Geschichte, die ich euch erzählen soll, eigentlich auch erst richtig los. Oder wollt ihr sie nicht hören?«

»Doch!«, rufen sie alle wie aus einem Mund. Oona lächelt.

»Jedenfalls lief das mit dem Walfang irgendwann nicht mehr so gut. Und wie Kurt schon ganz richtig gesagt hat: Die Seeleute aus aller Welt hatten einfach zu viele Tiere gejagt und bald fanden sie auf ihren Reisen nicht mehr genug, als dass es sich gelohnt hätte, noch weiter rauszufahren und ihr Leben in den Eismeeren zu riskieren. Die Solupper ignorierten das viele Jahrzehnte, jagten auch noch den letzten Walen hinterher, aber irgendwann mussten sie einsehen, dass es keinen Sinn mehr hatte, und schließlich wurde der Walfang ganz verboten –«

»Zum Glück!«, unterbricht Mari sie. Oona erzählt weiter, als hätte Mari nichts gesagt.

»Die meisten von ihnen wurden Sprobbenfischer, einige verließen Solupp ganz und gingen aufs Festland. Aber ein Junge, er war gerade sechzehn, kaum älter als ihr beiden, Kurt und Joon, er machte es anders.«

»Wie, anders?«

Oona zögert, dann holt sie tief Luft: »Wir haben nie darüber gesprochen, es war eine Schande, er war eine Schande –«

Neben Mari rutscht auf einer Seite Tonda, auf der anderen Ema ungeduldig hin und her.

»Er wurde Pirat.«

Oona blickt auf ihre Hände hinab, als würde sie sich persönlich dafür schämen.

»Pirat?« Joon starrt die alte Frau ungläubig an.

»Ja, Pirat.« Oona schaut weiter auf ihre Hände, während sie erzählt. »Er hat sich unterwegs ein paar Leute zusammengesucht, alles junge Kerle und vermutlich auch ein paar Mädchen mit Abenteuerlust, um andere Schiffe und kleine Hafenstädte zu überfallen und auszurauben. Wenn sie nach Solupp zurückkamen, hatten sie unfassbare Schätze dabei –«

»Schätze –«, murmelt Ema, und Tonda zischt: »Pst!«

»Ja, genau so haben die Solupper auch reagiert. Sie waren besessen von den ganzen Reichtümern, ganz gierig. Die Fischerei und die Landwirtschaft reichten gerade mal fürs eigene Überleben, da war nicht viel mit schöner Kleidung und Goldrandgeschirr –«

»Der Pirat hat sich von seiner Beute doch wohl kein Goldrandgeschirr gekauft, oder?« Die Vorstellung dieser Goldverschwendung erschreckt Mari fast mehr als Oonas Geschichte von dem Solupper Fischer, der zum Piraten wurde.

»Er hat alles Mögliche gekauft, ihr könnt es mit eigenen Augen sehen!«

Die Kinder sehen sich um, aber in Oonas Zimmer glitzert nichts, sieht nichts besonders wertvoll aus, weder die grellpinkfarbenen Plastikblumen auf dem zweiten Nachttisch noch ihre ausgelatschten Pantoffeln.

»Nein, nicht das hier. Dieses Haus habe ich gebaut, viel später. Aber das Heckenrosenhaus, die mechanische Wendeltreppe, die prächtigen Wandbemalungen? Und früher, müsst ihr euch vorstellen, standen alle Räume voller kostbarer Möbel. Es war fast wie ein Museum, so viel Plunder –«, sagt Oona gedankenverloren, »nun ja –«

Mari stutzt: »Aber warum sind die ganzen Schätze, also warum ist das Goldrandgeschirr denn jetzt hier bei Ihnen?«

Kurt gönnt ihr schon wieder einen anerkennenden Blick und so langsam beginnt Mari die Sache Spaß zu machen.

»Der Pirat war mein Bruder«, sagt Oona und betrachtet wieder ihre Hände.

»Aber was hat das alles miteinander zu tun?« Tonda sitzt mittlerweile an der Kante der Bank und sieht so aus, als würde er Oona schütteln wollen.

»Geduld, mein Lieber, je älter eine Geschichte ist, desto länger wird sie nun mal.« Oona schüttelt amüsiert den Kopf.

»Oh, oh, das war jetzt so ein richtiger Märchenomaspruch, was?«

Keiner von ihnen traut sich zu nicken.

»Aber das ist kein Märchen, leider. Das ist meine Geschichte. Es war nicht so, dass mein Bruder allen erzählt hat, dass er Pirat ist, oh nein! Das macht man nicht, nicht mal damals: ›Mama, Papa, oder besser: Mutter, Vater, ich bin jetzt Pirat –‹ Nein, er hat ihnen weisgemacht, dass er Handel treibt, mit Stoffen und Solupper Sprobben. Aber es muss ihn zerrissen haben, sie anzulügen, und eines Tages hat er sich mir dann anvertraut –«

»Und wer hieß jetzt Keilkliff? Dein Bruder? Sein Schiff?«, fragt Tonda ungeduldig.

»Niemand von uns hieß Keilkliff. Der Pirat, also mein Bruder, hieß Will, mein Vater hieß Henry –«

»H«, ruft Ema. »H wie Henry!«

»Ihr habt im Logbuch gelesen, nicht wahr?«

Ema nickt.

»Aber wie ging es weiter?« Tonda ist mittlerweile auf den Boden gerutscht, hockt dort und hängt an Oonas Lippen. »Was hast du dazu gesagt?«

»Es gab ein Unglück.«

Oona atmet tief durch, als sie weiterspricht, ist ihre Stimme ganz leise:

»Ich hatte meinem Bruder versprochen, das Geheimnis für mich zu behalten, hoch und heilig. Und das habe ich auch getan. Jedenfalls zunächst. Aber es ist mir immer schwerer gefallen. Weil alle meinen Bruder gefeiert haben. Auf Solupp war Will der erfolgreiche Händler, ein großzügiger, fürsorglicher Held, der viele Solupper Familien vor dem Verhungern gerettet hat, und ich nur irgendein Mädchen, das zu Hause bleibt, die Netze flickt und ihren Eltern zur Hand geht. Und eines unseligen Tages habe ich es meinem Vater dann erzählt –«

»Du hast ihm gesagt, dass Will ein Pirat ist?« Kurt klingt so entsetzt, als wäre ihm persönlich das passiert.

»Ja, und unser Vater ist schrecklich zornig geworden. Als Will das nächste Mal mit einem Schiff voller Diebesgut nach Solupp kam, hat mein Vater all die wertvollen Sachen genommen und eine nach der anderen von den Klippen hinab ins Meer geworfen: Stoffe, Gewürze, Gemälde und sogar Gold. Und dann hat er Will gesagt, dass er verschwinden und nie wiederkommen soll.«

Mari schluckt und auch die anderen schweigen betreten. Tonda steht abrupt auf und geht zum Fenster.

»Als Will wirklich nicht wiederkam, ist unser Vater fast verrückt geworden vor Kummer. Er hat ihn so vermisst, es tat ihm so furchtbar leid. Das hat er natürlich nicht gesagt, stattdessen hat er den Leuchtturm gebaut –«

»Für Will?«, fragt Ema vorsichtig.

»Genau, damit er weiß, dass es seinem Vater leidtut, dass er zurückkommen soll, trotz allem.«

»Und, ist er zurückgekommen?« Tonda hat sich wieder zu ihnen umgedreht, sein Gesicht ist ganz nass und Mari steht leise auf. Sie fragt nichts, sie sagt nichts, sie stellt sich einfach nur neben ihn.

»Nein«, sagt Oona. »Aber unser Vater ist ihm gefolgt –«

Die Stille im Raum beißt Mari in den Ohren. Als Tonda neben ihr die Nase hochzieht, klingt das unheimlich laut.

»Ich musste ihm vor der Abreise versprechen, dass ich den Leuchtturm in Gang halte. Und das habe ich auch gemacht, natürlich, jahrelang. Erst zusammen mit meiner Mutter, dann später allein. Ich hab mir ja nichts mehr gewünscht, als dass sie zurückkommen.«

»So ein Mist!«, das ist Mari so rausgerutscht und alle sehen sie erschrocken an. »Ich meine, das kann er doch nicht machen, dich allein lassen und so! Die können doch nicht einfach alle immer weggehen!«

Und jetzt ist es Ema, die aufsteht, sich neben Tonda und Mari ans Fenster stellt, die Maris Hand nimmt und ganz fest drückt, so fest, dass es fast wehtut, aber eben nur fast.

Oona sieht Mari traurig an: »Ich weiß, dass es ihm nicht leichtgefallen ist, meine Mutter und mich hier auf Solupp zurückzulassen, nein, es hat ihm das Herz zerrissen. Und trotzdem musste er Will hinterher, versuchen, ihn nach Hause zu holen –«

Die Kinder sehen Oona fassungslos an, die leise, aber mit fester Stimme weiterspricht: »Meine Mutter und ich haben auf den Leuchtturm aufgepasst. Wir haben gewartet, wir haben geflucht, wir haben gehofft und gebangt und manchmal, in den längsten, dunkelsten Sturmwinternächten, haben wir auch geweint. Nach dem Tod meiner Mutter war ich die letzte Leuchtturmwärterin. Jahrelang bin ich die steile Treppe hinaufgestiegen, hab Nacht für Nacht das Leuchtfeuer bewacht und Ausschau gehalten, hab darauf gewartet, dass sie beide oder zumindest einer von ihnen zurückkommen würden. Und eines Tages hat es mich dann gepackt. Ich stand oben im Turm und sah aufs Meer hinaus und plötzlich fiel es mir wie Goldkopfschuppen von den Augen, wusste ich, dass ich selbst rausfahren musste –«

»Aber?«

Oona zuckt die Schultern: »Ich hab das alte Fischerboot meines Vaters repariert und dann bin ich losgefahren, bis ungefähr dort, wo von Solupp aus gesehen der Horizont beginnt –«

»Und?«

»Und da hab ich abgedreht, bin zurückgefahren, bis in die wärmeren, seichteren Gewässer, direkt vor Solupp, und da hab ich dann meine Netze ausgeworfen.«

»Warum?«, fragt Ema. »Weil du das Holzstück mit dem Namen des Schiffes gefunden hast und wusstest, dass die Keilklifft untergegangen ist?«

Oona sieht sie erstaunt an. »Nein. Weil es genug war. Einfach genug. Genug Verschwundene, genug Trauer und genug Wut. Ich war ständig so wütend auf sie alle, auf meinen Bruder, der unbedingt Pirat werden musste, auf meinen Vater, der mich und meine Mutter zurückgelassen hat, um meinen Bruder zu suchen. Und auf mich. Wohl vor allem auf mich. Weil ich Wills Geheimnis damals nicht für mich behalten habe. Noch an dem Tag bin zum Leuchtturm hoch, hab den Brennkolben zerschlagen und die Tür ein für alle Mal zugesperrt. Ihr könnt euch nicht vorstellen, wie verzweifelt und zornig ich war –«

»Doch«, unterbricht Mari sie, »das können wir!«

Und Mari sieht, wie ihr Bruder nickt.

Später trinken sie in der Küche schwarzen Tee mit viel Milch und noch mehr bernsteinfarbenem Kandis. Nicht aus dem Goldrandgeschirr, sondern aus einer Sammlung windschiefer Jolka-Tassen. Bela erzählt fröhlich von seinen Abenteuern mit den Tieren, davon, wie er den schwarzen Kater am Ende doch noch von sich überzeugt hat (mit einem Zauberspruch), aber Mari fällt es schwer, ihm zuzuhören. Ihre Gedanken stecken noch tief in Oonas Geschichte fest – irgendwas stimmt nicht, irgendwas fehlt noch –

»Keilkliff!«, ruft Mari. »Was ist denn nun damit?«

Aber Oona schüttelt nur den Kopf, sieht zum ersten Mal wirklich erschöpft aus und alt.

»Vergesst dieses Wort!«, sagt sie müde. »Vergesst es einfach.«

Und Mari stellt sich Oona vor, als ernstes Mädchen in Sepia, in einer eigentlich bunten Welt, in einem Früher, in dem es genau wie heute Trauer gibt und Wut und Hoffnung und Träume und Angst und Vermissen. Ein Mädchen in ihrem Alter, das an einem Küchentisch sitzt, während seine Familie um es herumschwirrt und diskutiert und vielleicht lacht, ein Mädchen, so wie Mari, das mit dem Zeigefinger ein Wort nachfährt, das im Hals kratzt, wenn man es laut ausspricht. Ein Mädchen, aufgehoben in einem Moment, in dem noch alles gut war und kurz darauf ganz und gar nicht mehr.

»Mari?«

Oona holt Mari zurück aus ihren Gedanken.

»Der Kompass –«

Mari zieht den Kompass unter ihrem Kleid hervor und nimmt ihn ab.

»Es ist nur«, sagt Oona ganz leise, »er hat meinem Vater gehört.«

Die Kinder sehen einander an und es ist Tonda, der als Erster auf den Beinen ist: »Ich glaube, wir müssen jetzt ganz dringend los!«

Auch die anderen springen auf. Oona sieht sie verwirrt an.

»Wo müsst ihr denn so schnell hin auf einmal?«

Mari nimmt Oonas Hand, legt den Kompass hinein und schließt die feinen, faltigen Finger darum: »Pass gut darauf auf«, sagt sie, »wir klären nur kurz was!« Sie will noch nichts sagen, von dem, was sie alle denken: dass der seltsame Mann, der den Kompass verloren hat, vielleicht Oonas Vater ist, der endlich nach Solupp zurückgekehrt ist.

»Aber wir kommen wieder«, sagt Kurt, »versprochen!«, und dann laufen Mari und er los, hinaus zu den anderen, die schon bei den Ponys warten. Gemeinsam machen sie sich auf den einzigen Weg Solupps, den sie noch nie gegangen, nie geritten sind, den an die Ostküste.

ZWANZIGSTES KAPITEL

ZWANZIG STREICHHÖLZER

Wenn wohlbekannte Wege die Angewohnheit haben, kürzer zu werden, müssten neue sich dann nicht ewig anfühlen? Mit dem Weg an die Ostküste ist es anders. Mari spürt die Zeit nicht mehr. Vielleicht liegt das daran, dass sie immer noch nicht ganz wieder aufgetaucht ist aus Oonas Sepiawelt, aber als Ema Calypso schließlich zum Halten bringt und verkündet, dass das nun der Sund ist, der Nord- und Ostküste verbindet, hat Mari das Gefühl, dass allerhöchstens ein paar Sekunden vergangen sein können.

Die Ponys trippeln angesichts des schmalen Landstreifens, der links und rechts von Wasser umgeben ist, nervös hin und her und auch Mari und den anderen geht es nicht viel besser. Sie wissen, dass diese Sache erledigt werden muss, aber es hatte ja auch einen Grund, dass sie die Ostküste bisher gemieden haben – spätestens, seit Mari den seltsamen Mann dorthin hat verschwinden sehen. Und noch nie war Mari so froh, dass sie Bela vor sich und Kurt hinter sich sitzen hat.

»Es hat ja keinen Sinn, jetzt noch lange zu warten«, stellt Ema fest. »Ich würde sagen, alles, was wir an Plan brauchen, ist, dass wir aufeinander aufpassen, okay? Also keine Alleingänge, Mari, keine blöden Witze, Joon, keine Wutanfälle, Kurt, nicht resignieren, Tonda, keine Sprobbenbefreiung, Bela, und Ema«, ermahnt Ema besonders streng sich selbst, »keine oberschlauen langen Reden, wenn die Zeit drängt.«

»Los geht's!«, ruft Mari.

»Los geht's«, wiederholen die anderen und dann schnalzen sie mit den Zungen und die Ponys galoppieren hintereinander her über den schmalen Sund in den Osten.

Die Ostküste der Insel ist wie eine Mischung aus allem und sollte es jemals eine Postkarte von Solupp geben, dann wird sie wahrscheinlich die Ostküste zeigen: die schroffen Felsen, die sanfte Brandung und die Wellen, die immer höher werden, je weiter man aufs Meer hinausfährt, den pudrigen Sand und die vereinzelten, flirrenden Silberbirken. Der größte Unterschied, denkt Mari, als sie am Strand entlangtraben, ist, dass hier an der Ostküste offensichtlich niemand lebt. Keine Spur von dem seltsamen Mann, der vielleicht, hoffentlich, Oonas Vater ist.

Nachdem sie eine Weile ratlos am Strand auf und ab geritten sind, Ausschau gehalten, wieder und wieder »Hey!« gerufen haben und »Hallo«, nachdem sie gründlich gelauscht haben, ob ihnen jemand antwortet, und nie eine Antwort kam, springt Joon schließlich von Helios' Rücken: »Wartet mal!«

Die anderen sind froh über die Pause, alle sind erschöpft,

schließlich haben sie heute schon den Midlem überquert, so viel Neues von Oona erfahren und jetzt auch noch diese vergebliche Suche –

Und ausnahmsweise wäre Mari gerade am allerliebsten in ihrem Bett. Oder noch lieber mit allen zusammen im Garten des Heckenrosenhauses, wie an jenem Abend, nachdem sie den Leuchtturm erforscht hatten.

»Also, der seltsame Mann ist weg und wir haben keinen Plan –«, fängt Joon an.

»Doch!«, unterbricht Tonda ihn. »Haben wir!«

Er holt das Papier mit den seltsamen Strichen aus seiner Tasche und breitet es auf dem warmen Sand aus.

»Aber was soll uns das sagen?«, ruft Ema frustriert. »Ich seh da nur Gekritzel!«

Bela, der bisher nur ungewohnt stumm dagesessen und an der Kordel seiner Windjacke gekaut hat, beugt sich über das Papier.

»Das ist kein Gekritzel, das sind Wellen!«, sagt er bestimmt.

»Nee, das –«, fängt Kurt an, aber dann verstummt er. Sie sehen alle, dass Bela recht hat. Jemand hat Wellen gemalt, Wellen von oben und Mari dämmert etwas.

»Aber was helfen uns Wellen?«, fragt sie. »Was ist, wenn das einfach nur eine blöde Zeichnung ist? Wenn jemand, Oonas Vater oder ihre Mutter oder sogar Oona selbst, oben auf dem Leuchtturm gesessen hat, seit Stunden, sich schrecklich gelangweilt und dabei vor sich hin gekritzelt hat, so wie du und Papa das immer macht, wenn ihr telefoniert?«

»Wir haben einen Schmierzettel für eine Schatzkarte gehalten!« Ema klingt, als würde sie gleich weinen, und auch Mari merkt, wie sie immer erschöpfter wird.

»Denk dran, Ema«, sagt Tonda, »nicht resignieren.«

»Aber es ist so frustrierend«, stöhnt Ema und lässt sich rücklings in den Sand fallen. »Ich meine, wir haben schon so viel getan, so viel gefunden, uns so viel getraut und jetzt stecken wir einfach fest, kurz vor dem Ziel!«

»Hm«, macht Joon, »wisst ihr, was ich immer mache, wenn ich schlechte Laune bekomme?«

»Darf ich dich dran erinnern, dass du nie schlechte Laune hast, Joon?«, knurrt Ema.

»Eben!«, grinst Joon. »Weil ich, bevor das passieren kann, eine Runde ins Meer gehe –«

Und dann zieht er sich bis auf die Unterhose aus und stürzt sich auf die spezielle Joon-Art Hals über Kopf in die Wellen.

»Ich weiß wirklich nicht, wofür das gut sein soll«, murmelt Kurt und sieht Joon nachdenklich hinterher.

»Vielleicht entdeckt er ja beim Schwimmen das Wellenmuster wieder und dann wissen wir, wo wir den Schatz suchen müssen«, schlägt Mari vor.

»Haha«, macht Kurt halblustig, »das ist doch supergefährlich, was er da macht!«

»Es ist Wasser, Kurt«, sagt Mari, »nur Wasser!«

»Ich will auch!«, ruft Bela, wirft seinen Nilpferdrucksack ab und ist schon dabei, sich die Jacke auszuziehen.

»Du bleibst hier!« Kurt hält seinen kleinen Bruder fest.

»Es reicht, wenn sich einer von uns eine Lungenentzündung holt.«

»Apropos Lungenentzündung«, Tonda sieht mit finsterer Miene zum Himmel hinauf, »ich glaube, da kommt ein Sturm auf uns zu!«

Und wirklich: Am Himmel haben sich dunkle Wolken zusammengezogen und schon fallen die ersten Tropfen.

»Das gibt ein ordentliches Gewitter«, sagt Ema.

Kurt sieht sie entsetzt an, dann springt er auf und rennt hinunter zum Wasser: »Komm raus, Joon! Das ist supergefährlich!«

»Wir sollten uns was zum Unterstellen suchen«, sagt Mari und sieht sich suchend um. Aber da sind nur die zierlichen Silberbirken mit ihren seidenpapierfeinen Blättern und die sind kein besonders gut geeigneter Schutz gegen ein Soluper Sommergewitter. Oder ist das schon der Herbst?, überlegt Mari. So, wie der Wind jetzt über den Strand braust, die Birken biegt, als wären sie Grashalme, wie er das Meer aufwühlt, das sieht eigentlich nicht nach einem kurzen Unwetter, sondern eher nach einem Wetterumschwung aus.

»Na toll!«, ruft Ema gegen den tosenden Wind an. »Und das genau zu meinem Geburtstag!«

Stimmt, übermorgen hat Ema Geburtstag! Das ist bei all den Abenteuern völlig in Vergessenheit geraten.

»Bevor wir Geburtstag feiern können, müssen wir hier eh erst mal heil rauskommen«, murmelt Tonda.

»Tonda, nicht resi–«

»– resignieren, ich weiß. Wir wäre es, wenn wir uns mal den Felsen da ansehen?«

Mari sieht zu der Felswand hinüber, auf die Tonda zeigt, die hier im Osten nicht ganz so steil ist wie an Oonas Nordküste, aber schroffer als im Westen. Und wirklich, auch hier gibt es eine Öffnung im Stein. Mari hat keine große Lust, in das dunkle Loch zu klettern, aber vermutlich ist es ihre einzige Chance, nicht vollkommen durchweicht zu werden.

»Okay, das machen wir!«, findet auch Ema. »Joon, Kurt, kommt!«

Mari, Tonda und Ema nehmen die Pferde, während Kurt Bela an die Hand nimmt und gleichzeitig Joon antreibt. Je düsterer der Himmel wird, je stärker der Regen, desto einladender wirkt das dunkle Loch im Felsen.

Glücklicherweise stellt es sich als groß genug für alle heraus.

»Ich wünschte, wir hätten Licht«, sagt Joon bibbernd. Die regenklamme Kleidung hilft nicht gegen die Kälte in den steinernen Wänden, auch Mari fröstelt. Hier in der Höhle ist es stockdunkel und auch draußen wirkt es inzwischen, als wäre die Dunkelstunde schon hereingebrochen.

»Moment!« Mari hört, wie Bela dicht neben ihr in seinem Nilpferdrucksack wühlt. Kurze Zeit später flammt der Lichtkegel seiner geliebten Eulenaugentaschenlampe auf. Er ist nicht besonders stark, aber immerhin.

»Bela!«, ruft Kurt. »Du bist großartig!« Bela strahlt mit seiner Taschenlampe um die Wette.

»Klar«, sagt Mari grinsend, »das stand doch in der Flaschenpost: Kleine Leute sind eben oft –«

»– die letzte Rettung«, sagen Kurt, Ema, Tonda, Mari und Joon wie aus einem Munde.

»Genau«, ruft Bela, »und außerdem hab ich noch Streichhölzer, Gummischlangen, meine Trinkflasche, Maris Fußballkartensammelheft und eine Trillerpfeife dabei.«

»Nicht schlecht«, sagt Tonda anerkennend, »was wir hier mit den Fußballkarten machen sollen, weiß ich nicht, aber könnte ich einen Schluck trinken?«

Und nachdem der Regen länger anhält, als ein Himmel Wolken haben kann, stellen sich selbst die Fußballkarten als überraschend nützlich heraus.

»Meiner ist schneller!«, ruft Joon und nimmt Mari ihren Lieblingsstürmer weg.

»Aber gegen meine Schusskraft kommt er nicht an!«, triumphiert Ema und reißt Joon einen ganzen Stapel Karten aus der Hand.

Tonda und Kurt sehen sich das Ganze eine Weile schweigend an, dann machen sie sich daran, die Höhle genauer zu erforschen. Streichholz für Streichholz dringen sie in die Ecken vor, die das Licht der Taschenlampe nicht erreicht. Doch dann flattert ihnen aus einer dunklen Ecke etwas entgegen.

»Papillon!«, ruft Tonda erleichtert. »Ich dachte schon, hier gibt es Fledermäuse!«

»Nanana, Keilkliff«, sagt Papillon und kneift Tonda sanft ins Ohr.

»Ema, wir haben Papillon!«, ruft der.

Liebevoll streichelt Ema dem Papagei über die bunten Federn.

»Wo warst du nur die ganze Zeit?«

»Keilkliff«, krächzt Papillon aufgeregt.

»Meint ihr, er will uns damit was sagen?«, überlegt Ema.

Als Antwort fliegt Papillon von ihrer Hand und verschwindet in der Dunkelheit. Immer wieder ruft Ema nach dem Papagei, aber er kommt nicht zurück.

»Hier hinten ist eine Öffnung!«, ruft Kurt. »Hier muss er reingeflogen sein!«

Er steht vor einem etwa Bela-großen Loch im Fels, hinter dem nichts als Dunkelheit liegt.

»Ja, okay, ein Loch«, sagt Joon, »aber nur weil da ein Loch in einer Wand ist, bedeutet das ja nicht automatisch, dass er da reingeflogen ist.«

»Nein –«, sagt Kurt und sieht Joon herausfordernd an, »aber es könnte gut sein!«

»Ich finde, Joon hat recht«, mischt Tonda sich ein, »wir haben keinerlei Grund, da hineinzusteigen. Ganz im Gegenteil: Wir sind ja nicht in irgendeinem komischen Abenteuerfilm, uns fällt da drinnen nur die Decke auf den Kopf! Papillon kann überall sein.«

Das sieht selbst Kurt ein und ein bisschen, findet Mari, sieht er auch erleichtert aus. Sie will gerade hinter den anderen her, zurück in die große Höhle, als Mari etwas hört. Oder hat sie sich das nur eingebildet? Nein, da ist was! Ein Krächzen! Papillon!

Mari steckt ihren Kopf tief in das Loch, hier drinnen ist es noch kälter als in der großen Höhle und die Luft riecht metallen. Da ist Papillons Krächzen und dann ist da noch etwas, eine –

»Hilfe!«

»Ich bin hier!«, ruft Mari. »Wir sind hier! Wir helfen dir!«

»Was machst du da?«, fragt Ema, doch noch bevor Mari ihr antworten kann, ertönt wieder die Stimme aus der Ferne.

»Hilfeee!«

»Oh nein!« Ema sieht Mari entsetzt an. »Da ist jemand!«

Mari nickt: »Papillon ist da drin und noch irgendwer. Ob wir wollen oder nicht, wir müssen da rein!«

»Mari hat recht!« Kurt leuchtet mit der Taschenlampe in das Loch. Der lange, niedrige Tunnel taucht wieder vor ihnen auf, feucht und kalt und unheimlich.

Joon schüttelt sich. »Was für ein Tag! So einen findet man nicht alle Tage.« Er lacht beklommen.

»Also, wir machen das so: Eine Gruppe geht da rein, die anderen bleiben mit Bela draußen«, entscheidet Mari.

»Aber ich will mit!«, ruft Bela empört.

»Du bleibst hier!«, sagt Kurt. »Paula und Tom reißen uns den Kopf ab, wenn du verloren gehst, aber du darfst dir aussuchen, wer dir Gesellschaft leisten soll.«

Bela sieht die Großen einen nach dem anderen an. »Joon!«, sagt er schließlich, »mit Joon ist es am lustigsten.«

Einen kurzen Moment lang ist Mari enttäuscht, nicht, weil sie draußen bleiben will, sondern, weil Bela Joon ausgesucht hat und nicht sie oder zumindest Kurt. Aber da zwinkert Bela ihr zu und Mari versteht: Ihr kleiner Bruder kriegt mehr mit, als man so denkt, zum Beispiel, dass Joon zwar keinerlei Angst vor dem Meer hat und den höchsten Wellen und dem wildesten Ritt, sich vor der Dunkelheit aber schrecklich fürchtet. Und tatsächlich sieht Joon jetzt ziemlich erleichtert aus.

»Ihr nehmt die Taschenlampe, okay? Bela, wir beide versuchen, ein Feuer zu machen!«

»Au ja!«, ruft Bela begeistert.

»Ich denke, damit sind wir beschäftigt, bis ihr zurück seid. Und die nehmt ihr besser auch mit –« Er drückt Mari die Fußballkarten in die Hand. »Werft einfach ab und zu eine auf den Boden, weißt du, wie in den Märchen, damit wir euch finden können, wenn irgendwas schiefgehen sollte –« Joon verstummt und sieht auf den Boden.

»Wird es nicht«, sagt Tonda bestimmt, »aber trotzdem, gute Idee!«

Sie verabschieden sich von den beiden, schärfen Bela noch einmal ein, auf Joon, und Joon, auf Bela zu hören und dann treten sie hinein in die Dunkelheit.

Mit der Solupper Zeit ist es seltsam, und vielleicht, denkt Mari, ist die hier gar nicht an Uhren befestigt, sondern an den Orten. Im Gang jedenfalls verschwindet jedes Zeitgefühl. Und bald flackert die Taschenlampe, glimmt, dann geht sie aus.

»Wir haben ja noch die Streichhölzer«, sagt Kurt tapfer.

Geduckt steigen sie vorsichtig über Geröll, weichen, dicht an die feuchten Wände gepresst, den Pfützen aus, die hier immer wieder auf dem Boden stehen.

»Warum gibt es hier eigentlich so viel Wasser?«, fragt Ema und Mari hört, dass Ema die Antwort schon weiß und dass es keine besonders beruhigende ist.

»Die Gezeiten«, flüstert Kurt entsetzt.

»Ich fürchte.«

»Geh weiter, Kurt«, sagt Mari, so ruhig sie nur kann, »wir machen das so: Wir geben uns zwanzig Streichhölzer lang Zeit und wenn wir, bis die runtergebrannt sind, niemanden gefunden haben, müssen wir zurück und jemandem von den Erwachsenen Bescheid sagen!«

»Wir hätten gleich Hilfe holen sollen!«, flucht Kurt. »Wie blöd sind wir eigentlich, hier selbst reinzusteigen?«

»Nein«, sagt Mari bestimmt, bevor Kurt sich da in irgendwas hineinsteigern kann, »das war schon richtig. Wenn die Flut bald kommt, ist das unsere einzige Chance, ihn zu retten!«

»Ja, stimmt«, sagt Kurt schließlich, »aber trotzdem! Ema und Mari, geht zurück und organisiert das mit der Hilfe, ja?«

»Nein«, sagt Mari, »ich bleibe bei dir!«

»Ich auch!«, ruft Ema sofort. »Ich muss ja auch noch Papillon retten!«

»Okay, okay«, sagt Tonda, »ich mach das, ich lauf zurück und hol Hilfe, oder ich schicke Joon und Bela.«

»Ema, du musst mit ihm gehen«, sagt Mari, »Tonda kann

nicht reiten und Bela kann nicht allein bleiben. Schick Joon zu unseren Eltern und sag du Jolka Bescheid! Ich passe auf, dass Papillon nichts passiert, versprochen!«

»Ungern, aber gut –« Sie drückt Mari kurz, nickt Kurt zu, und dann macht sie sich zusammen mit Tonda auf den Weg, Hilfe holen.

»Hast du dir den Urlaub so vorgestellt?«, fragt Kurt, nachdem auch das zehnte Streichholz abgebrannt ist, ohne dass sie jemanden gefunden oder auch nur einen weiteren Hilfeschrei gehört haben.

»Wer hätte sich so was schon vorstellen können?«, fragt Mari.

»Jedenfalls, jetzt, wo wir nun schon mal zusammen in Lebensgefahr schweben, wollte ich noch sagen, also, damals, das mit der Einladung –«

Daran hat Mari gar nicht mehr gedacht. So viel ist seit der Sache mit der Einladung passiert, zu viel, als dass Mari Zeit gehabt hätte, weiter wütend auf Kurt zu sein.

»Ist schon gut.«

»Nee, ich wollte sagen, also, ich hatte, ich hatte Angst –«

»Angst?« In der Dunkelheit kann Kurt nicht sehen, wie verwundert Mari aussieht. Ihr großer Bruder und Angst? Mari versteht rein gar nichts mehr.

»Ich wollte nicht, dass du dazugehörst«, flüstert Kurt schließlich, als Mari nichts sagt.

»Was?«

»Dass du dazugehörst. Zu den anderen. Zu Solupp. Nicht mehr zu uns. Weil wir – wir so – ich weiß nicht – schwierig sind?«

Mari versteht nicht, wie Kurt das meint. Was denkt er sich denn nur? Dass sie sich hier auf Solupp eine andere Familie sucht? Nur weil Maris eigene ihrem Namen eine Zeit lang keine besonders große Ehre gemacht hat? Und was hat Kurt eigentlich? Warum sollte sie verschwinden? Er ist es doch, der verloren gegangen ist, der sich immer versteckt und sich einschließt und mit seiner blöden Musik, seinen dämlichen Kopfhörern allein sein will! Er ist der, der Mari die Tür vor der Nase zuschlägt, der sich komisch verhält und der nie sagt, was eigentlich los ist.

»Du bist manchmal ziemlich fies«, sagt Mari, »aber ja trotzdem mein –«

Mari bringt den Satz nicht zu Ende, weil ihr Fuß plötzlich gegen etwas Weiches stößt. Erschrocken schreit sie auf. Sofort ist Kurt neben ihr, sie hört, wie er ein Streichholz anzündet, es muss das siebzehnte sein. Und im schwachen Schein der Flamme sehen sie Papillon, der neben einer zusammengekauerten Gestalt auf dem Boden sitzt.

»Der seltsame Mann«, flüstert Mari und Papillon krächzt: »Keilkliff!«

Mari und Kurt knien sich neben die Gestalt. Der Mann hat die Augen geschlossen.

»Ist er –«

Kurt gibt Mari die Schachtel mit den Streichhölzern, hält seine flache Hand vor den Mund des Mannes und schüttelt dann erleichtert den Kopf. Jetzt öffnet der Mann die Augen.

»Nana, du hast Hilfe geholt!«

»Nana?«, fragt Mari verwundert. Doch als Papillon vorsichtig auf die Schulter des Mannes klettert, versteht sie: »Das ist Ihr Papagei!«

Der seltsame Mann nickt, dann schüttelt er den Kopf: »Na ja, eigentlich gehört Nana sich selbst. Aber wir sind schon eine Weile Freunde. In letzter Zeit dachte ich allerdings, sie wolle nichts mehr mit mir zu tun haben.« Und an den Papagei gerichtet sagt er: »So oft, wie du weg warst, Nana!«

Nana beißt den seltsamen Mann freundlich ins Ohr und er streicht über das Gefieder des Vogels.

»Was war ich dumm«, sagt er leise, »und anscheinend hat sie mir soeben das Leben gerettet –«

»Noch nicht«, sagt Kurt trocken.

»Tut Ihnen was weh?«, fragt Mari.

»Mein Bein, ich bin ausgerutscht und muss es mir dabei verstaucht haben.«

»Das kriegen wir schon hin!«, sagt Kurt, und obwohl Mari nicht weiß, wie sie das hinkriegen sollen, nickt sie. Kurt und sie können den seltsamen Mann unmöglich bis nach vorne zum Höhlenausgang schleppen. Trotzdem: Sie muss ruhig bleiben, nur nicht in Panik geraten. Von Mama weiß Mari, dass das das Wichtigste ist, die Ruhe bewahren. *Atmen, denken, handeln,* so hat Mama ihr das beigebracht.

Sie wirft Kurt einen Hilfe suchenden Blick zu und der löst sich aus seiner Erstarrung: »Wir bringen Sie hier raus!«

»Aber der Schatz!«

Mari stöhnt auf: »Ihren Schatz können Sie suchen, wenn wir hier alle heil wieder raus sind und Ihr Bein wieder in Ordnung ist!«

»Sind Sie deswegen hier reingegangen? Wegen eines blöden Schatzes?« Kurt klingt völlig fassungslos, aber der seltsame Mann nickt. »Er war hier. Hier haben wir ihn versteckt, aber jetzt finde ich ihn nicht mehr –«

Und jetzt reicht es Mari: »Sie hätten gefälligst zuallererst bei Oona vorbeischauen sollen! Sie denkt, dass Sie irgendwo auf See verschollen sind!«, schreit Mari ihn an.

Kurt legt ihr beruhigend die Hand auf die Schulter, flüstert: »Lass ihn, brüll ihn draußen an, so viel du willst, er hat es nicht anders verdient, aber jetzt müssen wir hier raus!«

Kurt hat recht. Sie müssen sich beeilen. Keiner von ihnen weiß, wie nah die Flut schon ist. Während Papillon vorwegfliegt, hieven sie den seltsamen Mann an den Armen hoch. Er ist viel größer und schwerer als Tonda und jeder Schritt bereitet ihm Schmerzen.

»Wir schaffen das, Mari!«, keucht Kurt. »Wir schaffen das, okay?«

Mari will ihm glauben, gibt sich alle Mühe, während sie Schritt für Schritt, viel zu langsam, den Gang entlangstolpern.

»Lasst mich hier«, sagt der seltsame Mann, aber das kommt weder für Mari noch für Kurt infrage.

»Oona wartet«, sagt Mari, »seit Jahren, und Sie, Sie strengen sich jetzt gefälligst mal ein bisschen an!«

»Warum sind Sie nicht sofort zu ihr gegangen, als Allererstes? Den Schatz hätten Sie ja immer noch suchen können –«

»Ja«, flüstert der seltsame Mann, »es ist nur, ich habe mich nicht getraut.«

Und dann erlischt das letzte Streichholz.

EINUNDZWANZIGSTES KAPITEL

KEILKLIFF

»Nein«, ist alles, was Mari hervorbringt.

Es ist stockdunkel, und bis auf ihren Atem ist es vollkommen still. So, als wenn die Welt stillstehen würde, so wie an jenem Abend, als Mama ihnen von Papas Krankheit erzählt hat und als sie fertig war mit ihrem Bericht über Mittel, Methoden und Aussichten keiner von ihnen wusste, was er sagen sollte, nicht einmal Bela.

»Das tut mir leid, Kinder!«, sagt der seltsame Mann. »Ich hätte euch da nicht mit reinziehen dürfen –«

Dazu sagen Mari und Kurt nichts, vielleicht, weil sie wissen, dass sie sich da selbst reinbegeben haben, in diese Geschichte.

Und da kommen wir auch wieder raus, sagt Mari sich und macht einen vorsichtigen Schritt nach vorne. Kurt und der seltsame Mann folgen ihr.

»Erinnerst du dich noch, was Joon gesagt hat?«, fragt Kurt nach einer Weile. »Dass Singen hilft!«

»Okay«, sagt Mari, »singen wir!«

Sie singen alle Lieder, die ihnen einfallen, Kindergartenlieder von Bela, Fußball-Hymnen, Kurt bringt Mari sogar was von Nirvana bei, und Nana-Papillon krächzt laut mit. Es hilft eine Weile, das stimmt schon, aber schließlich verstummt Mari.

»Kurt, das dauert zu lange!«

»Ich weiß«, sagt Kurt leise, »ich fürchte, wir haben uns verlaufen.«

»Hier gibt es ein riesiges Netzwerk an Gängen und Tunneln«, sagt der seltsame Mann.

»Der Tunnel!« Kurt bleibt stehen. »Weißt du noch, Mari, gleich am ersten Tag?«

Natürlich weiß Mari noch, wie Kurt gleich am ersten Tag den Tunnel gefunden hat. Und ihr fällt noch was ein: »Darum sind Sie immer plötzlich aufgetaucht und verschwunden! Sie sind in den Tunneln gewesen!«

»Richtig. Ich hab dort den Schatz gesucht und früher habe ich durch diese Gänge hier meine Beute auf die Insel gebracht.«

»Ihre Beute?« Mari bleibt stehen.

»Ja, meine Beute«, sagt der seltsame Mann, und es klingt nicht so, als benutze er dieses Wort gerne.

»Sie sind gar nicht Henry, Oonas Vater?«

»Wie kommt ihr denn da drauf?«, fragt der seltsame Mann. »Sehe ich etwa aus wie hundertzwanzig?«

Stimmt, denkt Mari, wie konnten sie das übersehen? Oona

ist ja schon uralt, der seltsame Mann kann unmöglich ihr Vater sein. Aber …

»Aber der Kompass!«, ruft Kurt. »Mari hat doch den Kompass gefunden, den Sie am Strand verloren haben, und Oona meinte –«

»Der Kompass! Das ist es! Gib ihn mir und ich hole uns hier raus!«

»Der ist leider bei Oona«, sagt Mari leise. Warum hat sie den Kompass nur bei Oona gelassen? Er hätte ihnen jetzt gute Dienste erweisen können.

»Du wolltest ihr was dalassen, das ihr Hoffnung macht«, sagt Kurt, »deswegen hast du ihn ihr gegeben. Du wolltest, dass sie weiß, dass wir wiederkommen.«

Darüber hatte Mari noch gar nicht nachgedacht, aber wahrscheinlich stimmt das, dass es manchmal ganz gut ist, wenn man etwas hat, woran man seine Hoffnung knoten kann und sein Vertrauen und –

Moment!

»Dann sind Sie Oonas Bruder Will, der –«

»Freibeuter«, beendet Will den Satz.

»Pirat!«, sagt Kurt.

»Freibeuter!«, sagt Will und dann, etwas verlegen: »Das klingt nicht ganz so –«

»– räuberisch?«, fragt Mari.

Will nickt.

»Sind Sie gefährlich?«, fragt Kurt, so wie man jemanden fragt, ob er oder sie noch Hunger hat.

Der Pirat lacht: »Nein, mein Junge, schon sehr, sehr lange nicht mehr! Ehrlich gesagt hat meine Freibeuterei nur ein paar Jahre gedauert, so lange bis, bis–«

»Bis was?«

Kurt ist mittlerweile ziemlich ungeduldig.

»Das Wasser kommt«, sagt Will.

»Bis das Wasser kommt? Was soll das denn heißen?« Auch Mari reicht es. Sie riskieren hier ihr Leben und der Kerl schafft es nicht mal, ihnen die Wahrheit zu sagen!

»Nein«, wiederholt Will, »ich meine, das Wasser kommt!«

Und jetzt hören Mari und Kurt es auch, ein plätscherndes Geräusch und nur ein paar Schritte weiter bekommen sie nasse Füße.

»Aber wenn das Wasser hier reinkommt, müssen wir doch auch rauskommen!«, überlegt Kurt hoffnungsvoll.

»Theoretisch schon, aber das Wasser kann viele Wege nehmen und für uns gibt es nur einen einzigen.«

Und jetzt schnappt die Angst nach Mari, greift mit langen, kalten Fingern nach ihrem Nacken. Das kann so nicht ausgehen! Das darf nicht sein! Über Wills Rücken hinweg nimmt Kurt Maris Hand.

Und dann ist da plötzlich noch ein Geräusch, aufgeregte Stimmen von weit weg: »Mariiiiiiii! Kuuuuurt!«

Immer wieder hallen ihre Namen durch den Gang, der sich langsam mit Meerwasser füllt.

»Mama!«, brüllt Mari zurück.

»Papa!«, brüllt Kurt.

»Wir kommen«, rufen ihre Eltern, »wir sind gleich bei euch!«

Und wirklich, die Schritte kommen näher, Lichter tanzen über die Wände, werden heller und heller, und dann sind Mama und Papa da, in Regenjacken und Gummistiefeln, mit großen Taschenlampen, rennen auf Mari und Kurt zu und schließen sie fest in ihre Arme.

»Ich hab dich, Mäuschen, alles gut!«

Und zum ersten Mal seit Langem schafft Mari es, ihrer Mutter das zu glauben.

Das Wasser reicht Mari schon bis zu den Knien, als sie endlich aus der Höhle kommen. Bela lässt Feinur los und rennt auf sie zu. Sie nehmen ihn fest in die Arme. Tief atmet Mari den Geruch ihrer Familie ein, Wildrosen und Gummischlangen und Bolognese und ein neuer Geruch, der von Kurt und ihr selbst stammen muss: Sand und Salzwasser und Pony und Wildrosen und Abenteuer, der Geruch von Solupp. Als sie sich nach einer Ewigkeit wieder loslassen, stürmen Tonda und Ema und Joon auf sie zu.

»Wir dachten, wir schaffen es nicht rechtzeitig!«, ruft Ema, deren Haar noch sturmverwilderter ist als sonst. Zufrieden nimmt Nana-Papillon auf ihrer Schulter Platz, knabbert zur Begrüßung vorsichtig an ihrem Ohr.

»Das Wasser ist schon in die Höhle geschwappt, als Joon und Ema endlich mit den Erwachsenen zurückgekommen sind. Bela und ich wollten schon selbst rein!«, erzählt Tonda aufgeregt.

»Ich glaube, Helios und ich waren noch nie so schnell«, sagt Joon leise. Seine Augen sind ganz rot, aber vielleicht kommt das vom Wind.

»Und wer bist eigentlich du?«, fragt Bela und sieht misstrauisch zu Will hinüber. Der hockt erschöpft auf einem Felsbrocken und sieht dem Treiben zu, sein verletztes Bein von sich gestreckt.

»Das ist der Pirat«, sagt Mari.

»Freibeuter«, sagt Will schüchtern, aber Mari überhört das einfach: »Aber keine Angst, der ist in Rente.«

»Schade«, sagt Bela und mustert Will, »aber ein paar Piratengeschichten kennst du doch vielleicht trotzdem, oder?«

»Ja«, sagt Will, »ich würde mal schätzen, so ungefähr vier Millionen.«

»Na, immerhin.«

»So, meine Lieben, erzählen können wir später, jetzt schnell aufs Boot, sonst gehen wir hier doch noch unter!« Gemeinsam mit Mama hilft Jolka Will auf die Beine.

Die anderen sind mit der *Möwe* gekommen und unten in der Kajüte stehen heißer Tee und warmes Brot und Thymianbutter und natürlich Zimtbrötchen, und es gibt Decken und trockene Kleidung für alle und Feinur, der sich quer über Bela legt, um ihn zu wärmen.

Mama und Jolka setzen Will vorsichtig auf dem Sofa ab, und dann beginnt Mama gleich, sich sein Bein anzusehen. Und wenn Mari es nicht besser wüsste, würde sie denken, dass Mama fast ein bisschen glücklich aussieht, jetzt wo ihre riesige Arzttasche doch noch zum Einsatz kommt und nicht mehr wie Regenschirm, Gummistiefel und Ladegeräte zu dem überflüssigen Gepäck gehört.

»Fast ganz Solupp auf einem Boot!«, ruft Jolka begeistert.

Und während Mari neben Bela und Kurt ihr Zimtbrötchen isst, sich von Papa und Joon mit Tee versorgen lässt, beobachtet sie, wie Oona aus dem Ruderhäuschen kommt und so vorsichtig auf Will zugeht, als sei der ein schreckhaftes Tier und kein ehemaliger, ruchloser Freibeuter. Als Will sie sieht, leuchten seine Augen.

»Da bist du ja«, sagt Oona leise.

Unter Mamas Protest steht Will auf und macht einen Schritt auf Oona zu. Die hält ihm den Kompass entgegen, sieht ihn fragend an.

»Vater hat mich gefunden, Oona! Er ist über alle Meere gereist und auf *Pirates Well* am stürmischen Rand des Bermudadreiecks hat er mich schließlich gefunden. Mir ging es ziemlich dreckig, ich hatte mir die Cholera geholt und mich mit den falschen Leuten angelegt –«

»Selbst schuld!«, rutscht es Joon heraus und Will nickt.

»Ja, mein Jung. Jedenfalls, unser Vater, der hat mich da rausgeholt, hat meine Schulden beglichen, hat wochenlang an meinem Bett gesessen, bis es mir besser ging, und dann hat er mich davon überzeugt, mit ihm zurück nach Solupp zu kommen. Er hat gesagt, dass er mir verzeiht und dass er hofft, dass ich ihm auch verzeihe, weil er mich damals weggeschickt hat. Wir haben uns wieder vertragen. Aber dann ist er krank geworden und während ich die verdammte Cholera dank ihm überlebt habe, ist er –«

»Nein!«, ruft Kurt und springt auf. »Das will ich nicht hören!«

Er hastet weg, verschwindet draußen an Deck. Mari sieht durch das Bullauge, wie er sich an der Reling festklammert. Sie und Joon springen gleichzeitig auf, um ihm nachzulaufen.

Aber Papa schüttelt den Kopf: »Lasst mal, ihr beiden, ich mach das –«

»Na, das wurde aber auch mal allerhöchste Zeit«, sagt Jolka, schenkt allen Tee nach und setzt sich wieder an den Tisch.

Will, der Pirat, trinkt einen großen Schluck, dann erzählt er weiter: »Bevor unser Vater starb, hat er mir ein Versprechen abgenommen –«

Er legt den Kompass zurück in Oonas Hände, die schließt sie fest darum.

»Ich habe ihm versprochen, dass ich zurück nach Solupp fahre. Zu dir. Dass ich dir den Kompass bringe, dir alles erzähle und, na ja, da bin ich –«

In Mari steigt schon wieder die Wut auf, super, so ein Versprechen zu geben und dann so lange zu warten, bis es fast und für immer zu spät ist.

»Ich habe mich so geschämt«, sagt Will leise.

»Aber warum jetzt?«, fragt Oona. Ihre Stimme ist ruhig. Sie sitzt mit geradem Rücken auf ihrem Stuhl und sieht ihren Bruder aufmerksam an.

»Keilkliff«, sagt Will. »Nur wegen Keilkliff.«

»Keilkliff!«, krächzt Nana-Papillon.

Mari ist plötzlich wieder hellwach, und auch Joon, Ema und Tonda beugen sich weit über den Tisch, um ja jedes Wort zu verstehen: »Wegen Keilkliff?«

Will nickt und nimmt Oonas Hand.

»Weißt du nicht mehr?«, sagt er und sieht ihr in die Augen. »Unser Wort? Ich erinnere mich gar nicht mehr genau, wie wir eigentlich darauf gekommen sind –«

Oona lächelt so, wie Erwachsene immer lächeln, wenn sie sich an schöne Dinge aus der »Weißt-du-noch«- oder der »Als-ich-so-alt-war«-Zeit erinnern.

»Ich glaube, wir haben Wörter gesammelt und die Kombination hat uns am besten gefallen. Weil sie nach Geheimnis klang und nach Abenteuer und auch ein bisschen gefährlich.«

»Ja«, sagt Joon grinsend, »so geheimnisvoll und abenteuerlich, dass wir fast den gesamten Sommer damit zugebracht haben!«

»Ein gutes Wort«, sagt Will und Oona und er sehen tatsächlich ein bisschen stolz aus.

»Unser Geheimwort, unser Code, unser Zeichen und wir haben jede Gelegenheit genutzt, die Insel damit zu schmücken, stimmt's, Oona?«

Oona nickt lächelnd.

»Sogar die Walknochen habt ihr damit versehen«, sagt Jolka und Ema schüttelt den Kopf: »Wenn wir das gewusst hätten –«

»Dann wäre Will jetzt vielleicht nicht mehr am Leben«, sagt Oona und drückt Wills Hand.

»Ich muss es im Schlaf gemurmelt haben, jedenfalls fing Nana –«

»Papillon«, unterbricht Ema ihn grimmig.

»Fing Papillon an, es zu sagen. Immer und immer wieder, die kleine Nervensäge, ich hab fast den Verstand verloren. Aber als sie mich dann auch noch ständig in Nase gebissen hat und eines Tages plötzlich weg war –«

»Da bist du zu mir gekommen!«, unterbricht Ema ihn und streicht dem Papagei über die Federn. »Du bist vorgeflogen, nach Solupp, oder?«

Nana-Papillon krächzt bestätigend und knabbert vorsichtig an Emas Teetasse.

»Ja, der alten Dame war ich wohl zu langsam«, grinst Will, »jedenfalls habe ich dann endlich entschieden, dass sie recht hat, dass ich mein Versprechen an unseren Vater einlösen muss. Ich wollte den Schatz suchen und ihn zu dir bringen, ich dachte, ich weiß nicht –«

»Du wolltest Zeit schinden«, sagt Mari, der Wills Gedruckse zu lange dauert, »weil du Angst hattest, zu deiner Schwester zu gehen!«

»Das könnte sein«, sagt Will.

»Wie auch immer«, kommt Oona ihrem Bruder zu Hilfe, »der Schatz ist jedenfalls weg!«

Alle sehen die alte Fischerin an.

»Na ja, ich war wütend. Und ich hab alles, was mit Keilkliff und unserem Schatz zu tun hatte, verschwinden lassen. Jeden Hinweis, jede Spur.«

»Aber wo ist der Schatz denn jetzt?«, fragt Bela ungeduldig.

»Ich weiß es nicht!«, sagt Oona. »Ich habe es einfach vergessen!«

In die nun herrschende Stille hinein seufzt Bela hochdramatisch. Alle sehen ihn verwundert an.

»Was ist denn mit dir los, Belalein?«

Bela lässt den Kopf auf die Tischplatte fallen, so wie Kurt das auch manchmal macht, wenn irgendwas von Mama und Papa seiner Meinung nach so vollkommen daneben ist:

»Es ist nur«, murmelt er unter den Armen hervor, »da trifft man schon mal einen echten Piraten und dann ist der in Rente und einfach nur ein netter, alter Opa und die Piratenschwester hat den Schatz verlegt!«

Es ist Will, der als Erster zu lachen anfängt, laut und dröhnend und mit seinem ganzen Körper und jetzt sieht er, zumindest ein bisschen, doch so aus wie ein echter Pirat.

Die Dunkelstunde hat schon begonnen, als sie in den kleinen Solupper Hafen einfahren, in dem übermorgen auch die *Elysion* anlegen wird, um Mari und ihre Familie zurück aufs Festland zu bringen.

Will lehnt sich in seinem Stuhl zurück, fährt mit dem Finger Spuren über die Tischplatte, und Mari fragt sich, ob seine Hände sich daran erinnern, an das Wort, mit dem er und seine Schwester vor vielen, vielen Jahren ganz Solupp markiert haben. Ob es das ist, was Will da tut, seinem Vater eine Nachricht schreiben, damit der weiß, dass sein Sohn gut zu Hause angekommen ist und der Rest der Familie wieder vereint.

»Wie soll ich euch nur danken?«, fragt Oona.

»Ach, passt schon!«, verkündet Kurt großzügig, der gerade mit Papa zusammen zurück in die Kajüte kommt. Er ist völlig zerzaust, aber immerhin scheint der stürmische Wind Kurts Wut mitgenommen zu haben.

»Ehrensache!«, stimmt Ema ihm zu.

»Gern geschehen«, gähnt Joon, der sichtlich erleichtert ist, dass er die *Möwe* heil an den Anleger manövriert hat.

Mari stupst Tonda an: »Frag sie!«

Tonda zögert kurz, dann räuspert er sich: »Also, Oona, ehrlich gesagt, ich hätte da schon was –«

»Raus mit der Sprache, mein Junge!«, sagt Will.

»Kannst du den Leuchtturm wieder anschalten?«

Oona lächelt: »Aber klar doch! Nichts leichter als das, für eine alte Leuchtturmwärterin!«

»Das klingt super«, schaltet Mama sich ein, »aber können wir das vielleicht auf morgen verschieben, ich sehe hier einige Abenteurer, die erst mal ein bisschen Schlaf gebrauchen können.«

Und anders als sonst widerspricht ihr da heute keiner.

Als Mari wenig später in ihrem Bett im Wellenrankraum liegt, fällt ein Licht durch das Fenster, streift ihre Decke, die Wände, den Meerjungen darauf, die winzigen Boote, die fantastischen Fische, die Seeungeheuer, die kleine Insel und schließlich streicht das Licht über Maris Gesicht.

Sie steht auf und geht zum Fenster: Oben, auf der Landzunge vor der Südküste, wirft der Leuchtturm eine Brücke aus Licht über das Meer, verbindet Solupp mit dem Rest der Welt. Und Mari denkt daran, wie schnell Dinge sich ändern können, in die eine, aber eben auch in die andere Richtung, und dann kommt ihr plötzlich eine Idee, scheint mit einem Mal alles ganz klar.

»Die Wellen!«, murmelt Mari und fährt mit dem Finger über das Muster an der Wand. »Sie hat die Wellen gemalt!«

ZWEIUNDZWANZIGSTES KAPITEL

DAS FEST AM STRAND

»Und der Schatz?«, fragt Bela beim Frühstück, das eher ein Mittagessen ist. Nach den Abenteuern der letzten Tage und besonders der letzten Nacht haben sie alle lange geschlafen. Jetzt schlagen sie sich den Bauch voll mit Papas Experimenten, die erfreulicherweise immer genießbarer werden.

»Noch ein paar Wochen, und du eröffnest dein eigenes Restaurant!«, lacht Mama.

»Warte es nur ab!«, ruft Papa und verteilt eine weitere Runde Solbeerpfannkuchen mit Himbeerschnee.

»Der Schatz«, nuschelt Kurt mit vollem Mund, »der bleibt verschwunden.«

Bela stochert enttäuscht in seinem Essen. »Ein Pirat, der kein Pirat ist, eine Karte, die nur Gekritzel ist, ein Schatz, der nicht gefunden werden will – wie soll ich das nur überstehen?«

»Das wirst du, lieber Bela«, sagt Mama und wuschelt ihm durchs Haar, »das wirst du, weißt du, eines Tages wird es wieder gut.«

Bela richtet sich auf: »Mama, für dich ist das vielleicht ein Witz, aber ich bin jemand, der einen Schatz gesucht hat und keinen gefunden hat, das ist ernst! Stell dir mal vor, bei meinem Geburtstag hätten wir am Ende nichts gefunden!«

Das sieht Mama ein und sie entschuldigt sich für ihren unsensiblen Kommentar. Mari denkt an Belas Geburtstag, der war, ganz kurz bevor das mit Papas Krankheit rauskam. Sie haben überall Luftballons verteilt, und Bela hat vom Balkon aus händeweise Konfetti auf seine Gäste hinabwehen lassen, und dann haben sie die geheimnisvolle Schatzkarte entziffert, die Kurt in stundenlanger Arbeit gezeichnet hatte. Mari grinst, als sie an ihre Entdeckung denkt, von der sie weder ihren Geschwistern noch ihren Freunden bisher erzählt hat. Weil sie nämlich etwas Besonderes ist, diese Entdeckung, und ganz genau richtig für eine ordentliche Geburtstagsüberraschung.

Pünktlich zu Emas Geburtstag ist die Sonne wieder da, strahlt sie vom knallblauen Himmel auf Solupp herab. Am Südstrand sind Jolka, Mama, Papa, Oona und Will mit dem Schmücken beschäftigt, bauen eine lange Tafel auf, schleppen Stühle herbei und Blumen und Lampions. Sie bekommen nicht mit, wie sich Mari und Ema mit Nana-Papillon auf der Schulter und Kurt und Bela und Joon und Tonda vor dem Heckenrosenhaus treffen.

»Also«, verkündet Mari, die früh am Morgen die Flagge in der Küche gehisst hat, um diese Versammlung einzuberufen, »ich hab mir gedacht, zu einem Geburtstag gehört immer eine Schatzsuche –«

Die anderen sehen Mari verwundert an.

»Meinst du nicht, dass wir erst mal eine Pause einlegen sollten, was Schatzsuchen betrifft?«, fragt Joon vorsichtig.

»Schon, aber –«

Mari zieht die alte Karte mit dem Wellengekritzel aus ihrer Tasche.

»Ich bin durch Zufall drauf gekommen –«

»Worauf denn nun?«, fragt Kurt ungeduldig.

»Ich hab an Keilkliff gedacht und daran, dass Oona und Will, als sie den Schatz versteckt haben, ja noch Kinder waren –«

»Aber Oona hat den Schatz doch später noch mal neu versteckt, weil sie wütend war auf Will!«, wirft Ema ein.

Mari nickt. »Aber ich glaube, dass sie insgeheim trotzdem gehofft hat, dass ihr Bruder ihn eines Tages findet. Bela hatte recht, auf dem Papier sind Wellen zu sehen, und ihr wisst ja, dass Will und Oona im Heckenrosenhaus aufgewachsen sind.« Die anderen nicken, warten gespannt.

»Und wo findet man dort Wellen?«, fragt Mari.

»Im Wellenrankraum!«, rufen Kurt und Joon wie aus einem Mund. Aber während das bei Joon für ein breites Grinsen sorgt, winkt Kurt schnell ab: »Ist ja logisch, kommt man eh drauf –«

Mari lässt sich durch die Bemerkung ihres Bruders nicht aus dem Konzept bringen.

»Ich hab nach dem Muster gesucht, das auf dem Papier zu sehen ist. Das hat einige Zeit gedauert, aber schließlich –«

Wie es sich für eine ordentliche Schatzsuche gehört, macht Mari eine Kunstpause. Allerdings sehen die anderen sie so gespannt an, dass sie das Schweigen nicht lange aushält und ihre Kunstpause nur etwa zehn Sekunden dauert.

»– habe ich es gefunden!«

»Mari!«, ruft Bela. »Jetzt sag schon, wo ist der Schatz?«

Mari grinst. »Glaubt ihr etwa, ich hab den alleine gesucht? Wie fies wäre das denn bitte? Nach allem, was wir zusammen erlebt haben? Nee! Also, Ema, das ist mein Geschenk für dich: eine ganz echte, null gefälschte Schatzsuche!«

»Los geht's!«, ruft Ema, und das lassen sich die anderen nicht zweimal sagen.

Sie laufen ins Haus, die Treppe hinauf, in den Wellenrankraum, wo Mari zielstrebig zum Fenster geht und dort auf Augenhöhe die Karte an die Wand hält. Und tatsächlich, die gemalten Krickelkrackelwellen umschließen im Wellenmuster der Wand ein einzelnes Wort:

FEUER

»Was soll das denn bedeuten?«, fragt Tonda.

»Das ist einfach«, ruft Bela, »wir brauchen eine Kerze!«

»Zitronengeheimschrift?«, fragt Kurt ungläubig.

Bela ist schon auf dem Weg in die Küche: »Das kommt immer vor bei Schatzsuchen!«

Gespannt sitzen sie wenig später um den Tisch herum, und sehen zu, wie die Flamme das Blatt langsam dunkel färbt.

»Achtung«, ermahnt Mari Bela, »weißt du noch, wie es an deinem Geburtstag gebrannt hat?«

Natürlich weiß Bela das noch. Zitronengeheimschriftschatzkarten gehen ja eigentlich immer in Flammen auf.

Aber diese Karte geht nicht lichterloh in Flammen auf, auf dieser Karte erscheint wirklich ein Wort:

ERDE

»Nee, bitte«, sagt Joon kläglich, »bitte nicht wieder unter die Erde!«

»Vielleicht wird es dieses Mal nicht so schlimm«, sagt Tonda und zeigt auf einen dunklen Fleck in der Ecke des Blattes, den sie bisher nicht beachtet haben.

»Eine Kompassnadel!« Tonda guckt, als ob das irgendwas erklären würde.

»Erde? Vier Himmelsrichtungen?«, ergänzt er, als die anderen ihn nur abwartend ansehen.

»Und?«, fragt Ema schließlich. »Was sagt uns das jetzt?«

»Wir müssen zu Will und Oona!«

Ema schlägt sich mit der flachen Hand gegen die Stirn: »Der goldene Kompass?«

»Genau!«, ruft Tonda und ist schon auf den Beinen. »Dieses Mal gehen wir nicht verloren!«

Sie finden Will und Oona am Strand. Die beiden sind sichtlich erstaunt, als sie von Maris Entdeckung im Wellenrankraum erfahren.

»Ihr müsst mitkommen!«, sagt Mari, aber Will und Oona schütteln die Köpfe.

»Macht ihr das mit dem Schatz, ich bin noch etwas erschöpft von letzter Nacht und mit Wills Bein wird das nichts –«, sagt Oona.

»Ach, das geht schon«, ruft Joon, »dann gehen wir eben langsam!«

Will legt Joon die Hand auf die Schulter. »Das ist nett, Junge, aber wirklich, erledigt ihr das mit der Schatzsuche! Das habt ihr euch wirklich verdient!«

Mari und die anderen sind zu ungeduldig und aufgeregt, um lange zu versuchen, Will umzustimmen.

»Wenn wir den Schatz haben, bringen wir ihn her, ja?«, verspricht Mari. »Dann können wir ihn uns gemeinsam ansehen!«

Und damit sind Will und Oona sehr einverstanden.

Gebannt sehen sie auf den Kompass.

»Richte ihn so aus wie auf der Karte!«, schlägt Kurt vor.

»Da lang!«, ruft Ema, nachdem die Nadel vibrierend stehen geblieben ist.

»In der Richtung ist doch nichts«, sagt Mari enttäuscht. Dort, wo die Nadel hinzeigt, ist nur –

»– Wasser!«, flüstert Joon. »Der Blautiefe! Meint ihr, der Schatz ist irgendwo beim Blautiefen?«

»Werden wir ja sehen!«, ruft Mari. »Kommt schon!«

Sie laufen los, aber dann hält Ema abrupt an: »Tonda, kommst du?«

Tonda steht am Strand und sieht hinaus aufs Wasser. Er rührt sich nicht, auch nicht, als Ema ihn noch einmal ruft. Und schließlich laufen sie und Mari zu ihm.

»Tonda, was ist denn?«

Erst jetzt erwacht Tonda aus seiner Erstarrung: »Ich hatte gehofft ... ach, nix!«

Aber Mari weiß genau, was er gehofft hat, warum er so traurig aussieht und enttäuscht, als sie sich vom Meer abwenden und zurück zu den anderen gehen.

Zum Glück wird Tondas Laune wieder besser, als er es ist, der auf den nächsten und letzten Hinweis kommt. Sie haben schon eine Weile ratlos auf das spiegelglatte Wasser des Blautiefen gesehen, sich alles Mögliche überlegt, als Tonda so laut »Ich hab's!« ruft, dass sie alle heftig zusammenzucken.

»Die Elemente!«

»Tonda, alles klar?«, fragt Joon.

»Feuer, Erde, Wasser –«

»– Luft!« ruft Kurt.

Automatisch sehen sie in den Himmel hinauf. Aber dort ist nur Blau, Blau und nochmal Blau. Was ist, wenn sie den Schatz nicht finden? Anders als bei den Geburtstagsschatzsuchen gibt es hier niemanden, der ihnen einen Tipp geben oder sonst irgendwie helfen könnte.

Doch da entdeckt Mari etwas: Ein Felsen hebt sich leuchtend hell von den anderen ab, ragt weit über das klare Wasser des Blautiefen.

»Das Keilkliff«, flüstert Mari, »Oona hat für ihr Wort einen Ort gefunden!«

Und dieser Ort ist gar nicht so einfach zu erreichen: Erst müssen sie sich ihren Weg durch ein Meer aus Raunranunkeln bahnen, durch eine dichte Wildrosenhecke steigen und schließlich den Felsen hinaufklettern, der an einigen Stellen glatt ist wie Eis. Doch endlich haben sie es geschafft, stehen sie oben auf der weit über den Blautiefen ragenden Spitze des Keilkliffs.

Von hier aus können sie bis auf den Grund des Sees sehen, und dort, zwischen Steinen und Pflanzen, steht eine Truhe, nicht besonders groß und nicht besonders klein.

»Ich warte hier«, sagt Bela tapfer, aber Kurt nimmt ihn an der Hand: »Trauen wir uns?«

Bela nickt und nimmt Maris Hand und die nimmt Emas und die nimmt Joons und der nimmt Tondas und dann springen sie alle gemeinsam – mit einem Schrei, der einer Schatzsuche würdig ist.

»Da ist er ja, der Schatz von Solupp!«, ruft Will, als sie wenig später tropfnass die schwere Truhe vor ihm im Sand des Südstrandes abstellen.

»Wo hatte ich sie denn versteckt?«, fragt Oona und als sie ihr vom Keilkliff und dem Blautiefen erzählen, lacht sie.

»Na, so was, wer hätte das gedacht?«, und dann zwinkert sie Mari zu, aber so, dass es sonst keiner merkt.

»Das Geburtstagskind sollte sie öffnen!«, schlägt Oona vor.

Alle treten beiseite, lassen Ema vorbei. Als die ihre Hand ungewohnt zaghaft auf den Deckel der Kiste legt, hält Mari die Luft an.

»Soll ich wirklich?«, fragt Ema.

»Mach schon!«, ruft Will.

Ema sieht ihre Freunde an.

»Klar!«, sagt Kurt. »Das ist ja schließlich deine Schatzsuche!«

Ganz vorsichtig schiebt Ema den Riegel beiseite, öffnet langsam den schweren Deckel.

Alle beugen sich vor.

In der Kiste ist –

NICHTS!

Na ja, nicht wirklich nichts, sondern rundgespülte Steine, glatt gewaschenes Glas, Treibholz in Form von Kobolden.

Will nimmt ein kleines Holzpony in die Hand, betrachtet es verträumt.

»Okay«, sagt Bela, »das überlebe ich jetzt aber nicht!« Er lässt sich nach vorne in den Sand fallen. Mari ist mindestens genauso enttäuscht wie er, hält sich aber noch auf den Beinen. Aber was hat sie eigentlich erwartet? Gold? Edelsteine? Will war noch kein Pirat, als er die Kiste mit seiner Schwester zusammen versteckt hat, sondern ein Kind.

»Das tut mir leid«, sagt sie zu Ema, die zusammen mit Nana-Papillon immer noch hinunter in die Kiste schaut.

Aber ihre Freundin sieht kein bisschen enttäuscht aus, ganz im Gegenteil.

»Guck mal, Mari!« Sie zeigt in die Truhe. Und als Mari ganz genau hinsieht, erkennt sie es auch, da steht etwas, schwungvoll und sorgfältig und so tief in das Holz des Bodens geritzt, dass es nach fürimmerundewig aussieht.

»*Da bist du ja endlich*«, liest Mari.

Oh ja, da ist sie, da sind sie.

Da sind sie: Nur ein paar Minuten später legt am kleinen Solupper Pier ein winziges Boot an. Heraus klettern eine Frau mit knallroten Locken und ein Mann mit ganz dunklen, und sobald er die beiden oben auf den Dünen entdeckt, lässt Tonda Tarson die Schatzkarte fallen, läuft ihnen entgegen, und noch während er rennt, fragt er sich, wie er jemals daran zweifeln konnte, dass seine Eltern ihn finden würden.

Und wenig später ist da ganz Solupp, mit Pfirsichtorte und Schlagrahmpfannkuchen und Zimtbrötchen und Solbeeren und Salzkringeln und allem, was man sich vorstellen kann.

Viel später, als die Dunkelstunde längst begonnen hat, gesellt Mari sich zu Kurt, der ganz allein unten am Strand hockt und den anderen aus sicherer Entfernung beim Wellenreiten zusieht. Sie setzt sich neben ihren Bruder in den immer noch sonnenwarmen Sand, und jetzt fällt ihr etwas ein, etwas von vor langer Zeit: »Weißt du«, hat Kurt einmal zu Mari gesagt, kurz nachdem Papa zum ersten Mal weg war, im Krankenhaus, »manchmal ist es, als wären wir Außerirdische –«

Mari hat Kurt einen Moment lang verständnislos angesehen, und er hat gewartet, ob sie so von alleine drauf kommen würde, nach einer Weile geseufzt und gesagt: »Erst dachte ich, die anderen wären komisch, aber dann hab ich kapiert, dass wir es sind. Wir sind plötzlich anders. Wir leben auf einem anderen Planeten. Verstehst du?«

Und obwohl sie damals bestimmt genickt hat, versteht Mari erst jetzt so richtig, was Kurt ihr sagen wollte: dass er schrecklich einsam war, so wie sie auch. Und wie Bela und Mama und Papa. Und obwohl sie zum Alleinsein eigentlich zu viele waren, hat das nicht geholfen. Verrückt, denkt Mari, dass man, um sich nicht mehr einsam zu fühlen, anscheinend zum abgelegensten Ort der Welt reisen muss.

»Ich glaube, wir sind keine Außerirdischen mehr«, sagt Mari jetzt, und Kurt lächelt, weil er sofort weiß, was sie meint.

Und nun kommen ihre Freunde aus dem Wasser, schlendern sie gemeinsam hinüber zu den Lampions, zu den anderen. Dort am Feuer zaubert Jolka eine Gitarre hervor und Ema und Mari und Joon und Kurt und Tonda und Bela die Lieder, fliegen die Funken durch die Dunkelstunde, sind die Kartoffeln und die Drachenfische schon fast gar.

DREIUNDZWANZIGSTES KAPITEL

ABSCHIED VON SOLUPP

Tief in der letzten Nacht kommt der Herbst auf die Insel. Er wühlt das Meer auf, treibt den Sand über den Strand, sodass der aussieht wie Nebel. Der Herbst reißt an den feinen Blättchen des Silberwaldes, aber die leisten Widerstand, färben sich golden, bewahren die letzten warmen Sonnenstrahlen. Und so zieht der Herbst weiter, lässt die Heckenrosen verblühen und die Luft nach Salz riechen und nach Äpfeln und Holzfeuer und Strandampfer und nach Regen.

Den letzten Tag auf Solupp verbringen sie damit, das Heckenrosenhaus aufzuräumen. Mari und Kurt helfen Bela, all seine Ritter wieder zusammenzutrommeln, die die unbeaufsichtigte Zeit auf der Insel dazu genutzt haben, sich in alle Himmelsrichtungen zu verstreuen. Einen findet Mari sogar in der Rosenhecke, dort sitzt er, mit Schwert und Schild und allem, in einem kleinen Nest.

»Ich glaube, die haben echt keine Lust, wieder in ihre dunkle Kiste zurückzugehen«, sagt Bela und steckt den

Hecken-Ritter wieder in die große Tüte, in der er auch angereist ist.

»Die gewöhnen sich schon wieder ein«, tröstet Mari ihn, ist sich aber selbst nicht ganz sicher, ob sie daran glaubt.

Auch Kurt guckt jetzt wie jemand, der lieber den Rest seines Lebens in einer Hecke verbringen würde, anstatt Solupp jemals wieder zu verlassen. Und plötzlich lässt er den Besen fallen, stürzt ohne Erklärung die Treppe hinauf. Mari hört, wie die Tür hinter ihm zuknallt, und seufzt: »Weg ist er!«

»Wenn Kurt in seinem Zimmer bleibt, haben wir im Auto mehr Platz für Feinur –«, sagt Bela hoffnungsvoll.

Mari seufzt: »Bela, du weißt doch, was Jolka gesagt hat: Feinur braucht –«

»– das Meer«, spricht Bela den Satz zu Ende und klingt jetzt gar nicht wie sechs, sondern wie sechsundsechzig, »ich weiß ja.«

Er überlegt: »Und mein Museum? Dann hätten wir doch Platz für mein Museum!«

»Nichts da«, lacht Mari, »das Museum bleibt hier! Zusammen mit Wills und Henrys Schätzen. Das ist Solupps Geschichte und die Sachen gehören hierher!«

»Bitte, Mari, nur das Kleingeld von Atlantis, ja?«

»Meinetwegen, aber mach schnell, wenn Mama und Papa das mitbekommen, ist Atlantis für alle Zeiten bankrott!«

Und während Mama und Papa damit beschäftigt sind, sich gegenseitig dafür zu verfluchen, dass sie so viel eingepackt haben, und die Sachen wieder und wieder ein- und aus- und umpacken, sitzt Mari oben im Wellenrankraum neben ihrem gepackten Rucksack und prägt sich alles ganz genau ein: die Muster an der Wand, das Bett, den warmweichen Boden, den Blick aus dem Fenster auf den Leuchtturm, das Meer. Und obwohl sie versucht, die Zeit anzuhalten, per Gedankenkraft, ist es schließlich so weit.

»Kommt ihr?«, ruft Mama von unten. Mari nimmt ihren Rucksack, geht die Treppe hinunter, in die Küche, wo die anderen schon auf sie warten.

»Wo ist Kurt?«, fragt Papa.

»Bestimmt in seinem Zimmer!«, ruft Mari. »Wo sonst?«

Papa verschwindet im ersten Stock, Mari hört, wie er an Kurts Zimmertür klopft, einmal und noch mal, und dann wird er langsam ungeduldig.

»Kurt, das reicht jetzt, komm raus!«

Gespannt lauschen Mari, Mama und Bela.

»Er hört dich nicht«, brüllt Bela, »er hat bestimmt die Kopfhörer auf!«

Oben öffnet Papa die Tür.

»Das kann doch nicht sein!«, ruft er.

»Was ist denn?«, alarmiert läuft Mama Papa entgegen, der jetzt die Treppe herunterkommt.

»Er ist nicht da!«

»Wie – er ist nicht da?«

»Er ist nicht da!«, wiederholt Papa. »Und das Fenster ist auf!«

»Hast du unter dem Bett geguckt?«, fragt Mama, und jetzt müssen sie alle doch ein bisschen lachen, weil die Vorstellung, wie Kurt mit seinen Kopfhörern unter dem Bett liegt und gar nicht mitbekommen hat, dass er da gelandet ist, eben ziemlich witzig ist.

»Na ja, er wird schon wieder auftauchen«, sagt Mama und sieht ziemlich stolz aus, weil sie so gelassen bleibt.

»Ganz sicher«, behauptet Papa, »wir sollten jetzt jedenfalls mal los!«

Mama schreibt schnell einen Zettel für Kurt, und dann ziehen sie ein letztes Mal die Tür hinter sich zu.

Die Koffer rollen schwer auf dem steinigen Weg. Joon sollte sie mit der Kutsche abholen, aber der ist nicht aufgetaucht.

»Macht nichts!«, verkündet Papa. »Wir kriegen das schon hin!«

Ja, stimmt, sie kriegen es hin, aber es nervt.

Insgeheim hofft Mari, dass sie so zumindest zu spät kommen. Dass die *Elysion*, wenn sie den Deich zum Hafen durchqueren, schon wieder abgelegt hat.

Aber da liegt sie im Wasser, schaukelt so fröhlich auf den Wellen, dass Mari ihr das fast übelnimmt.

Zum Glück sind die anderen da: Ema mit Nana-Papillon und Jolka und Feinur und Tonda mit seinen Eltern und Oona und Will. Und auch Sumi ist da, lässt sich von Mari umarmen, bläst aus ihren weichen Nüstern warme Luft an Maris Hals, und das kitzelt, selbst wenn man traurig ist und auf keinen Fall weg will, niemals. Alle sind da, alle, die wichtig sind.

Nur Joon fehlt. Und Kurt.

Zusammen mit Ema und Tonda sucht Mari den ganzen Hafen ab.

»Bald ist Ebbe«, sagt der Fährmann, der an der Reling lehnt, »ich will ja nicht drängeln, aber wir müssen!«

»Jolka, hast du eine Ahnung, wo er stecken kann?« Mama sieht Jolka so flehend an, als hätte die die Macht, Kurt irgendwie herzuzaubern.

Und tatsächlich:

»Da ist er doch!«

Ja, da ist Kurt. Er sitzt mit verwehtem Haar und roten Wangen an Joon geklammert auf Helios und strahlt über das ganze Gesicht, so, als hätte er zu viel von Oonas Julialgenpulver gegessen.

»Ich dachte, er fände das peinlich«, sagt Bela verwundert und sieht Mari fragend an, aber die zuckt nur die Schultern: »Manche Dinge ändern sich eben –«

Und ganz offensichtlich sind manche Dinge so dringend, dass man für sie durchs Fenster klettern, in die echt piksige Rosenhecke springen, dass man rennen muss, so schnell wie lange nicht mehr, dass einem das Herz fast zerspringt vom Rennen, oder vielleicht doch ehrlich gesagt auch ein bisschen vor Aufregung, dass man viel tiefer ins wirklich verdammt nasse Wasser läuft, als man eigentlich will, nur weil da jemand in den Wellen steht und einem entgegengrinst, ganz so, als hätte er gewusst, dass man kommt. Und weil man dieser Person etwas zu sagen hat, etwas Wichtiges, unbedingt und genau jetzt, bevor der Sommer ganz vorbei ist und der Mut wieder weg.

»Na gut«, ruft der Fährmann, »jedenfalls, dann können wir ja!«

Nein, denkt Mari, können wir nicht.

Aber es geschieht kein Wunder, die *Elysion* löst sich nicht in Luft auf, die Zeit bleibt nicht stehen, und kurz darauf ziehen die Fröhlichs ihre Rollkoffer über den schmalen Steg, hinauf aufs Boot. Dieses Mal ist es übrigens Mama, die fast ins Wasser fällt, und Papa, der sie im letzten Moment festhält.

»Bleib bei mir«, sagt er, und jetzt küssen sie sich schon wieder und stehen außerdem im Weg.

Mari guckt schnell weg, rüber zu Ema, die mit Papillon auf der Schulter neben Jolka und Tonda steht.

»Denk dran, Mari«, ruft Ema, »ihr kommt eh zurück!«

Neben ihr am Anleger zerrt Kurt seinen Kabelsalat aus der Tasche, setzt Joon seine Kopfhörer auf, drückt ihm wortlos seinen altmodischen Walkman in die Hände, und nun geht ein Ruck durch die *Elysion*, springt knatternd der Motor an. Und jetzt muss Kurt sich wirklich beeilen, er springt schnell an Bord, denn der Fährmann, der hat, einfach so, schon mal abgelegt. Langsam und trotzdem viel zu schnell fährt das Boot auf das Meer hinaus. Die Fröhlichs stehen im Fahrtwind nebeneinander an der Reling und winken und winken und winken. Und sie hören erst damit auf, als von der Insel nicht mal mehr der Leuchtturm zu sehen ist.

»Ach Kürtchen«, sagt Papa, als er seinen Arm nicht mehr zum Winken braucht und ihn Kurt um die Schulter legen kann.

»Papa, echt jetzt, wehe, du nennst mich noch mal Kürtchen!«

Papa guckt extra enttäuscht, aber dann nickt er: »Alles klar, Großer! Wie wär's dann mit ›Kurti‹?«

Kurt schüttelt lachend den Kopf.

»Kurtilein?«

»Nein!«, rufen Kurt und Mari und Bela gleichzeitig, denn das, das geht ja wirklich so gar nicht.

»Zwischendurch dachte ich manchmal, dass Solupp vielleicht ein riesengroßer Fehler war«, sagt Mama nachdenklich, »dass ich euch zu viel zugemutet habe, nach der Sache, der Sache –«

»Nachdem Papa fast gestorben wäre?«, fragt Mari.

Mama nickt und sieht dabei irgendwie erleichtert aus.

»Warum eigentlich?«, fragt Mari so leise, dass Mama sich nah zu ihr herabbeugt, um alles zu verstehen.

»Wie meinst du das?«

»Na, warum sind wir ausgerechnet auf Solupp gelandet?«

»Du meinst, so ganz, ganz grundsätzlich?«

»Genau!«

»Ich weiß es nicht«, sagt Mama und zuckt die Schultern so doll, dass die jadegrünen Steine an den Ohrringen, die ihr Jolka zum Abschied geschenkt hat, zu tanzen beginnen, »so war es eben, offenbar, eines schönen Tages.«

»Ich bin jedenfalls froh«, sagt Mari, und Mama lächelt sie an, einmal quer durch, durchs ganze Gesicht, und endlich ist es wieder echt, erreicht Mamas Lächeln ihre Augen.

Später, als es Mama und Papa längst zu kalt geworden ist, sitzen Mari, Kurt und Bela dicht nebeneinander in eine Wolldecke gehüllt an Deck.

»Nur eins ist blöd«, stellt Kurt fest, während er in dem salzwasserwelligen, westküstenstrandsandigen *Handbuch für Freizeitkapitäne* blättert.

Mari und Bela sehen ihren Bruder fragend an.

»Na ja, eine Sache haben wir nicht rausgefunden«, sagt der, »woher Tonda eigentlich das kratzige Wort kannte!«

Stimmt, denkt Mari, dafür gibt es eigentlich keine logische Erklärung.

»Vielleicht wollen ein paar Geheimnisse ja auf Solupp bleiben«, sagt Bela, »weil es ihnen dort einfach so gut gefällt!«

Und damit, denkt Mari, hat er wahrscheinlich recht.

Und jetzt holt sie das Geschenk heraus, das Oona ihr am Abend des Festes zugesteckt hat: *»Für deine Abenteuer!«*

Mari wollte Oona fragen, was genau sie damit meint, aber die alte Fischerin hat nur den Finger an die Lippen gelegt, ihren Bruder Will, den ehemaligen Piraten, untergehakt und ist mit ihm hinüber zum Leuchtturm gegangen.

Jetzt beugen sich Mari und ihre Brüder über das kleine Amulett: Der Kompass zeigt Norden, Osten, Süden und Westen, und eine haarfeine, fast unsichtbare Nadel zeigt noch eine fünfte Richtung an, eine, in der Solupp liegt und auf sie wartet.